KB263682

제노사이드 너머

제노사이드 너머

맥락과비평 × 이유출판

critique

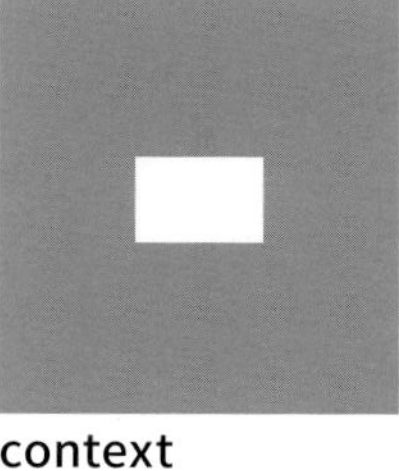
context

II 죽음의 시선

III 저항의 윤리

IV 혼돈 혹은 비전

제노사이드 너머를 상상하며

맥락과비평 편집위원

　새로움과 전위, 처음이라는 개념에서 시작해 폐허를 사유해 온 우리는 이제 제노사이드를 마주하고 그 너머를 상상해본다. 특정 집단을 제거하려는 폭력과 음모가 예외적이고 일회적인 사건으로서가 아니라 은밀하고 조용히, 때로는 논리적 타당성의 외피를 쓰고 광범위하게 일상을 지배하고 있는 현실 앞에서 문학과 비평은 무엇을 해야만 하는가? 삶의 터전은 취약하고, 혐오와 배제의 논리가 다수의 침묵 속에서 일상의 풍경을 잠식해가는 와중에 제노사이드는 왜 여전히 반복되고 있는가? 멈출 수 없는 질문이 이어진다.

　민족이나 국가, 인종이나 종교 등을 근거로 집단을 말살하는 행위를 의미하는 제노사이드는 특수한 역사의 비극이 아니라 근대 문명이 배태한 구조적 폭력의 이름이자 국가 권력에 의한 정치적 적대까지 포괄하는 상황이라 할 수 있다. 하지만 우리는 더 나아가 제노사이드를 생명의 파괴를 포함하여 국가와 같은 거대 시스템에 의해 타자의 범주가 실존적 차원에서 소멸되는 현상으로 이해한다. 지구라는 행성에서 자행되고 있는 타자 살해 행위로서 제노사이드는 하나의 거대한 동일자만 남기고 무수한 개별자들의 존재 자체를 지워버린다. 이 세계는 주체와 타자의 이분법을 극단으로 밀어붙여 타자라는 범주조차 절멸한 디스토피아를 꿈꾼다.

　그래서 우리의 시선은 하나의 사건, 특정한 예외적 현상에 머물지 않고 지금 이곳에서 일어나고 있는 일들을 경유해 삶의 맥락을 들여다보고 망각과 기억의 경계 저편으로 나아가려 한다. 그러한 노력은 비단 전쟁의 참혹한 진실을 찾는 시도에서 멈추지 않고 연대를 불가능하게 만드는 인식의 폭력과 '죽어도 되는' 존재를 재생산하는 구조를 확인하는 작업으로까지 이어진다. 그것이 피 묻은 목소리를 배경음악이나 소음으로 흘려듣지 않고, 글쓰기가 갖는 힘으로 현실을 돌파하려는 우리가 취할 수 있는 최소한의 윤리인 까닭이다.

이와 같은 우리의 고민은 '제노사이드'와 '너머'라는 단어에 응축되어 있다. 절멸의 기획과 죽음의 시선, 저항의 윤리, 혼돈 혹은 비전이라는 네 가지 주제는 제노사이드의 내면을 폭로하고 지금, 여기에 선 우리가 다시 용기 내어 만들어가야 할 길을 찾는 시도들이다. 문학과 역사, 공간을 아우르는 학술적 담론과 비평, 시와 소설은 제노사이드의 심연을 파고들면서 동시에 그 바깥을 사유한다.

우리는 첫 번째 주제인 절멸의 기획에서 제노사이드를 소환하는 이유를 밝히고, 제노사이드의 패러다임이 타자들과 공거(公居)하는 세계를 위협하고 있는 현실을 돌아보고자 했다. 이 책의 첫머리에 놓이는「제노사이드와 행로의 문학」은 그와 같은 문제의식을 담고 있다. 이 글은 최근 들어 대전의 작가들이 골령골과 대전형무소에서 일어난 처참한 학살의 비극을 기억하려는 움직임을 읽고, 그들의 문학적 실천에 담긴 의미를 비극이 반복적으로 재현되고 있는 현실 속에서 찾고 있다. 그리고 제노사이드가 국가적이고 집단적인 폭력에 의한 말살 행위로서 타자가 사라진 절대적 동일성의 세계를 욕망하고 있다는 점을 밝힌다. 특히 옛 대전형무소 자리에 남아 있는 우물을 통해 전쟁을 경험하지 않은 우리가 전쟁의 비극과 고통을 공감할 수 있다는 주장은 울림이 깊다. 생명의 물길이 끊기고 메말라 죽어버린 우물은 텅 비어있는 내부에 죽음의 기억을 품고 있다. 그래서 민간인 집단학살의 목격자이자 당사자로서 우물이 되돌려주는 시선을 마주하게 되면 역사적 기록을 읽는 것과는 다른 방식으로 타인의 고통을 감각하게 된다. 결국 제노사이드를 다루는 문학은 타자들의 공동체 안에서 인간과 비인간 행위자들이 조응하며 세계와 맺는 관계를 탐구하여야 한다는 당위성을 제안한다. 이 글이 말하는 행로의 문학은 배타적 동일자의 세상을 만들려는 제노사이드의 기획을 폭로하고 이전과는 다른 감각으로 인간과 비인간 행위자들이 서로 연결되는 자리를 더듬어가는 문학이다.

다음으로 이어지는 글은 「"느린 제노사이드": 차별적 도시 공간 구조의 비극」이다. 이 글은 '느린 제노사이드'라는 개념을 차용해 공간적 차별이 갖는 잠재적 폭력성과 말살의 기획을 분석하고 있다. 느린 제노사이드란 오랜 시간에 걸쳐 은밀하고도 "구조적인 방식으로 제도와 정책, 일상적 무관심을 통해 집단을 소멸"해가는 과정을 의미한다. 필자가 사례로 제시한 런던의 공공임대주택 그렌펠 타워 화재 사건은, 국가가 죽음을 방치하는 체제로 전환된 지점을 명확히 보여준다. 소외와 차별, 배제의 논리가 공간을 구조화할 때 '느린 제노사이드'는 도시에 조직적인 죽음의 그림자를 드리운다는 건축가 백진의 경고를 되새겨야만 한다.

1부를 마무리하는 작품은 송경동 시인의 시 「ㄱ자에서 7자가 된」과 「15일만 더 채우면 인간이 될 수 있다」이다. "고단했던 생의 노역"을 마치고 ㄱ자에서 7자가 되어 "맹렬히" 땅으로 돌아가고 계시는 어머니의 굽은 허리는 "짐승보다 못한 괴물들이 인간이기도 한 세상에서" 인간으로 살아가는 자세가 무엇인가를 "겸손하고 공손"하게 보여준다. "좋은 세상"을 꿈꾸며 곰도 사람이 된다는 100일에서 15일이 빠진 날들을 단식 투쟁으로 채웠건만, 교묘하고도 공고하게 진행된 느린 제노사이드가 인간 행세를 하는 괴물들을 낳는 현실 앞에서 시인은 차라리 비인간 되기를 상상한다.

2부는 국가폭력이 야기한 죽음에 집중한다. 국가폭력에 의한 죽음은 애도 가능한 죽음과 애도 불가능한 죽음으로 구분된다. 2부를 시작하는 「사진과 뼈-골령골과 아산, 1950년과 2023년의 대면」은 대전 골령골 학살 현장을 담은 사진과 충남 아산의 학살 현장에서 발굴한 유해 사진을 대위법으로 기록하고 있다. 1950년 7월 5일 골령골에서 미군 정보 장교 애보트 소령이 촬영한 18장의 사진이 '보이는 죽음'을 포착하고 있다면, 아산의 발굴 사진은 침묵 속에서 보낸 시간이 켜켜이 쌓인 '보이지 않는 죽음'을 증언한다. 여기서 사진과 뼈는 보이지 않던 죽음을 마주하도

록 끌어당기는 물질인 동시에 매개체들이다. 그렇지만 핵심적 문제의식
은 사진 이미지로 재현된 죽음의 현장을 상상하는 데 그치지 않고 애보
트 소령이 왜 촬영만 했는지를 따져 묻는 자세에서 드러난다. 애보트는
공범의 침묵으로 일관해 왔지만 우리는 사진과 뼈가 증언하는 진실 앞
에서 우리의 책임을 다하기 위해 침묵을 깨야만 한다.

「대전과 은폐된 서사(들)의 복원」은 대전과 골령골을 소환하는 김성
동과 박현주의 소설이 제노사이드를 서사화하는 방식을 분석하고 비폭
력으로 저항하는 문학의 실천에 주목한다. 김성동의 『민들레꽃반지』와
『만다라』, 『붉은 단추』가 제노사이드의 한복판에서 최후의 망각을 막기
위해 난해한 서사 형식을 취하고 그 속에 절멸된 인민들의 역사를 담아
냈다면, 박현주의 『랑월』은 연대기적 구성으로 저항의 역사를 상상하고
있다고 평가한다. 뒤를 잇는 「국가폭력과 타인의 고통」은 한강의 『작별
하지 않는다』가 과거사의 실상을 알게 된 사후노출자가 타인의 고통에
전염됨으로써 피해자 의식을 나눠 갖는 서사 전략을 취하고 있다고 말한
다. 4·3의 시공간과 접점이 없는 독자들이 관찰자가 아니라 피해자의 고
통에 공감하고 연민하고 연대하는 또 다른 피해자가 될 때 국가폭력에
의한 제노사이드는 반복되지 않을 것이다. 그리고 변선우의 시 「개미집」
과 「비시」는 넘어지고 상념하며 트라우마의 내면을 파고드는 시적 화자
의 고통스러운 각성의 시간을 읊조린다.

3부 저항의 윤리는 예술과 예술가 나아가 저항하는 인간에게 부여
된 윤리적 과제를 모색한다. 먼저 「학살 그리고 웃는 저항」은 한국 사회
의 저항 행동을 되짚으며 인간이 어떻게 최악의 상태에 맞서 싸우는 존
재로 설 수 있는가를 사유하고 있다. 저항하는 인간이 얼마나 연약하면
서 또 동시에 강한가를 말하면서 이 글은 오월 광주가 12·3 비상계엄과
만나는 맥락을 짚고, 연극과 문화운동의 장면을 경유하여 저항이 일상
이 되는 투쟁 이후의 연대를 약속한다. 이어지는 「함락된 도시와 스톡홀

름 증후군의 여자」는 평화운동의 주체도 사회적 애도의 대상도 되지 못한 여성을 기억하며 전병순의 소설『절망 뒤에 오는 것』이 보여주는 여성 서사를 읽어낸다. 한국문학 정전에서조차 조명되지 않았던 여성의 전쟁을 1인칭 목소리로 증언하는『절망 뒤에 오는 것』은 해방과 전쟁마저 남성들의 자리였고 여성해방의 전망을 닫아버렸음을 고발한다.

한편「감정의 상품화와 재현의 윤리」는 드라마 <폭싹 속았수다>와 다큐멘터리 <돌들이 말할 때까지>가 제노사이드를 재현하는 윤리를 돌아본다. <폭싹 속았수다>가 제주 4·3을 직접 언급하지 않으면서 고통의 분위기를 파는 방식은 매체 자본주의가 제노사이드를 다루는 감정의 정치라 할 수 있다. 반면 김경만 감독의 <돌들이 말할 때까지>는 폭력을 설명하지 않고 상징적 이미지와 침묵을 남기는 방식으로 폭력의 감정을 해체한다. 매체가 폭력을 사유의 언어로 전환하는 미학의 기준을 제시해야 한다는 이 글의 요청은 제노사이드 이후 예술의 윤리가 감당해야 할 몫을 명확히 한다.

저항의 윤리를 마무리하는 자리에서 우리는 김이정의 소설「이것은 전쟁이 아니다-후삼 마루프에게」를 만난다. 이 소설은 후삼 마루프라는 낯선 타자의 고통에 공감하는 윤리적 인간의 곤혹스러운 갈등을 서사화하고 있다. 타인에게 연민을 느끼면서도 그 고통을 내 것으로 안을 수는 없는 그 틈에서 분노와 수치심의 감정이 쏟아진다. 하지만 발음조차 생경한 후삼 마루프라는 타인의 삶을 작중인물 '나'와 연결해주고 다시 그 이야기를 읽어갈 독자를 고통의 심연으로 불러들일 수 있는 힘은 소설에서 비롯된다. 벌거벗은 생명의 외침에 반응한 윤리적 주체는 "온몸의 힘을 끌어모아" 소설을 써내려간다. 이처럼 3부에 실린 글들은 제노사이드의 폭력 앞에서 예술이 과연 무엇을 할 수 있는지를 구체적으로 보여주는 저항의 실천들이라 말할 수 있다.

4부는 주디스 버틀러·프레데리크 보름스의『살 만한 삶과 살 만하지 않은 삶』과 주디스 버틀러의 『전쟁의 프레임들-삶의 평등한 애도가능성을 향하여』, 그리고 티모시 모턴·도미닉 보이어의 『저주체: 인간되기에 관하여』를 소개하며 제노사이드의 의미를 폭넓게 조망한다. 앞에 놓인 「생명의 평등한 인정 가능성을 향해서」는 살 만한 삶 혹은 애도 가능한 삶이 제노사이드와 연결되고 있는 지점을 탐구한다. 이 과정에서 문학은 취약한 인간들이 살 만한 삶, 애도 가능한 삶을 살아갈 수 있도록 제노사이드의 기획에 맞서 비폭력의 힘이 수행되는 새로운 정치적 담론으로 존재해야 한다고 주장한다. 다음으로 「초객체의 시대에서 살아남는 방법」은 주체를 집어삼키는 초객체의 끈적임에 저항하여 지배하려 들지 말고, 이미 존재하는 생태계와 관계망 속에 임시로 기거하며 함께 존재하는 '스콰하기(squatting, 무단 점유)'가 필요하다고 전한다. 중앙집권화된 권력이 자본과 환경의 불평등을 구조화하고 세계를 분절할 때 우리는 인간, 비인간 존재들과 상호작용하고 공생을 모색하는 실천을 지속해야 할 것이다.

　이 책을 준비하면서 소중한 인연들을 만났다. 위태롭고 약한 존재들이 더불어 살아갈 수 있는 세상을 꿈꾸며 분노하고 때로는 절망했던 시간들이 제노사이드 너머를 향해 가는 '우리'의 발걸음 속에 겹겹이 쌓여 있다. '우리'는 오랜 시간 서로를 보듬고 위로하며 공부해 온 맥락과비평문학연구회이기도 하지만, 제노사이드 너머를 여러 갈래로 상상해준 '우리' 필자들이기도 하고, 이 기획에 기꺼이 연루되어 줄 '우리' 독자들이기도 하다. 어쩌면 '우리'의 공부 속에 스며있는 무수한 타자들의 흔적들이 이 책을 만들어 준 것이리라. 이렇게 얽힌 우리의 실천이 제노사이드의 폭력을 뚫고 다음 걸음으로 이어지기를 기대한다.

절멸의 기획

I

우리는 제노사이드를 '거대 시스템에 의한 절멸의 기획'으로 규정하려 한다. 살인이나 전쟁범죄와 구분되는 제노사이드의 본질은 국가적이고 십난직인 폭력에 의한 말살 행위로서 가해지는 절멸의 기획이라는 점에서 찾을 수 있다. 제노사이드는 적이 사라진 절대적 동일성의 세계를 욕망한다. 그 세계는 곧 타자가 사라지고 '나'만 남는 모노톤의 세계이며, 공존의 가능성을 모색하는 개별자들의 연대가 애초에 불가능한 절망의 시공간이라 말할 수 있다. 타자를 없애는 일종의 '살해 행위'가 계속되는 시대를 고발하고 사라져가는 타자를 붙들어 올 수 있는 길을 탐색하기 위해, 우리는 절박한 심정으로 제노사이드 너머를 상상하며 문학과의 접속을 이야기한다.

제노사이드와 행로의 문학

김화선

김화선 : 배재대 교수. 공저 『경계와 소통, 지역문학과 문학사』 등

1. 제노사이드를 소환하는 이유

최근 들어 오랫동안 기억의 바깥에 머물러 있던 민간인 집단학살을 소환하고 애도하는 작가들을 자주 목격한다. 특히 전쟁 이후 세대에 속하는 대전 지역의 작가들은 한국전쟁 당시 대전형무소와 골령골에서 발생한 참혹한 집단학살의 비극을 재현하며 묵비의 금기를 깨고 있다. 기억을 되짚어 보면, 해방공간 대전농업시험장에 근무하며 문단활동을 했던 소설가 염인수는 대전형무소에 수감되어 골령골에 끌려가기 직전 기적처럼 살아남게 된 사연을 자전적 실화소설인『깊은 강은 흐른다』(도서출판 심지, 1989)에 상세히 기록해두었다. 사회주의 계열의 독립운동가이자 남로당 대전충남 지역 문화부장으로 활동한 부친이 골령골 학살의 희생자였던 소설가 김성동은 소설집『눈물의 골짜기』(작은숲, 2020) 등에 현대사에 얽힌 가족의 비극을 처절하게 고백하기도 했다. 골령골에서 오빠를 잃은 신순란은 시집『눈물의 1949』(드라마, 2005)를 남겼고, 좌익 활동을 한 아버지를 그리워한 전숙자(전미경) 역시 시집『진실을 노래하라』(인권평화연구소, 2017)로 집단학살의 상처와 고통을 증언한 바 있다

그러나 학살의 현장을 몸소 체험한 염인수나 골령골 학살 희생자의 유족인 김성동뿐 아니라 전쟁을 겪지 않은 작가들까지 대전형무소와 골령골에서 일어난 처참한 학살의 현장을 문학적 글쓰기로 재현하는 까닭은 무엇일까. 이를테면 박현주의 장편소설『랑월-대전에 살다 골령골에 묻히다』(모두의책, 2021), 김희정의『서사시 골령골』(어린작가, 2022), 류이경의 단편소설「붉은 나무의 언어」(문화의힘, 2022). 최참치의 SF소설『종말의 소년』(모두의책, 2022), 유하정의 동화『꽃비 내리던 날』(초록달팽이, 2023)을 비롯하여 함순례의 시「골령골」, 정재은의 동화「미래의 전쟁 비법」, 김병호의 소설「사람의 전쟁」, 정덕재의 희곡「계란

을 먹을 수 있는 자격」, 조영여의 소설 「오르골의 노래」와 르포, 문화세평을 담은 스토리밥작가협동조합의 『사람의 전쟁1 문학의 눈으로 바라보는 한국전쟁 70년』(도서출판 걷는사람, 2020) 그리고 윤은경의 시 「골링이골-골령골1」과 「거미야-골령골2」(『폐허를 말하다』, 이유출판, 2024)에 이르기까지 대전에서 활동하는 작가들은 한국전쟁의 고통을 기록하며 골령골의 죽음이 지금 우리에게 어떤 의미를 지니는가를 거듭 탐구하고 있다.

이러한 상황을 마주하고 보니, 그동안 한국전쟁기 대전의 집단학살이 적극적으로 소환되지 않았던 이유가 무엇인가를 묻기보다 오히려 현재를 살아가는 작가들이 왜 지금 대전에서 일어난 비극을 문학화하는가를 물어야 할 때라는 생각이 든다. W. G. 제발트가 독일 작가들이 어떤 연유로 "수백만 명이 경험한 독일 도시들의 파괴를 서술하려 하지 않았"는가를 끈질기게 추적하면서 전후 독일 사회가 화려한 경제 기적에 병든 속내를 감추고 '애도할 줄 모르는 무능력'에 빠졌다고 강도 높게 비판하고 눈과 귀를 닫고 침묵한 작가들의 "이 말 없음, 이 닫아버리고 회피하는 상태"가 도대체 어떻게 가능한가를 물었던 것처럼,[1] 우리는 그 질문의 방향을 돌려 전쟁으로 파괴된 도시에서 일어난 죽음들을 회피하지 않고 기록하고 호출하는 까닭이 무엇인가를 되물어야만 한다.

사실 이 질문은 아도르노의 "아우슈비츠 이후에도 문학이 가능한가"라는 외침을 따라 죽음마저 소비하는 자본의 시대에 문학이 어떻게 우리를 연민하는 사람으로 바꿀 수 있을까에 대한 답을 찾는 일이기도 하다. 문학은 과연 우리를 공감하는 인간으로서 '저' 사건 밖의 구경꾼이 아니라 '이' 사건의 현장에 참여하는 연루자로 변환시킬 수 있을 것인

1　W. G. 제발트, 이경진 옮김, 『공중전과 문학』, 문학동네, 13-49쪽.

가. 그래서 이 글은 제노사이드를 소환하는 작가들을 따라 집단학살이 잠재태로 상존하는 '지금-여기'의 현실을 어떻게 돌파할 수 있는가를 묻고자 한다. 무엇보다 독재 시대의 냉전, 반공 이데올로기가 부활하고 전쟁의 위험성이 부각되는 상황에서 사회집단 일부를 아예 없애버리는 강력한 '절멸의 기획'[2]이 현실화될 뻔했던 제노사이드적 잠재력을 목도했기 때문이다.

본래 "국민, 인종, 민족, 종교 따위의 차이로 집단을 박해하고 살해하는 행위"를 의미하는 제노사이드(Genocide)는 1944년 법률학자인 라파엘 렘킨이 제안한 용어이다. 종족이나 집단을 뜻하는 그리스어 'genos'와 살인을 의미하는 라틴어 'cide'의 합성어인 제노사이드는 특정 집단을 소멸시키려는 국가적·정치적 계획을 의미한다. 렘킨의 정의를 바탕으로 마틴 쇼는 역사사회학적 관점에서 제노사이드를 현대사회의 구조적 폭력과 억압의 문제로 제시한 바 있다. 쇼는 제노사이드가 전쟁 상황에서 진행된 군사적 목적이 아닌 민간인을 대상으로 한 정치적이고 사회적인 억압의 수단이라는 점을 강조한다.[3] 지그문트 바우만은 홀로코스트가 유대인에게 일어난 특수한 역사의 비극이 아니라 이성과 합리성을 내세운 근대 문명이 만든 필연적인 결과라고 지적했는데[4] 그의 주장은 제노사이드가 언제든 다시 반복될 가능성을 경고하고 있다. 그리고 제노사이드를 "20세기 정치 사유의 핵심 범주"로 규정한 울프강 벤츠는 제노사이드를 전쟁범죄의 수준을 넘어선 국가 권력의 조직적 폭력 행위

2　Wolfgang Benz, "Vernichtung als politische Kategorie im Denken des 20. Jahrhunderts", M. Dabag & K. Platt (Eds.), *Genozid und Moderne*. Vol. 1, 1998, pp.123-124. 신진욱, 「12·3 이후 나타난 독재, 전쟁, 파시즘의 전조들과 우리 사회의 과제」, 『연합 연속 포럼 발표 자료집 저항과 연대의 문화정치』, 2025, 20쪽에서 재인용.

3　마틴 쇼, 신기철 옮김, 『제노사이드란 무엇인가』, 인권평화연구소, 2024 참조.

4　지그문트 바우만, 정일준 옮김, 『현대성과 홀로코스트』, 새물결, 2013 참조.

이자 정치적 적대의 체계화로 이해했다. 제노사이드가 무장 권력 조직들의 조직화 단계를 거쳐 민간인 집단들을 타자화하고 파괴와 부정의 단계로 진행되는 메커니즘에 주목한 강성현의 논의는 적대 세력으로 범주화된 대량 죽음들이 서로 연관되어 있다는 사실을 깨닫도록 이끌어 주었다.[5]

이와 같은 논의를 경유하여 이 글은 제노사이드를 생명의 파괴뿐 아니라 문화적·정치적 차원까지 포괄한 '거대 시스템에 의한 절멸의 기획'으로 규정하고자 한다. 살인이나 전쟁범죄와 구분되는 제노사이드의 본질은 국가적이고 집단적인 폭력에 의한 말살 행위로서 가해지는 절멸의 기획이라는 점에서 찾을 수 있다. 한국전쟁 이후로도 여전히 현재진행형으로 지속되고 있는 제노사이드의 기획은 권력에 의해 불순하다고 판단되거나 다른 종(種)으로 치부된 사람들을 학대하고 추방하는 수준에서 그치지 않고 타자의 범주 자체를 실존의 차원에서 지워버리려 한다. 그것은 말하자면, 적과 동지를 구별하면서 정치적 정체성을 형성하던 방식으로부터 "타자(other)이고 낯선 자(stranger)이며, 존재론적으로 다르고 이질적인"[6] 적을 말살함으로써 동일자들만으로 세계를 점령하려는 시도이다. 다시 소환되는 제노사이드는 적이 사라진 절대적 동일성의 세계를 욕망한다. 그 세계는 곧 타자는 모두 사라지고 '나'만 남는 모노톤의 세계이며, 갈등을 해결하고 타협하는 과정에서 공존의 가능성을 모색하는 개별자들의 연대가 애초에 불가능한 절망의 시공간이라 할 수 있다.

----

5   강성현, 『다시, 제노사이드란 무엇인가』, 푸른역사, 2024 참조.

6   Carl Schmitt, *The Concept of the Political, Expanded Edition*, Chicago and London: University of Chicago Press, 2007, p.27. Sebastian Linderhof, "Concealed Influence: Francis Parker Yockey's Plagiarism of Carl Schmitt", *The Occidental Quarterly*, vol. 10, no. 4, Winter 2010-2011, p.24에서 재인용.

실제로 우리는 12·3 내란 이후 제노사이드가 다시금 재현되고 있는 현실을 맞대하고 있다. 지난 과거가 재차 현재로 불려 나오는 작금의 상황은 소설가 한강이 과거가 현재를 구원할 수 있는가를 물었던 것처럼 과거와 현재, 미래가 직선적 시간 축에 있지 않다는 확신을 주기에 충분하다. 비단 한국사회뿐 아니라 유럽 사회 전반에 걸친 극우화의 양상도 이와 무관하지 않을 것이다. 외부(other)를 없앰으로써 적의 존재 자체를 지우려는 파시즘적인 인식의 폭력이 공공연히 반복되고 있는 시대를 직면한 작가들은 제노사이드를 말하지 않으면 안 되는 가장자리에 몰려 있다. 그리고 감사하게도 작가들은 그 가장자리에서 서로에게 응답하듯 기록하고 증언하고 기억하기를 멈추지 않는다. 이것이 바로 대전의 작가들이 골령골의 집단학살을 문학화하는 이유 중의 하나가 아닐까. 이 글 또한 그에 대한 응답으로 타자를 없애는 일종의 '살해 행위'가 자행되는 시대를 고발하고 사라져가는 타자를 붙들어 올 수 있는 길을 탐색하기 위해, 절박한 심정으로 제노사이드 너머를 상상하며 문학과의 접속을 이야기하려 한다.

2. 대전(大田)이라는 도시와 죽음'들'

2004년 4월 시민단체 '한국전쟁 전후 민간인 학살 진상 규명과 명예회복을 위한 범국민위원회'는 한국전쟁 당시 전국 94곳에서 발생한 민간인 학살과 관련한 데이터베이스를 구축하고 이를 시각적으로 형상화한 웹지도를 제작한 바 있다. 이 지도는 강화도, 파주에서 고성, 속초, 서울, 단양, 예천, 문경, 천안, 공주, 대전, 영동, 울산, 창녕, 거제, 진주, 구례, 해남과 진도, 제주에 이르기까지 대한민국 전역에서 민간인 학살이 이루어졌다는 사실을 증언해주었다. 이후 2005년에 설립된 '진실·화해를 위한 과거사 정리 위원회(진실화해위)'의 공식 조사가 진행되었고, 2023

년에는 '한국탐사저널리즘센터-뉴스타파'가 진실화해위에서 발표한 252 권의 조사보고서를 전수조사하여 한국전쟁 당시 민간인 학살 사건을 시기별, 지역별로 확인할 수 있는 인터랙티브 페이지를 구축하였다.

진실화해위의 보고서 결과를 토대로 추산된 한국전쟁기 민간인 희생자는 57,882명이다. 이 가운데 군과 경찰에 의해 희생된 인원은 전체 희생자 규모의 71%, 미군의 공중폭격이나 지상군 총격 등으로 인한 희생은 15.2%, 인민군과 지방의 좌익 세력, 빨치산에 의한 희생은 13.8%를 차지한다. 진실 규명 신청이 접수된 사건을 대상으로 한 통계이기 때문에 실제 희생자들의 규모와 차이가 있을 수밖에 없겠지만 대전 지역에서만 최소 2,700명에서 많게는 6,000명에 가까운 민간인이 희생되었다. 신고가 접수되고 확인 가능한 숫자로만 헤아려볼 때 1950년 6월부터 1953년 7월까지 적대세력에 의한 학살 희생자는 대전형무소 희생 사건에서 502명, 프란치스코 수도원과 목동성당, 용두산, 대전경찰서 등지에서 725명, 대덕구에서 좌익을 살해한 가해자들을 체포하고 총살하는 과정에서 3명으로 집계되었다. 여기에 더해 대전의 봉곡동과 사기막골 부근에서 미군의 폭탄 투하와 인민군에 의해 53명이 희생되었으며 군경에 의해 자행된 골령골 국민보도연맹 사건 희생자 수는 최소 1,400여 명에 달한다.[7]

알려진 바와 같이 대한민국 국토의 중앙부에 위치하여 중도(中都)로 불렸던 대전은 1905년 경부선 철도가 개통되면서 성장하기 시작해 1913년 대전에서 분기한 호남선 철도가 완공되자 교통의 중심지가 되었고 한국전쟁 발발 직후에는 임시 수도의 역할을 하였다. 한국전쟁기 대

----

7   뉴스타파, "정전 70년 이래도 전쟁인가 당신이 보지 못한 민간인학살", https://pages.newstapa.org/2023/07_koreanWar/index.html 이 "특별한 페이지"는 데이터 분석을 통해 전쟁의 비극성을 수치화하고 이를 시각화하면서 관련된 사람들의 증언을 함께 제시하고 있다. 이러한 구성 방식은 한국전쟁을 겪지 않은 세대들로 하여금 비극을 실감하고 전쟁의 실체에 다가설 수 있게 한다.

                                                      제노사이드 너머

전 시가지에서 미군과 북한군이 치열한 전투를 벌인 끝에 북한군의 진격을 늦출 수는 있었으나 미군 제24사단장 윌리엄 딘 소장이 북한군의 포로가 된 뒤 대전은 결국 북한군에게 점령되고 만다. 북한은 1950년 7월 20일 대전 전투의 승리를 기념하여 전승기념관(조국해방전쟁승리기념관)에 대전관으로 불리는 대전해방작전대형전경화관을 만들어 한국전쟁의 승리를 선전하고 있다.

북한에서 전쟁의 승리를 기념하는 선전용 전시 공간으로 재구성되고 있는 대전은 미군의 묵인과 동조 아래 남한의 군인과 경찰에 의한 민간인 학살이 행해진 장소인 동시에 북한군이 이에 대한 보복으로 민간인을 참혹하게 학살한 곳이라는 점에서 한국전쟁의 비극성을 상징한다. 그래서 한국전쟁과 관련하여 대전이라는 도시에는 격렬한 대전전투의 역사적 현장, 북한군, 그리고 남한의 군경과 미군에 의해 6,000명에 가까운 민간인이 희생된 죽음의 자리라는 꼬리표가 달린다. 골령골 학살 사건을 처음으로 보도한 노가원이 "우리 국군과 경찰에 의한 양민학살뿐만 아니라 동일한 장소에서 인민군에 의한 보복적 양민학살이 자행됨으로써 6·25한국전쟁과 6·25 전후 양민학살사건의 상징성을 띠고 있"으며 "지금까지 현재진행형인 분단현실의 한 상징성을 띠고 있"[8]다고 지적한 맥락에는 대전이 상징하는 바가 명확히 제시되어 있다.

골령골 민간인 집단학살의 출발점이 되는 옛 대전형무소의 소재지는 대전광역시 중구 목중로 34(중촌동)로 이제는 망루와 우물, 담장을 이루던 몇 개의 벽돌들만 남아있고 작은 규모로나마 대전형무소 기념평화공원이 조성되어 있다. 대전형무소의 전신인 대전감옥은 1919년 3·1운동 이후 독립운동가와 사상범을 수감하기 위해 설립되었다고 한다.

----

8   노가원, 「대전형무소 4천 3백명 학살사건」, 『월간 말』, 1992년 2월호, 123쪽.

대지 34,000평, 연면적 14,000평으로 주로 장기형을 받은 정치범들을 수용하였다.[9] 서울의 서대문형무소, 함흥형무소와 함께 대전형무소는 '사상범 전용 감옥'이라고[10] 알려질 정도로 사상범의 비율이 높았던 것으로 보인다. 1923년 5월 대전형무소로 개칭된 후 1984년 이전하기까지 대전형무소에는 치안유지법 위반자들과 심산 김창숙, 몽양 여운형, 도산 안창호, 고암 이능노 선생을 비롯한 수많은 애국지사들과 민주화운동에 헌신한 인사들이 수감되었다. 그리고 한국전쟁기에는 예비검속으로 수감된 보도연맹원들과 제주4·3사건, 여순사건 관련자 및 비전향 장기수 등 정치·사상범을 포함한 재소자들이 골령골로 끌려가 가혹하게 죽임을 당한다.

그래서 대전의 근대식 감옥인 대전형무소는 단일 지역에서 최대 규모의 희생자를 낸 민간인 학살 사건의 현장이다. 같은 곳에서 반복해서 벌어진 민간인 학살은 대전형무소에 수감되어 있던 국민보도연맹원들이 1950년 6월 28일부터 사흘간 군인과 경찰에 의해 산내 골령골에서 잡단학살을 당하면서 시작된다. 곧이어 7월 첫째 주에 1,800여 명의 정치범들이 2차로 학살되고 7월 6일경부터 7월 17일까지 역시 산내 골령골에서 3차 집단학살이 자행된다. 금강 방어선이 무너지고 전세가 불리하게 돌아가는 상황에서 "한미 양군은 대전전투 지연작전에 방해요소가 되고, 혹은 인민군이 대전을 점령하여 석방시킬 가능성이 있는 형무소 재소자와 요시찰인들을 처리"[11]했던 것이다. 이로 인해 같은 해 9월

---

9   대전광역시, 『모던대전-근대 사진엽서로 보는 100년 전 대전』, 대전광역시 종무문화재과, 2013, 136쪽 참조.

10   대전광역시, 『대전감옥 1919-1945』, 대전광역시사편찬위원회, 2021, 38쪽.

11   임재근, 「한국전쟁기 대전의 민간인 학살과 그 성격」, (사)대전산내사건희생자유족회, 『골령골』, 도서출판 문화의힘, 2022, 546쪽.

   제노사이드 너머

25일부터 27일 사이 대전형무소와 인근 목동성당 등지에서 북한군에 의한 보복살인이 일어나는데, 연합군에 쫓기던 북한군이 형무소 취사장 앞의 두 우물과 형무소 북측에 위치했던 온실 밭고랑, 용두산과 도마리, 탄방리 등에서 1,500여 명의 양민을 학살하기에 이른다.

하지만 우리는 한국전쟁 기간 민간인 사망자 수, 그리고 학살의 주체에 따른 희생자 수와 분포로는 포괄하지 못하는 죽음의 실체에 다가서야만 한다. 한국전쟁기 대전이라는 도시가 갖는 상징성을 성찰해보는 이유도 이러한 문제의식과 연동된다고 할 수 있다. 그것은 곧 세계를 추상화하고 수치화하는 인간적 지식의 원천에[12] 저항하면서 다른 한편으로는 이를 통해 가해자를 숨긴 채 국가와 이념의 이름으로 행해진 비인간적인 폭력이 박탈해 버린 인간의 얼굴을 마주하는 일이다. 데이터가 말해주는 진실 너머에는 숫자나 통계로는 설명할 수 없는 개별자들의 삶'들'이 있다. 정치범, 사상범, 빨갱이, 부역자, 유족, 희생자 등 보통 명사로 묶어낼 수 없는 고유명사들이 있고 각각의 주체들이 행하고 있었던 동사로서의 삶이 엄연히 존재했던 것이다.

대전형무소 재소자라는 표현 안에는 다양한 이유로 보도연맹에 가입한 연맹원들이 있었고, 일제강점기 사회주의 계열의 독립운동가로서 정판사 위폐 사건의 누명을 쓰고 수감된 이관술(1902-1950)을 비롯하여 제주4.3사건과 여순사건 관련자들도 포함되어 있었다. 그러니 한국전쟁과 대전이라는 도시의 관계를 돌아보며 집단학살에 의한 죽음을 사유하는 작업은 정치적 적대가 일상화된 현실을 성찰하고 국가에 의한 제도적 폭력 및 제노사이드의 기록에서 누락된 개별자들의 얼굴을 찾아보면서, 문학이 감당해야 할 몫이 무엇인가를 가늠해보는 시도가 될 것이다.

----

12 아즈마 히로키, 안천 역,『느슨하게 철학하기』, 북노마드, 2021, 386쪽 참조.

3. 우물 속 죽음과 우물의 죽음

　　실용과 효용이 객관적 가치이자 진리로 추앙받는 이 시대를 살아가
는 전쟁 이후 세대들은 지난 전쟁의 비극을 어떻게 감각하고 그로 인해
고통받는 사람들에게 공감할 수 있을까? 감정을 배제한 역사적 지식을
기반으로 한국전쟁의 서사를 이해하거나 비극적 파토스만으로 한국전
쟁의 아픔을 상상해보는 태도에서 벗어나 제노사이드의 고통을 구체적
으로 감각함으로써 공감에 이르는 길은 옛 대전형무소 자리에 남아있

옛 대전형무소 건물배치도 항공사진(동그라미는 우물을 가리킴)[13]

옛 대전형무소 우물

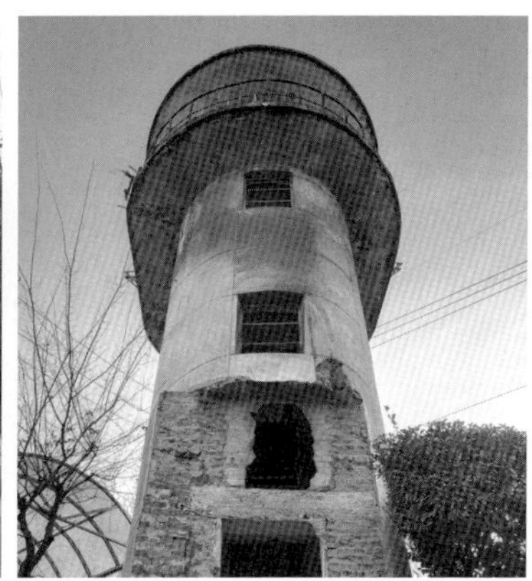

옛 대전형무소 망루

는 우물을 만나는 걸음으로부터 시작될 수 있을 듯하다.

　우물은 형무소의 취사장 옆자리에 그대로 남아 있지만 물은 메마르고 여기저기 푸른 이끼가 낀 채로 한 때 우물이었던 과거의 기억만을 간직하고 있다. 감방과 공장, 창고와 격벽식 운동장은 모두 사라지고 폐허가 된 터에 전쟁의 상흔처럼 무너져 내린 벽돌들과 함께 집단학살의 고통을 증언해주는 우물은 과거의 사건을 현재의 시간으로 불러오

---

13 2019 대전근현대사전시관 특별전 '1919 대전감옥소'. 대전광역시, 『대전감옥 1919-1945』, 2021, 표지에서 재인용

는 목격자이자 당사자로서 실존하고 있다. 그래서 누구라도 우물을 응시하는 순간, 자신을 맞보는 눈길을 느끼며 차마 말할 수 없었던 고통의 시간이 현재의 시공간으로 밀려들어오는 경험을 할 수밖에 없게 된다.

6·25 한국전쟁이 발발하고 얼마 지나지 않아 옛 대전형무소에서 일어난 학살 사건에 대한 증언 가운데 특히 우물과 연관된 구술 내용은 집단학살 행위가 얼마나 잔혹했는가를 상기해준다.

> "이튿날 대전형무소에 끌려간 가족들이 경찰서로 몰려와서 형무소를 빨리 해방시켜달라고 해요. 서원들을 데리고 형무소로 갔더니 정말 차마 눈뜨고는 볼 수 없는 참경이 벌어져 있더군요. 어린 아이까지도 총알이 아깝다고 구덩이를 파서 돌로 찍어죽인 후 아무렇게나 묻어버렸어요. 두 개의 우물에는 사람을 「단무지」식으로 생매장해서 죽였구요. 그들은 사람을 우물 속에 한 겹 처넣고 그 다음에는 카바이드를 던져 덮어버리고… 이렇게 「단무지」 담는 식으로 생매장을 했어요."[14]
>
> -유봉열 씨(당시 충남도경 사찰과장)의 증언

> "대전형무소 간수 22명으로 편성한 특경대를 이끌고 대전형무소를 인수한 것이 10월 3일이었습니다.
>
> 민간인 치안대와 미군 헌병들이 지키고 있더군요. 정문을 들어서니까 송장 썩는 냄새가 코를 찔러요. 전쟁 전에 음료수로 쓰던 직경 4, 5미터의 큰 우물 두 개 속에 시체가 꽉 차 있습디다. 온상 자리의 큰 구덩이 속에도 시체가 그득하구요. 모두 3백 구는 넘을 듯

----

14 중앙일보사 편, 『민족의 증언 2』, 을유문화사, 1972, 55쪽.

한데, 무릎을 꿇여놓고 총·칼·몽둥이 등으로 마구 죽인 흔적이 역연해요. 온상 구덩이 속의 시체는 유가족들이 금이빨이나 옷차림을 보고 대강 찾아갔지만 우물 속의 시체는 짓이긴 데다가 물과 피가 엉겨 분간할 수가 있어야지요. 우물 속의 시체를 건져내는 데 꼭 열흘이 걸렸습니다. 젊은 사람들은 아예 접근조차 안해서 자식 키워 군에 보낸 노인들을 이해시켰지요. 소주로 얼큰히 취하게 하고 약쑥으로 코를 틀어막은 다음에 우물 속에 들여보내 인양작업을 했습니다.

이렇게 해서 꺼낸 시체를 뜰에 놓고 유가족을 찾았지만 워낙 형태가 분간키 어려워 못 찾아내요. 이런 시체가 약 4백 구는 된 것 같아요. 할 수 없이 큰 사무실 3개 정도 크기의 땅을 파고 합장했다가 그 이듬해 화장을 했는데 유골만도 몇 트럭이 됐습니다.

앞서 유붕열 씨도 말했지만 그들은 사람을 10여 명씩 우물에 처넣고는 그 위에 카바이드나 기왓장으로 한 겹 덮어 누르고 해서 떡시루 식 학살을 한 거예요."[15]
-이준영 씨(당시 대전형무소 간수·특별경비대장)의 증언

기억에 의존한 증언이라는 점을 감안하더라도 두 사람이 말한 내용을 살펴보면 북한군이 두 개의 우물에까지 사람들을 생매장했다는 것, "단무지를 담는 식" 또는 "떡시루 식 학살" 방법으로 무도한 수장 행위를 저질렀음을 알 수 있다. 무엇보다 "우물 속의 시체"가 겪은 참혹한 죽음의 양상은 인간으로서는 도저히 상상할 수 없을 정도이다. 충격이 클수록 끔찍한 일을 저지른 적대세력에 대한 비난 또한 강해질 수밖에 없

---

15 위의 책, 56-57쪽.

다. 그런데 북한군의 잔혹한 보복 행위에 함축된 인과관계를 따져 들면 남한의 군인과 경찰에 의한 골령골 민간인 학살 사건이 오랜 시간 은폐되고 왜곡되어 온 맥락과 마주하게 된다.

1992년 《월간 말》지가 「대전형무소 4천 3백명 학살사건」이라는 제목의 기사로 골령골 학살 사건을 처음 보도하고 이를 감옥에서 접한 심규상 기자가 진실을 규명하기 위한 운동에 적극적으로 참여한 이래 1999년 미국 국립문서기록관리청(NARA)의 비밀문서가 드러나면서 골령골 학살 사건의 실체가 본격적으로 밝혀진다. 주한 미대사관 육군 법무관 에드워즈(Bob. E. Edwards) 중령이 작성한 미국의 비밀문서 「한국에서의 정치범 처형(Execution of Political Prisoner in Korea)」을 찾아낸 이는 3살에 아버지를 예비검속으로 잃은 제주4·3 사건의 유족, 이도영 박사(1947-2012)였다.

영국의 일간지 《데일리 워커》의 외신 기자인 앨런 위닝턴(Alan Winnington)은 팜플렛 형식으로 보도한 『나는 한국에서 진실을 보았다 I saw the truth in Korea : facts and photographs that will shock Britain!』에서 "죽음의 골짜기 낭월"에서 목격한 진실을 이렇게 기록하고 있다.

걸음을 옮길 때마다 서서히 땅속으로 가라앉고 있는 살점과 뼈들을 볼 수 있었다. 그 냄새는 목구멍까지 스며들어와 그 후 며칠 동안이나 그 냄새를 느껴야했다. 커다란 죽음의 구덩이를 따라 창백한 손, 발, 무릎, 팔꿈치 그리고 일그러진 얼굴, 총알에 맞아 깨진 머리들이 땅 위로 삐죽이 드러나 있었다.[16]

---

16 앨런 위닝턴, 『나는 한국에서 진실을 보았다 I saw the truth in Korea : facts and photographs that will shock Britain!』, (사)대전산내사건희생자유족회, 앞의 책, 78쪽에서 재인용.

골령골 학살지는 전체 길이가 대략 1km에 달하기 때문에 '세상에서 가장 긴 무덤'으로도 불린다. 골령골에 숨겨진 거대한 구덩이들은 북한군에 협조할 우려가 있다는 이유로 예비검속 대상자들이 된 "국가가 적이라고 판단한 민간인들"[17], 그리하여 국민이 되지 못한 사람들의 은폐된 죽음을 증언하는 실체이다. 구덩이와 뼈를 앞에 두고 우리는 '우려'와 '예비'라는 구실만으로 불법으로 처형된 이들의 죽음을 어떻게 외면할 수 있을까? 우리가 만약 대전형무소와 골령골에서 일어난 형언할 수 없는 이 비극을 한국전쟁의 성격을 규정하는 수사로 자주 사용하곤 하는 '민족상잔(民族相殘)'이라는 단어로 이해한다면, 가해자와 피해자라는 이분법적 프레임에 갇히거나 모두가 가해자이자 피해자라는 인식의 틀에 함몰될 위험이 크다.

이와 같은 위험에서 벗어나 대전의 옛 형무소 자리를 죽음과 죽임을 주고받은 비극의 장소로만 이해하지 말고 한 단계 나아가 제국주의와 국가폭력의 문제, 현재진행형인 분단 현실, 정치적 양극화가 극심해진 오늘날의 우리 사회를 사유하는 문제틀로 어떻게 전유할 수 있을 것인가. 우리는 한 가지 대안을 우물이라는 사물에서 찾아보려 한다. 2022년 대전시의 제1호 등록문화재로 고시된 옛 우물은 재소자들이 마실 물을 길어 올린 장소이자 참혹한 현장을 지켜본 사물이었다. 우물은 일종의 '비인간 행위자'라 할 수 있다. 깊은 땅 속 물을 끌어올려 인간에게 음용수를 전해주던 우물은 집단학살 사건이 발생하는 순간 재소자들이 수장된 무덤으로 변환한다. 생명의 물이 피의 무덤으로 바뀌는 과정에서 우물 역시 죽임을 당한다. 어쩌면, 한국전쟁이 끝나고 오랜 시간이 흐른 지금에 와서 국가폭력에 의한 집단학살의 잔인함이나 전쟁의 참

----

17 "국민이 되지 못한 사람들", http://restricted.or.kr/project/project-01/p1-003/ 참조.

상을 전쟁 이후의 세대가 공감할 수 있도록 해 주는 것은 한국전쟁의 발발부터 휴전에 이르는 전체 과정의 인과적 서사가 아니라 죽임을 당한 우물과 접속한 우리의 감각일지 모른다.

즉각적으로 감각하고 정서적 반응을 제공하는 요소들에 끌리는 포스트모던의 시대를 살아가는 데이터의 탐색자들인[18] 우리는 생명의 물길이 끊어진 우물과 마주침으로써 역사와 공동체를 다른 방식으로 상상할 수도 있으리라. 옛 대전형무소 우물을 내려다보고 "총구를 앞에다 두고 동그래진 눈동자같은/ 가슴에 검은 우물 남겨놓은 총알같은/ 우물터 유리 뚜껑에 거꾸로 매달린 물방울"[19]이 마치 엎어진 도돌이표 모양(⫶)으로 다가온 경험을 한 시인과 같이, 유리가 덮인 채 폐쇄되어 북한군에 의해 자행된 학살을 기억하고 있는 우물의 고통에 공감할 수 있다면 우리는 이전과는 다른 감각으로 인간의 윤리가 무엇인가를 사유할 수도 있을 것이다.

따라서 개연성 있는 인과적 스토리로는 포착할 수 없는 다층적이고 복합적인 역사의 진실을 문학의 언어로 재현하려면 역사적 언어와는 다른 방식의 문학적 실천이 필요하다. 날 선 감정으로 서로를 적대시하는 시대일수록 '시적 정의'를 실천하는 문학의 역할이 중요한 것처럼 문학은 전쟁을 겪지 않은 그 이후의 세대들이 어떻게 인간의 얼굴을 감각하고 연민의 감정을 발휘하게 할 것인지를 끈질기고 집요하게 물어야만 하기 때문이다.

----

18 아즈마 히로키, 이은미 옮김, 『동물화하는 포스트모던』, 문학동네, 2007 참조.

19 김연미, 「도돌이표 비유법-옛대전형무소 우물터에서」, 『시조시학』 2004 여름호(통권 제91호), 38쪽.

4. 행로의 문학이라는 가능성

총체성의 재현이라는 화두가 설득력을 잃고 거대서사로는 삶의 진실을 사유하기 불가능해진 이 시대에 제노사이드를 다루는 문학은 타자가 더 이상 적대적 대립 관계에 놓인 존재가 아니기에 아예 존재하지 않았던 것처럼 타자를 무화(無化)해 버리는 현실을 각성하라고 촉구한다. 제노사이드를 재현하는 문학은 어떤 범주에서건 결국 우리라는 동일자만 남기고 모든 타자를 삭제하는 이른바 '타자 살해 행위'가 실제로 발생했다는 사실을 기록하고 증언한다. 그리고 한 인간의 삶이 개인의 일생으로 마무리되는 단수(單數)가 아니라 공동체를 만드는 '복수(複數)의 이어짐들'이라는 사실을 강조한다. 이러한 조건들 안에서 우리는 제노사이드를 말하는 문학과 더불어 기꺼이 타자의 고통에 공감하고 연민을 느끼며 타자의 삶에 연루된다.

그러나 우리가 상상하는 타자의 공동체는 강한 연결로 묶여있지 않으며 결코 견고하지도 않다. 우정이라는 이름으로 타자와 연대를 지속하는 일조차 위태롭지만 그 위험조차 기꺼이 감내해야만 한다. 타자의 공동체는 어쩌면 약한 연결로 맺어진 무수한 타자의 집합체들로서 묶였다 다시 풀어지기를 반복하는 관계일 것이다. 그러므로 문학은 지금까지 목적론적이고 연속적인 구조로 세계를 구성하는 관점을 내려놓고, 고립된 채 살아간다고 착각하는 개인들이 개별자로서의 삶을 인정하면서도 우리'들'이 함께 살아가는 현실 맥락을 감각하고 타자의 상처에 공감할 수 있도록 제노사이드의 욕망을 파고들어야만 한다.

작가들이 침묵과 망각 속에서 '아무것도 하지 않은 문학'을 내려놓고 '무엇이라도 하지 않으면 안 되는 문학'을 말하려는 노력은 문학이 공적인 삶에 개입하여 시적 정의를 실현하려는 문학의 쓸모를 기꺼이 감당하는 행위이다. 시적 정의를 추구하는 문학은 멀리서 문명인의 초상화를 감상하지 아니하고, 삶의 맥락에 개입하여 숨 쉬며 살아가는 인간의 얼굴'들'을 들여다보게 한다. 그래서 문학은 기록하고 증언한 후, 그 다음 단계에서 연민하는 인간이 타자와 손잡을 수 있도록 이끌어줘야만 한다. 타자라는 존재가 지워지지 않도록 문학은 인간이 세계와 얽힌 채 살아가는 존재라는 점을 각인시키고, 우물과 마주하며 그동안 잊고 있던 역사적 비극의 실체를 감각할 수 있도록 예술만이 실행에 옮길 수 있는 방식으로 실존의 감각을 두드려야 한다.

따라서 타자를 절멸시키고 '나'만 존재하는 동일자의 세상을 만들려는 제노사이드의 기획을 폭로하는 서사는 필연성의 관점에서 보편적 진실을 찾아가는 방향도, 결핍을 지닌 주체가 세계에 맞서다 결국엔 승리하는 서사의 방식도 지양하고, 주체가 세계 속 존재들과 만나 얽히는 과정을 추적해야 할 것이다. 삶이란 늘 불확실하고 복수(複數)적이며 문턱 앞에서 맴돌기를 반복하는 법이니 이야기꾼으로서 작가는 근대적 영웅주의나 성장 담론을 빗겨나 지워져가는 타자의 흔적을 찾기 위해 헤매기를 멈추지 않아야 한다. 그러한 헤맴이 과거의 사건 바깥에 있는 독자들을 사건과 연루시키고 다시 현재와 공존하는 과거의 파편들을 붙잡게 할 수 있다.

감각을 달리하는 주체들이 우물이나 대전형무소의 허물어진 터와 같은 비인간 행위자들과 조응하며 단절된 파편들의 결합을 통해 의미를 포착하는 문학이야말로 개별자들의 삶을 연결하고 구체적 자리를 더듬으며 나아가는 행로(wayfaring)[20]의 문학이라 할 수 있다. 그러한 "문학은 폐허가 된 이 세계에서 인간의 가능성과 의미를 찾아 탐사하"고 "구체적 삶의 현장을 세세하게 들여다보며 입체적으로 탐색하,"[21] 생

---

20 행로의 개념은 팀 잉골드, 김지혜 옮김, 『라인스 : 선의 인류학』, 포도밭출판사, 2024 참조.

21 마사 누스바움, 박용준 옮김, 『시적 정의: 문학적 상상력과 공적인 삶』, 궁리, 2013, 259쪽.

의 감각을 되살려 정의를 되돌려주는 길이 된다. 행로의 문학을 실천하는 제노사이드의 서사는 인과적 논리의 시간 축을 넘어 인간 및 비인간 행위자들이 세계와 맺는 관계를 탐구하는 참여적 사유 속에서 재현되어야 한다. 그것은 대전에, 또 다른 어느 곳에 거주하며 살아가는 우리들에게 문학의 몫이 발휘되는 방식이자 되살아나는 문학의 힘이 우리를 공동체에 연루시키는 모험의 손짓에 응답하는 길이기 때문이다.

보편과 추상의 한계를 뚫고 절멸의 기획을 빗겨나려면 우리도 흔쾌히 타자와 함께 세계에 거주하는 행려자가 되어야만 한다. 우리 시대의 예술가에게 부여된 책무란 결국 죽은 자의 말을 대변하는 수준에서 나아가 흔적들을 연결하고 비딱한 흐름을 만들어가는 조응의 경로를 중단 없이 그리고 목적 없이 이어가는 데 있는 법이니. ■❚

"느린 제노사이드"

: 차별적 도시 공간 구조의 비극

백진

백진 : 서울대 교수. 저서 『정의와 도시』 등

1. 들어가며: 제노사이드는 계속되고 있다

현대사에서 가장 끔찍한 비극 중 하나는 홀로코스트다. 나치 정권은 유대인을 주요 대상으로, 조직적이고 계획적으로 600만 명 이상을 말살하는 전대미문의 일을 벌였다. 인간이 인간을 체계적인 방법을 통해 대량으로 학살한 것이다. 비합리적인 종교 권력, 정치 권력, 전통, 관습에 대항하여 인간 해방을 외치던 근대성의 역설이다. 단순한 전쟁 범죄를 넘어 합리성의 이면에 자리한 광기 어린 생명 조작의 정치가 극단적인 형태로 드러난 것이다.

홀로코스트는 20세기의 일이다. 21세기에는 다행히 홀로코스트에 비견할만한 극단적인 제노사이드는 발생하지 않고 있다. 그렇다고 '제노사이드'를 인류가 이미 극복해 낸 과거의 역사적 비극으로만 치부할 일은 아니다. 오늘날에도 특정 집단에 대한 배제와 차별, 그리고 때로는 생존의 권리를 박탈하는 행위는 지속적으로 발생하고 있다. 이러한 행위는 익명으로 환원된 특정 집단을 대상으로 살상 무기를 활용하는 직접적 폭력은 아니기에 전통적인 의미의 제노사이드와는 외견상 다르다. 하지만 여전히 행정, 정책 그리고 사회적 제도 속에서 은밀하게 실행되고 있으며, 그 결과는 때로는 대규모의 생명이 희생될 정도로 지능적이다. 제노사이드는 사라졌을지 모르나 '느린' 제노사이드는 여전히 어딘가에서 벌어지고 있는 것이다.

한나 아렌트는 『전체주의의 기원』에서 생명 조작 정치의 근원으로 '불필요한 인간'의 출현을 지적하였다. 아렌트는 전체주의 국가가 법과 권리의 보호를 받지 못하는 무국적자, 난민, 소수자들을 배제하고 폭력을 정당화하는 과정을 분석했다.[1] 이후 조르조 아감벤은 이러한 배제

-----

1 Hannah Arendt, *The Origins of Totalitarianism*, New York: Harcourt, 1951, pp. 267-302

가 주권 권력의 본질적 작동 형태인 '예외 상태'를 구성한다고 설명하였다.[2] 도시 공간은 바로 이 예외 상태가 실질적으로 구현되는 현장이다. 누구에게 어떤 형태의 생존을 허용할지를 결정하고 공간 구조를 재편한다. 도시는 실질적인 배제와 차별 그리고 극단적 생명 정치가 실천되는 무대로 기능하는 것이다.

이 글은 현대에도 지속되고 있는 공간적 차별이 갖는 잠재적 폭력성과 생명 경시 및 말살 사태를 '느린 제노사이드'라는 개념을 차용하여 설명하고자 한다. 도시 진화의 종착점인 '거대도시'의 공간 구조 속에 각인된 차별과 배척이 어떻게 '느린 제노사이드'라는 사태를 유발하는지를 살펴보려고 한다. 구체적 사례로 2017년 런던에서 발생한 그렌펠 타워 화재를 분석한다. 이 비극의 희생자들은 얼굴 없는 존재로 취급당한 이들이다. 소통가능한 언어로 피폐한 삶의 조건이 개선되기를 바라는 의사를 표명하지만 조직적으로 무시당하였던 이들이다. 그렌펠 타워가 노쓰켄싱턴 지역에 자리 잡은 것은 우연이 아니다. 특정한 사건의 이면에는 그 사건에 도달하게 된 머나먼 역사적 궤적이 자리 잡고 있다. 이 글은 19세기 런던의 도시 정비 과정을 추적하고, 차별을 정상화한 역사적 궤적이 21세기 후반 공공임대주택에서 발생한 비극과 연결되어 있음을 밝힌다. 홀로코스트와 같은 20세기의 비극은 종료된 것이 아니라, 폭력과 배제가 은밀하게 각인된 도시 공간 속에서 지금 이 순간에도 어떻게 여전히 재생산되고 있는지를 밝히는 소소한 서사이다.

2　Giorgio Agamben, *Homo Sacer: Sovereign Power and Bare Life*, trans. D. Heller-Roazen, Stanford UP, 1998, p. 9, p. 83.

2. "느린 제노사이드"

'제노사이드(genocide)'라는 용어는 1944년 폴란드계 유대인 법학자 라파엘 렘킨(Raphael Lemkin)에 의해 처음 창안되었다. 그는 독일 나치의 유대인 학살과 제2차 세계대전 중 여러 민족 집단에 대한 조직적 살해를 보고, 이를 명확히 금지할 필요성을 강조하고자 '제노사이드'라는 용어를 고안하였다.[3] 이후 1948년 유엔 제노사이드 협약에서는 특정 민족, 인종, 종교, 국적 집단을 대상으로 한 체계적인 살해, 신체적·정신적 피해, 생활 조건 파괴, 출산 방해 등을 포함하는 폭력 행위를 법적으로 금지하였다.[4]

현대 정치철학과 인류학은 제노사이드의 개념을 훨씬 더 확장된 의미로 해석한다. 이는 외형적으로 드러나는 대규모 학살에 한정되지 않으며, 반복적으로 발생하는 국가 폭력과 배제의 문제로 확장된다. 특히 '살 권리'의 박탈과 생명의 점진적 말살을 핵심 주제로 다루며, 공간 구조의 재편을 통해 특정 집단의 거주지를 분리하고 교통, 복지, 주거, 문화 인프라에서 배제하는 과정을 분석한다. 이러한 과정은 삶의 질을 저하시키고, 궁극적으로 생명이 위협받거나 실제로 소멸하는 사태로 이어진다. 이런 일련의 과정과 결과는 외형상 단기간에 살상 수단을 동원하여 전개되는 대규모의 생명 말살, 즉 일반적인 제노사이드와는 양상이 다르다. 좀 더 은밀하고 집요한 형태로 실행되며 장기간에 걸쳐 그 결과가

----

3   Raphael Lemkin, *Axis Rule in Occupied Europe: Laws of Occupation, Analysis of Government, Proposals for Redress* (Washington, D.C.: Carnegie Endowment for International Peace, 1944), p. 79.

4   United Nations, *Convention on the Prevention and Punishment of the Crime of Genocide* (Adopted December 9, 1948, entered into force January 12, 1951), Article II.

드러나는 폭력성이다. 이러한 현상을 일반적인 제노사이드와 구분하여 '느린 제노사이드' 혹은 '슬로 모션 제노사이드(Slow-motion Genocide)'로 지칭한다. 캐나다 출신 법학자 켈 안데르손(Kjell Anderson)은 식민주의 와 인종적 폭력의 관계를 분석하며, 제노사이드가 반드시 즉각적이고 물리적인 대량 학살의 형태로만 발생하는 것이 아니라, 오랜 시간에 걸 쳐 집단의 생존 조건을 체계적으로 파괴하는 구조적 폭력의 형태로도 전개될 수 있음을 지적한다.[5] 가시적 폭력보다 더 은밀하고 구조적인 방 식으로, 제도와 정책, 그리고 일상적 무관심을 통해 집단을 소멸시키는 과정을 개념화한 것이다.

'느린 제노사이드'가 드러내는 폭력의 양상은 더 이상 전통적인 의 미의 물리적 살상이 아니라, 제도와 규율을 매개로 한 삶의 관리와 통 제의 폭력이다. 이러한 권력의 작동 방식을 이해하기 위해서는 미셸 푸 코(Michel Foucault)가 분석한 근대 국가 권력의 성격 변화를 참조할 필 요가 있다. 푸코는 근대 권력이 단순히 죽음과 생명을 결정하는 '주권 권력(Sovereign Power)'에서 개인의 몸을 훈육하고 통제하는 '규율 권력 (Disciplinary Power)', 그리고 인구 전체의 삶을 관리하는 '생명 정치 권력 (Biopolitics/Biopower)'으로 확장·분화되었다고 보았다. 그는 이러한 권력 들이 시대에 따라 단순히 대체되는 것이 아니라, 서로 겹쳐 작동하며 근대 국가의 통치 기술을 구성한다고 분석했다. 주권 권력은 전통 군 주의 권력으로, '죽일 수 있는 권리' 즉 생사(生死)를 결정할 수 있는 권 한이다. 규율 권력은 학교, 군대, 감옥, 병원 등에서 개인의 신체와 행위 를 조직하고 관리하는 권력을 의미한다. 근대 국가에서 등장한 생명 정 치 권력은 단순히 죽음의 권리를 행사하는 데 그치지 않고, 출생, 사망,

---

5　Kjell Anderson, "Colonialism and Cold Genocide: The Case of West Papua," *Genocide Studies and Prevention: An International Journal*, vol. 9, no. 2 (2015): 9-25.

위생, 질병, 주거, 노동력 등 집단의 삶 전체를 관리하는 데 초점을 맞추었다. 푸코의 생명 정치에서 권력의 집행 대상은 개인이 아니라 집단(Population)으로 확장된다. 국가와 제도는 시민 개개인을 단순히 죽이거나 살려주는 주권자가 아니라, 집단의 생명을 최적화하고 관리하는 기능을 수행하게 된 것이다. 따라서 정치의 목표는 전체 인구의 건강, 생산성, 번식, 수명 등을 관리하는 데 있으며, 이를 위해 의료, 위생, 통계, 보험, 도시계획과 같은 제도가 발달하게 된다.[6]

근대 국가가 주권적 권력을 행사하는 것을 넘어 전체 인구의 생명과 생활을 관리하는 방향으로 진화하였음을 밝힌 푸코의 생명 정치 개념은 현대의 보건 정책, 생명공학, 팬데믹 관리, 난민 정책, 생식권 등 다양한 영역을 분석하는 데 활용되고 있다. 조르조 아감벤(Giorgio Agamben)은 이러한 맥락에서 국가 권력에 의해 배제되거나 통제되는 '벌거벗은 생명(Bare Life)'의 문제를 논의한다. 그는 『호모 사케르(Homo Sacer)』에서 '살아 있으나 죽은 자'인 '호모 사케르'라는 개념을 정립한다. '호모 사케르'는 주권의 영역에 방치된 자이다. 주권의 영역은 주권자가 법을 일시적으로 중단하고, 법의 보호 밖에서 생명을 지배할 수 있는 공간을 의미한다. 이 영역 안에서는 인간의 생명이 살해될 수는 있지만 제물로 바쳐지는 '제의적 죽음'이 아니며, 법적 책임도 존재하지 않는다. 이때 인간은 법과 도덕의 보호에서 벗어난 '호모 사케르(Homo Sacer)'의 상태로 전락

----

6   Michel Foucault, *Discipline and Punish: The Birth of the Prison*, trans. Alan Sheridan (New York: Vintage Books, 1977), p. 138; Michel Foucault, *The History of Sexuality*, vol. 1, "An Introduction," trans. Robert Hurley (New York: Pantheon Books, 1978), pp. 135-145; Michel Foucault, *Security, Territory, Population: Lectures at the Collège de France*, 1977-1978, ed. Michel Senellart, trans. Graham Burchell (New York: Palgrave Macmillan, 2007), pp. 1-22.

한다.[7] 법과 폭력 사이의 모호한 구분은 근대 정치에서 권력과 법의 관계가 항상 명확하지 않음을 보여준다. 도시 공간 관리는 국가 권력이 규정한 '호모 사케르'의 정주 조건을 제어하고 조작하는 데에 필수불가결한 수단이다. 예외 상태는 단지 극단적인 폭력이 가해지는 순간만이 아니라, 행정적, 공간적 배제와 통제를 통해 일상적으로 재생산된다. 즉, 국가가 특정 집단을 '죽일 수 있는 자'로 규정하고 사회와 법의 테두리 밖으로 밀어내는 순간, 느린 제노사이드는 이미 시작된 것이다.

이러한 시각은 오늘날 도시 공간에서 벌어지는 여러 형태의 국가 폭력을 이해하는 데 중요한 이론적 틀을 제공한다. 예를 들어, 저소득층 밀집 지역에 대한 공공 서비스 축소, 환경적 유해 시설의 집중 배치, 주거 철거와 재개발을 통한 강제 퇴거 등은 '총격'이나 '학살'과 같은 직접적 폭력이 아닌 '구조적'이고 '공간적'인 제노사이드로 해석될 수 있다. 따라서 제노사이드 개념은 단순히 대량 학살이나 인종청소에 국한되지 않고, '누가 어디서 어떻게 살 수 있는가'를 결정하는 공간·사회적 권력 구조 전반을 포괄하는 확장된 개념으로 재구성되어야 하는 것이다. 이러한 관점은 겉으로는 중립적이거나 효율적으로 보이는 도시계획과 정책이 어떻게 체계적인 생명 경시와 말살의 장치로 작동하는지를 비판적으로 조명할 수 있는 시야를 제공한다.

3. 근대 도시 공간과 차별: 런던의 정비와 그렌펠 타워 화재

2017년 6월 14일 오전 12시 54분경, 그렌펠 타워 4층에 자리한 한 아파트의 냉장고에서 불길이 시작되었다. 불은 부엌 창문을 통해 외벽으

---

7   Giorgio Agamben, *Homo Sacer: Sovereign Power and Bare Life* (Stanford: Stanford University Press, 1998), p. 83, p. 100.

로 확산되었으며, 알루미늄 복합 패널(ACM) 외장재와 폴리이소시아누레이트(PIR) 단열재가 불쏘시개 역할을 하면서 화염은 불과 몇 분 만에 상층부까지 도달했다. 주민들은 대피할 시간을 확보하지 못했고, 결국 이 화재로 총 72명이 희생되었다. 피해자의 다수는 이주민, 소수 인종, 그리고 저소득층 주민이었다. 세입자들이 수년간 화재 위험을 거듭 경고했음에도 불구하고, 행정과 관리 주체의 무책임한 대응이 초래한 비극이었다.

이 참사의 성격을 정확히 이해하기 위해서는 19세기 이후 런던에서 전개된 도시 재정비의 역사를 먼저 고찰할 필요가 있다. 1841년부터 1911년 사이 런던으로 유입된 순이주민 수는 약 125만 명에 이른다. 이들은 시골에서 온 국내 이주민과 대영 제국 및 유럽 전역에서 유입된 이민자들이었다. 이 시기에 펼쳐진 위생 개혁과 도시 재건은 공공위생과 질서유지라는 명분 아래 진행되었다. 하지만 실상은 중산층과 노동자 계층, 그리고 식민지에서 이주한 인종적 소수자들을 특정 지역으로 재배치하는 공간 구획 사업의 성격도 띠고 있었다.[8] 1842년 발행된 에드윈 채드윅의 『영국 노동 인구의 위생 상태에 대한 조사 보고서』는 산업 사회의 열악한 주거 환경을 상세히 기술하고 이런 환경과 질병의 확산은 서로 맞물려 있다고 지적하였다.[9] 정부는 물, 배수, 쓰레기 처리 문제를 개선하려고 개입했지만, 실질적인 효과를 거두지 못했다. 동시에 무자격 건축업자들은 기본적인 주거 조건조차 갖추지 못한 "맞벽식 밀집 연립 주택(back-to-back terraces)"을 계속해서 건설했다. 임대료를 최대한 뽑아

----

8   Paul Johnson, "Class Law in Victorian England," *Past & Present*, vol. 141, no. 1 (1993): 147-169.

9   Edwin Chadwick, *Report on the sanitary conditions of the labouring population of Great Britain*. London: W. Clowes and Sons, 1843.

내는 자판기로 기능하는 주거 양식이었다. 19세기 중후반 런던에서 진행된 슬럼 정리는 단순한 환경 개선이 아니라, 빈곤층을 도덕적으로 열등한 존재로 간주하는 계급적 편견에 근거한 정치 수단이었다. 이러한 정책은 빈곤의 구조적 원인을 은폐한 채, 강제 이주를 정당화하는 계급 기반의 통제 논리를 강화하였다.[10]

산업혁명 이후 유입된 노동자 계층과 20세기 중후반부터 집중적으로 정착한 카리브해 및 아시아계 이민자 공동체는 런던 내 특정 지역에 집중되었다. 이 시기, 브릭스턴(Brixton), 노쓰켄싱턴 (노팅힐(Notting Hill) 일대), 토트넘(Tottenham), 그리고 해크니(Hackney, 특히 달스턴 Dalston 지역) 같은 지역은 흑인 및 소수 인종(BAME - Black, Asian, and Minority Ethnic) 공동체의 주요 거주지로 자리 잡았다. 특히 1980년대 이후에는 이들 지역은 경제적 빈곤과 경찰력의 과잉 배치를 통한 '표적 치안' 정책이 서로 겹치는 경계 공간이 되었다.[11] 흑인 인구가 많은 브릭스턴은 제2차 세계대전 후 윈드러시 세대(Windrush Generation)가 대거 정착한 지역으로, 이들은 주로 19세기 빅토리아 시대에 건설된 테라스 주택에 자리 잡았다. 이 주택은 본래 중산층 가정이 거주하던 곳이었으나, 20세기 중반 중산층이 교외로 이주하면서 방치되었고, 이후 값싼 임대주택으로 전환되는 경우가 많았다. 집주인들은 한 주택을 여러 세입자에게 나누어 임대했지만, 유지와 보수는 제대로 이루어지지 않아 습기와 곰팡이 등 위생 문제가 만연했다. 이런 과밀 거주는 노동 수요가 집중된 런던을

----

10 Dirk Schubert, "Urban hygiene and slum clearance as catalysts: The emergence of the sanitary city and town planning," in eds. Max Welch Guerra, Abdellah Abarkan, Maria A. Castrillo Romon, Martin Pekar, *European Planning History in the 20th Century* (New York, London: Routledge, 2023), pp. 31-32.

11 Jessica Perera, *The London Clearances: Race, Housing and Policing Institute of Race Relations*, (2019), p. 22.

비롯한 여러 도시에서 나타나는 일반화된 현상이었다. 여러 가족이 한 집을 공유하고, 화장실과 부엌은 공동으로 사용하며, 난방 및 온수 공급은 제대로 이루어지지 않는 등 매우 열악한 생활 환경이었다.

당시 임대 시장에서는 노골적인 인종차별이 제도화된 관행으로 작동하였다. 1950~60년대 런던의 공공임대주택(Council Housing)과 민간 임대 시장에서는 흑인 및 아시아계 주민의 입주를 제한하거나 차별하는 사례가 빈번했다. 예를 들어 집주인들은 "흑인, 아일랜드인, 개 출입 금지 (No Blacks, No Irish, No Dogs)"라는 팻말을 걸어 놓고 비백인 가구의 입주를 노골적으로 배제했다.[12] 런던시와 일부 자치구는 "분산 정책 (Dispersal Policy)"을 통해 노쓰켄싱턴, 브릭스턴 등 특정 지역에 집중된 유색인종 거주민을 교외나 신도시로 분산시키려고 하였다. 이 정책은 표면적으로는 사회적 통합과 균형 잡힌 지역사회 형성을 목표로 하였으나, 실제로는 인종적 집중을 해소한다는 명분 아래 유색인 인구를 도시 중심부로부터 배제하고 통제하기 위한 장치로 작동하였다. 특히 브릭스턴은 1950년대부터 카리브해 및 남아시아 출신 이주민의 주요 정착지로 인식되었고, 주택의 노후화와 열악한 위생 상태 때문에 '슬럼'으로 규정되어 대규모 철거와 재정비의 대상이 되었다. 이러한 사회정화 (Clearance)와 분산(Dispersal)은 서로 다른 두 정책으로 보이지만, 실제로는 도시 내 인종적, 계급적 재편을 위한 상호보완적 메커니즘이었다.[13]

----

12 McKee K, Leahy S, Tokarczyk T and Crawford J, "Redrawing the border through the 'Right to Rent': exclusion, discrimination and hostility in the English housing market," *Critical Social Policy*, vol. 41, no. 1, pp. 94-95; Davis, John. "Rents and Race in 1960s London: New Light on Rachmanism." *Twentieth Century British History*, vol. 12, no. 1 (2001): 69-92.

13 Christopher Hilliard, "Housing and the Peripheralization of Race Politics in Britain, 1948–1977," *Past & Present* (2025): 1-40.

1960-70년대에 노쓰겐싱턴과 브릭스턴에 건립된 타워형 공공임대주택은 이러한 구조적 맥락 속에서 탄생한 분산정책의 물리적 산물이다. 켄싱턴·첼시 자치구(Kensington and Chelsea Borough Council), 람베스 자치구(Lambeth Borough Council) 등 지방정부는 오래되고 열악한 저층 주거지를 슬럼으로 규정하고, 이를 철거한 뒤 현대적 고층 공공임대주택을 공급하는 재정비 사업을 추진하였다. 그러나 이는 실질적으로 기존 주민의 재정착보다는 인구의 '재배열(Reordering)'을 목표로 한 정책이었다. 유색인 세입자들은 외곽 신도시로 이주하거나, 철거된 지역 내에서도 고층 공공주택 단지에 집중적으로 재배치되었다. 노쓰켄싱턴과 브릭스턴 모두 이러한 과정을 겪으며, 타워형 공공주택 단지가 저소득층과 유색 인구를 수용하는 주요 양식으로 자리 잡았다.

고층 타워형 공공주택은 좁은 면적에 많은 세대를 수용할 수 있어 공간 활용 측면에서 효율적이다. 또한, 중앙집중식 난방, 급수 설비, 세대별 위생 설비를 갖추어 기존 저층 주택에 비해 현대적이고 위생적인 주거 환경을 제공할 수 있었다. 낙후 지역의 재개발과 도시 정비를 통해 외견상 이미지 개선을 꾀할 수 있다는 점도 장점으로 지적되었다. 그러나 타워형 주택은 '내부 분산(Internal Dispersal)' 정책의 산물이다. 공공임대주택 단지는 커뮤니티를 외딴섬에 정착시키는 것과 같은 효과를 낳아, 지역 사회로부터의 고립을 심화시켰다. 타워형 주택에는 공간적 결함도 존재하였다. 층간 구획 구조는 주민 간 교류를 제한하고 단절을 심화시켰으며, 화재에 대한 취약성도 큰 문제가 되었다. 1970년대 당시 건축 규정에는 스프링클러 설치 의무가 없었기 때문에 안전 설계가 충분히 고려되지 않았다. 외장재, 엘리베이터, 피난 동선을 포함한 코어 설계 역시 안전 측면에서 충분히 검토되지 못했으며, 내외장재로 불연재 또는 난연재를 적용하는 문제도 소홀히 다뤄졌다. 결과적으로 타워형 공공임대주택은 경제적 효율성을 중시하면서 주거지 노후화와 과밀 문제를 해결하기 위한 정책적 선택이었으나, 동시에 사회적 고립과 소외를 심화시키고, 안전상 위험 요소를 내포한 구조적 한계를 가진 건축 형태로 평가할 수 있다.

그렌펠 타워는 이러한 역사적 맥락 속에서 1974년에 완공된 24층 높이의 타워형 공공임대주택이다. 주로 저소득층 이민자와 흑인 및 소수민족으로 구성된 127세대가 거주하였다. 엘리베이터 2대와 직통 피난 계단 1개를 갖춘 중앙 코어를 뺑 둘러 감싸는 방식으로 세대를 배치하였다. 이는 당시 건설된 타워형 공공임대 주택의 전형적인 구성 방식이다. 각층에 4~6세대가 배치되었다. 건물 외관은 단순하고 기능적인 입방체이다. 외벽은 프리캐스트(precast) 단열 콘크리트 블록으로 구성되어 있었다. 이런 특성들은 모두 당시 공공임대주택에서 강조되던 공간의 효율적인 활용과 시공의 경제성을 추구한 결과다. 2012년경부터 리모델링이 기획되기 시작하여, 2015년부터 2016년에 걸쳐 실행이 되었다. 노후 난방 시스템 교체, 창호 교체, 단열 성능 향상을 위한 외벽 마감재 교체가 이루어졌다. 특히 외벽에는 기존 콘크리트 블록 위에 알루미늄 복합 패널과 폴리이소시아누레이트 단열재가 설치되어, 에너지 효율을 개선하고 외관의 이미지를 현대적인 느낌이 나도록 쇄신하였다.[14]

안타깝게도 리모델링 과정에서 안전 문제는 여전히 충분히 고려되지 못하였다. 먼저 스프링클러는 리모델링 과정에서도 설치되지 않았다. 건물 외벽에 새로 설치한 저렴한 가연성 알루미늄 복합 패널 역시 매우 부적절한 선택이었다. 화재 발생 후 걷잡을 수 없는 속도로 불길을 확산시킨 주범 중 하나가 바로 이 외벽 재료이다. 그렌펠 타워 화재 조사위원회의 최종 보고서는 이 참사가 중앙 정부와 건설 산업 내 기관들이 보

----

14 Eric Guillaume, "Reconstruction of the Grenfell Tower fire-Part 5," *Fire and Materials*, 2022, pp. 1-10.

인 무관심과 책임 방기가 수십 년 동안 누적되어 발생한 사건으로 결론 지었다.[15] 중앙 정부는 화재 안전 문제에 대해 안일하고 때로는 방어적인 태도를 보였으며, 규제 완화가 정부의 의제를 지배하여 생명 안전에 영향을 미치는 기본적인 조치조차 무시되거나 간과되었다. 외장재 및 단열재 제조업체들은 조직적으로 시험 과정과 데이터를 조작하여 제품 성능을 왜곡하였다. 켄싱턴·첼시 자치구와 테넌트 관리 기구(KCTMO)는 화재에 취약한 현황을 은폐하려는 태도를 견지했다. 자치구의 감독은 미흡했고 건물의 안전성을 개선할 의무를 방기했다. 테넌트 관리 기구는 리모델링 비용을 절감하기 위해 비밀회의를 개최하여 더 저렴하고 가연성 높은 알루미늄 외장재로 교체하는 데 동의를 해 주었다. 이는 조달법 위반이라는 법률 자문도 무시하면서 결국 교체를 강행하여 외장재에서만 293,368파운드의 비용을 절감하였다.[16] 당시 자치구는 부동산 매각으로 1억 2,900만 파운드를 보유하고 있음에도 불구하고 내려진 부적절한 결정이었다. 주민들의 경고는 무시되었고, 내부 고발자들은 침묵을 강요당하거나 해고되었다.[17] 이런 조직적인 부정과 은폐가 사회적 취약 계층에 속하는 72명의 사망자를 초래하는 참사를 낳은 것이다. 영국 총리는 그렌펠 타워 화재에 대해 "영국 국가의 실패"로 규정하고 사과하였다.[18]

----

15 Grenfell Tower Inquiry: House of Lords debate (https://lordslibrary.parliament.uk/grenfell-tower-inquiry-house-of-lords-debate/)

16 https://www.theguardian.com/uk-news/2017/jun/30/grenfell-cladding-was-changed-to-cheaper-version-reports-say

17 https://www.thebureauinvestigates.com/stories/2019-05-29/grenfell-council-had-129m-it-could-have-spent-on-tower-renovation, https://protect-advice.org.uk/ignoring-whistleblowers-should-never-be-acceptable-protect-responds-to-the-grenfell-tower-inquiry/

18 *UK Prime Minister's Statement on Grenfell Tower Inquiry Final Report*, Hansard, 4 September 2024

그렌펠 타워 참사의 원인은 그 뿌리가 깊다. 빅토리아 시대에 전개된 위생 개혁과 도시 정비는 표면적으로는 개선과 진보의 이름을 달고 있었지만, 실제로는 계급 분리와 빈곤층의 열악한 생활 조건을 도덕적으로 정당화하는 논리와 맞물려 있었다. 이러한 경향은 전후 런던에서 주택 정책과 불균형적인 치안 체계를 통해 인종과 계급에 따른 공간 분리 정책으로 이어졌고, 결국 소수 민족을 도시의 '경계 지역'에 집중시키는 결과를 낳았다. 그렌펠 타워 화재는 이러한 역사적 궤적이 빚어낸 비극의 정점이었다. 이 참사는 국가가 직접적으로 살해를 명령한 결과가 아니라, 수십 년간 누적된 규제 완화, 기업의 부정직, 제도적 무관심, 그리고 주민 경고에 대한 체계적 무시가 빚은 시스템적 실패의 산물이다. 즉, 국가는 더 이상 '죽음을 초래하는' 행위의 주체로서가 아니라, 취약한 인구가 해악과 죽음에 노출되도록 만드는 조건을 방치하거나 허용함으로써 '죽음을 방치하는' 체제로 전환된 것이다. 이는 곧 '느린 제노사이드'의 전형적인 사례이다. 국가가 보호의 책무를 철회하고 인간의 안전보다 경제적 효율성을 우선시함으로써 특정 집단의 삶을 ―아감벤의 용어를 빌리자면― '벌거벗은 생명'으로 전락시킨 방치의 정치가 벌어진 것이다.

4. 나가며: 도시 공간 구조의 정의와 혁신

20세기의 제노사이드가 보여준 광기는 사그라들었을지 모르지만, 생명 경시와 말살은 여전히 현재진행형이다. 오늘날에도 특정 집단은 제도적 무관심과 차별 속에서 생존권을 침해당하고 있다. 이제 폭력은 총칼이나 가스실이 아니라, 도시의 제도와 정책, 불균형한 공간 배치를 통해 느리고 은밀하게 집행된다. 겉으로는 평온해 보이지만, 삶의 기반을 서서히 붕괴시키며 결국 다수의 생명을 위협한다. 바로 '느린 제노사이드'다. 권력은 제도와 물리적 구조를 고안하여 생명을 관리하고 통제한다.

21세기 거대도시의 익명성과 비인격성은 인간 생명을 향한 조직적 폭력의 토대가 되며, 효율적 관리의 논리 속에서 특정 집단은 소외와 배제를 넘어 생명의 존엄 자체가 위협받는다. 도시 공간은 생명의 평등을 보장하는 장이 아니라, 배제와 차별을 구조화하는 장치로 변모한 것이다. 계급과 인종에 따른 공간 분리와 열악한 인프라는 특정 인구를 사각지대에 가두고, 이들의 생명은 언제나 예견된 위험 앞에 놓인다.

느린 제노사이드의 사례로 규정한 그렌펠 타워 화재는 윈드러시 세대에게 가해진 구조적 차별과 제도적 방기가 21세기에도 여전히 형태를 바꾸어 지속되고 있음을 드러낸다. 수십 년간 누적된 반복적인 공간 재배치를 통해 특정 집단의 거주지가 특정한 영역으로 한정되기 시작하고, 결과적으로 계층과 인종간 분리가 공고해진다. 효율성의 논리 아래 이민자, 저소득층, 특정 인종이 모여 사는 곳의 저층 주거지는 수직형 공공임대주택으로 대체되었다. 관리와 안전 규제의 부재, 무자비한 이윤의 추구, 그리고 사회적 소외가 겹친다. 국가 폭력은 계층과 인종적 불평등, 공간적 배제, 시설의 질적 부적합성이라는 다양한 얼굴로 나타난다. 이런 과정 속에서 느리지만 치명적인 제노사이드가 완성되었다. 저소득층이 밀집된 지역에 세워진 수직형 공공임대주택의 외벽이 순식간에 불길에 휩싸이고, 탈출조차 불가능한 공간 구조가 드러난 그 장면은 또 다른 양상의 제노사이드를 가시화한 참혹한 상징이다.

제노사이드를 논하지만 잊어서는 안 될 것이 있다. 도시는 본래 인간과 인간이 '차이'를 매개로 서로 연대하며 삶을 꾸려 나가는 생명의 공간이다. 영국의 저명한 건축 이론가인 피터 칼(Peter Carl)은 도시의 존재 이유는 배타와 배척의 공간구조를 타파하고, 강요되지 않은 다양성이 깃들며 그것을 매개로 한 상호연대를 촉진하는 데에 있다고 주장하였다.[19] 불통이 아닌 소통의 활성화를 위해, 답이 독단적으로 정해진 독백(Monologue)이 아닌 답을 함께 만들어 나가는 다자간 대화(Dialogue)의 중요성을 일깨워 주었다. 삶의 전형성을 의미하는 에토스(Ethos)와 공동의 장에서 수사와 논쟁을 통해 경쟁·타협·승복·융합이 이루어지는 아곤(Agon)의 가치를 다시 되새길 것을 역설하였다. 타협 없는 충돌이 아닌 다자간 대화와 융합을 지향하는 제도와 시설을 쇄신하고 그 공적 중재 기능을 활성화하는 것이 현대 도시가 실행해야 할 중요한 책무라고 보았다. 사람과 사람 사이의, 그리고 집단과 집단 사이의 대면과 소통을 매개하는 제도와 시설이 활성화되면, '차이'를 지우는 폭력이 만연하는 대신, '차이'가 오히려 드러나고 상호간 균형점을 모색하며, '차이'를 매개로 연합하는 공동선의 실현이 가능해진다. 상호파괴적인 공멸을 야기하는 불평등과 폭력이 아닌, 상호공존을 지향하는 정의의 실천이자 지속가능하고 역사 속에 뿌리내려 미래 세대에게까지 영향을 미치는 공동의 해방에 다다를 수 있게 된다.

은밀히 진행되는 제노사이드는 도시에 여전히 드리워진 조직적 죽음의 그림자를 일깨운다. 생명의 터전이어야 할 도시가 어느새 죽음의 공간으로 전락하는 것이다. 죽음의 공간을 생명의 공간으로 되돌리는 것 – 이것이 '느린 제노사이드'를 포착하고 비평해야 하는 이유일 것이다. 이제 은밀히 각인된 소외, 차별, 배제, 배척의 공간 구조를 드러내고, 상호호혜적 연대가 실현되는 생명의 도시로 재편할 진보의 길을 모색해야 한다. ▫▪

---

19 Peter Carl, "Convivimus Ergo Sums," eds. Henriette Steiner and Maximilian Sternberg, *Phenomenologies of the City*, Surrey, England: Ashgate, 2015, pp. 11-32.

시 : ㄱ자에서 ㅋ자가 된, 15일만 더 채우면 인간이 될 수 있다

송경동

송경동 : 시인. 시집 『꿈꾸는 소리 하고 자빠졌네』 등

ㄱ자에서 7자가 된

윤석열 퇴진이다 뭐다 하는 일로 바빠
2년여 만에 찾으니

그새 ㄱ자에서 7자로 허리 굽은 엄니
낮고 낮아져 조금 더 지나면
네 발로 걷겠네

씻고 다듬고 맹글며
손앞에 있는 건 무어라도 주워야 했지만
누구 것 하나 훔치거나 뺏은 적 없이
남편 자식 그 손들까지 삼대를 거두고 먹여 살린

엄니, 고단했던 생의 노역 다 마치고
낳았던 땅, 주워 먹고 살았던 땅속을 향해
맹렬히 돌아가고 계시네

누가누가 높고 거룩하다 하지만
그만큼 겸손하고 공손한 삶이 또 있을까

15일만 더 채우면 인간이 될 수 있다

서울 목동 열병합발전소 75m 굴뚝에 올라
400일째 내려오지 못하고 있던 인간새들
파인텍 해고자 박준호 홍기탁을 구하자고
목동 로데오 거리에 천막을 치고 25일 단식했다
이겨 내려왔다

1986년. 까닭은, 노조 대의원대회 다녀 온 이야기
세세히 적어 동료 '소금꽃나무'들에게 나눠줬다는 것
그 죄로 대공분실 끌려가 고문 받고 해고된 지 36년
뱀 허물 같은 고문 흔적을 등판에 얹고 살아 온 36년
한진중공업 최초의 여성용접공 김진숙 복직을 외치며
2021년 한겨울 청와대 분수대 앞, 천정 없이 닭우리 같던
작은 바람막이 하나 치곤 46일간 단식했다

그만했으면 이 생엔 됐다고 생각했는데
친위 군쿠테타 수괴 윤석열의 파면을 요구하며
광화문 앞에서 14일간 단식해야 했다
쑥 마늘 먹고 100일 견딘 곰이 사람 됐다는 신화처럼
누적 100일 채우면
이 생에 나도 인간이 될 수 있지 않을까, 투지가 솟았는데
호랑이처럼 저 광장으로 뛰쳐나가 싸우자로
전술이 변해 중단해야 했다

언제…, 나머지 15일을 더 채워 인간이 될까

그 세상이 좋은 세상일까

지배와 학살과 독점과 파괴와 착취와 차별과 혐오를 일삼으며

짐승보다 못한 괴물들이 인간이기도 한 세상에서

꼭 인간이어야 할까

* 소금꽃나무 : 김진숙의 책 제목. 쉼 없이 흘린 땀이 말라 염전처럼 허연 소금끼가 덕지덕지한
작업복을 입은 동료 조선소 노동자들을 김진숙은 '소금꽃나무'들이라 지칭했다.

죽음의 시선

II

보이는 죽음과 보이지 않는 죽음 사이에서 우리는 무엇을 보고 있으며 무엇을 보지 못하고 있는가? 사진과 뼈는 제노사이드를 없었던 일로 지우려는 권력에 맞서 있었던 일을 증언한다. 셔터음이 멈춘 곳에서 시작하는 목소리들이 있다. 문학은 기록에서는 잘 드러나지 않는 삶을 상상력으로 재구성한다. 픽션의 영역에서 우리는 살아 있을 때나 죽었을 때나 인간의 존엄성을 부정당한 삶을 마주하게 된다. 죽은 이들의 삶과 목소리를 되돌려주기 위해서, 더는 잊히지 않기 위해서 문학은 제노사이드를 서사화한다. 이는 공동체의 역사를 제대로 인지하고 타인의 고통에 공감하는 자들을 확대해 나가기 위해서이다. 이를 위해 문학은 불안, 두려움, 상실 등의 보편적인 감정을 경유하여 타인의 고통과 트라우마를 전이시킨다. 사후노출자가 많아질수록 소외된 과거는 모든 이들에게 현재진행형인 사건으로 기억될 수 있다. 그것이 같은 공동체에 사는 우리가 할 수 있는 진정한 애도일 것이다.

사진과 뼈

- 골령골과 아산, 1950년과 2023년의 대면

강성현

강성현 : 성공회대 교수. 저서 『다시, 제노사이드란 무엇인가』 등

1. 프롤로그: 두 개의 셔터음

이 글은 두 장의 사진으로부터 시작된다. 하나는 1950년 7월 대전 골령골에서 레오나드 J. 애보트(Leonard J. Abbott) 소령이 촬영한 18장의 학살 기록이고, 다른 하나는 2023년 3월 충남 아산에서 발굴단이 촬영한 유해 A4-5의 모습이다. 73년의 시간적 간극을 사이에 둔 두 사진은 한국전쟁기 민간인 학살에 대한 서로 다른 종류의 시각적 증언을 제공한다.

애보트 소령은 라이카 카메라로 1,800명에 대한 집단 처형 과정을 기록했다. 이 사진들은 "특수한 목적을 가지고 기록과 보고의 차원에서" 촬영된 것으로, A-1등급 기밀문서로 분류되어 49년간 은폐되었다가 1999년 공개되었다.[1] 반면 2023년 발굴단이 기록한 것은 학살의 순간이 아니라 그 결과였다. 고경태의 『본 헌터』에 따르면, A4-5는 73년간 쪼그려 앉은 자세로 발견되었다.[2]

두 사진의 대조는 핵심적 문제의식을 드러낸다. 1950년 사진은 '보이는 학살'을 기록했지만 49년간 은폐되었다. 2023년 사진은 '보이지 않았던 학살'을 73년 만에 가시화했다. 전자가 가해의 기록이라면, 후자는 복원의 기록이다.

사진의 정치학이 여기서 작동한다. 애보트 소령은 프레임 안에 한국군의 '비인도적 행위'를 담았지만, 프레임 밖으로는 미군의 역할을 밀어냈다.[3] 미군을 목격자의 위치로 설정하고 있으며, 한국 군경의 비인도

----

1 정근식·강성현, 『한국전쟁 사진의 역사사회학: 미군 사진부대의 활동을 중심으로』, 서울대학교 출판문화원, 2016, 219쪽.

2 고경태, 『본 헌터: 어느 인류학자의 한국전쟁 유골 추적기』, 한겨레출판, 2024, 15쪽.

3 1951년 4월 대구 '부역자' 처형 사진은 미군이 사진 프레임 안으로 들어온 희귀한 사례다. 스틸사진 왼쪽의 미군은 한국 헌병의 민간인 처형을 지켜보고 있다. 이는 골령골에서 프레임 밖에 머물던 미군의 존재를 가시화한다는 점에서 중요하다. 당시 미군은 '내정 불가 간섭' 논리로 묵인했으나, 실제로는 전시작전권을 통해 한국군을 지휘하고 있었다. 정근식·강성현, 앞의 책, 226, 228쪽.

적 행위를 보고 기록한다는 식의 시선이 작동했다. 명령체계의 최종 책임자는 보이지 않았다.

아산의 발굴 사진들은 다른 시각성을 제시한다. 배방읍 중리 설화산 8부 능선 구덩이에서 발굴된 98개의 비녀와 6개의 귀이개가 애보트의 사진보다 더 구체적이고 개별적인 이야기를 들려준다. 설화산 학살 희생자의 약 70%가 여성과 아동이었다는 점에서, 골령골의 남성 중심 처형과는 다른 양상이었다. 사진의 부재가 오히려 다른 종류의 진실을 드러내는 역설이다.

골령골에는 애보트의 사진 18장이 있었다. 49년간 은폐되었지만 결국 공개되어 국제적 이슈가 되었다. 아산에는 사진이 없었다. 완전한 침묵 속의 죽음으로 더 철저한 망각에 방치되었다. 사진이 있든 없든, 유족의 트라우마는 동일하다. 골령골에서 살해당한 보도연맹원 류동열의 차녀 류금자는 8살 때 순사를 아버지가 일하던 논으로 안내했다. 70년이 지난 지금도 언니의 말이 그녀를 괴롭힌다. "네가 순사를 데리고 가서 알려줘서 아버지가 죽었다."[4]

A4-5는 더욱 철저히 지워진 존재였다. 사진도, 목격자도, 증언도 없는 완전한 침묵 속에서 73년을 기다렸다. "도대체 나는 누구인가?"[5]라는 A4-5의 물음은 73년을 관통하는 절규다.

이 글은 사진과 유해라는 두 종류의 물질적 증거를 통해 한국전쟁기 민간인 학살의 실상을 재구성하고자 한다. 애보트의 셔터음과 발굴단의 셔터음 사이에서, 가시적 학살과 비가시적 학살 사이에서, 우리는 무엇을 보고 있으며 무엇을 보지 못하고 있는가? 사진이 만드는 진실과 사진이 은폐하는 진실 사이에서 어떤 새로운 인식이 가능한가? 이것이 이 연구가 답하고자 하는 핵심 질문이다.

----

4   평화통일교육문화센터, 『산내골령골』, 문화의힘, 2016, 90쪽.

5   고경태, 앞의 책, 20쪽.

2. 1950년, 18장의 프레임

애보트 소령의 시선

1950년 7월 5일 골령골에서 촬영된 18장의 사진은 한국전쟁기 민간인 학살을 증명하는 가장 직접적인 시각적 증거다. 촬영자인 애보트 소령의 정체와 촬영 목적을 이해하는 것은 이 사진들의 역사적 의미를 파악하는 출발점이다.

애보트는 단순한 사진병이 아니었다. 그는 미 극동군사령부 주한연락사무소(KLO) 총책임자로서 정보 수집과 분석을 담당하는 고급 정보장교였다. 주한미대사관 소속 육군무관 에드워즈(B. E. Edwards) 중령이 워싱턴으로 보낸 보고서(「한국에서의 정치범 처형」)에는 이 사진들의 정보 가치가 최고 등급인 'A-1'로 평가되었다고 명시되어 있다. "이러한 처형 명령은 의심할 바 없이 최고위층에서 내려온 것"이라는 기록은 미군이 학살의 조직적 성격을 정확히 파악하고 있었음을 보여준다.[6]

애보트의 촬영 위치와 시선은 특별한 의미를 갖는다. 그는 미군을 목격자의 위치로 설정하고 있으며, 한국 군경의 비인도적 행위를 보고 기록한다는 식의 시선을 취하고 있다. 개입하지 않는 관찰자, 기록하되 구원하지 않는 증인의 시각이었다. 애보트는 안전한 거리에서 카메라로 학살 과정을 포착했으며, 감정의 개입 없이 기계적으로 셔터를 눌렀다. 시체가 가득한 구덩이 밖에서 차례를 기다리며 엎드려 있는 한 사람이 카메라를 향해 기묘한 표정을 짓고 있는 장면의 사진이 있다. 아마도 푸른 눈의 이방인이 자신을 향해 사진을 찍고 있는 상황에 잠시 그런 표정이 나온 것이라 추정한다. 그 장면이 역설적으로 더욱 고통스러운 분위기를 자아낸다. 이 순간의 시선 교환은 18장 중 유일하게 카메라를 응시하는 눈동

---

6   정근식·강성현, 앞의 책, 221쪽.

자로 기록되었다. 익명의 집단 죽음 속에서 한 개인이 남긴 흔적이다.

프레임의 정치학이 여기서 핵심적 의미를 갖는다. 애보트는 전체를 보지 않고 보고 싶은 것만 보았다. 한국군과 경찰의 비인도적 행위는 세밀하게 기록했지만, 미군의 역할은 프레임 밖으로 밀어냈다. 명령체계의 최종 책임자인 맥아더나 학살을 묵인한 미국 정부는 사진 어디에도 없다. 이는 기술적 제약이 아니라 의도적인 배제였다.

학살의 문법

애보트의 18장 사진을 시간 순서에 따라 배열하면 완결된 서사가 드러난다. 이송-배치-처형-확인사살-매장으로 이어지는 학살의 전 과정이 체계적으로 기록되어 있다.

학살 대상은 두 부류였다. 하나는 대전형무소 내 기결수들로, 상당수가 제주4·3사건과 여순사건 관계 재소자들이었다. 다른 하나는 전쟁이 발생하자 대전 근방에서 예비소집되어 구금된 보도연맹원들이었다. 이들은 전쟁 발발 직후 '정치범' 혹은 '잠재적 반대세력'으로 분류되어 제거 대상이 되었다.

변홍명의 1992년 증언은 42년의 시차에도 불구하고 1950년 촬영된 사진들과 정확히 일치했다. "내가 집행 책임자가 된 후 사찰 형사 10명 데리고 형무소에서 대상자를 트럭으로 싣고 왔다"는 증언이 첫 번째 사진들의 논산 트럭과 정확히 겹친다. "적재함 네 귀퉁이에는 헌병 4명 또는 5~6명이 탔다"는 기술도 사진 속 무장한 경찰들의 모습과 부합한다.

배치 과정은 체계적이었다. "처형 대상자들을 순번대로 10명씩 구덩이 앞에 엎어놓고 물러났다"는 증언이 사진에서 확인된다. 10명씩, 순번대로, 엎어놓고. 학살의 효율성을 드러내는 단어들이다. 마치 공장의 생산라인을 연상시키지만, 이는 단순한 응징이 아니라, 전쟁 초기 국가에 의한 정치적·예방적 학살이었다.

처형 단계에서는 분업체계가 더욱 명확해진다. "총살 집행은 한쪽에서는 헌병들이, 다른 한쪽에서는 사찰 형사들이 2개 구덩이씩 나눠했다. 집행 인원은 10명씩 교대로 20명이 대기하고 있었다"는 증언에서 대량학살이 현대적 조직원리에 따라 운영되었음을 보여준다. 그러나 이는 단순한 효율성을 위한 분업이 아니라, 예외상태에서 국가가 '내부의 적'을 신속히 제거하려 한 정치적 폭력의 조직화였다.

기술적 세부사항도 일정한 규격성을 띠었다. "사수는 왼발로 죄수들 발을 밟고 총구를 대각선으로 겨냥했다"는 증언은 사진 속 사수들의 자세와 일치한다. 이는 확실한 사살을 위한 기술적 매뉴얼이 존재했음을 시사한다. 그러나 이 표준화는 산업적 합리성의 산물이 아니라, 전쟁 초기 예방학살을 체계적으로 집행하기 위해 급조된 살육 매뉴얼에 가깝다.

확인사살 과정은 더욱 치밀했다. "죽었는지 안 죽었는지 지휘자가 또 다시 확인한다. 검사 중 '꼬륵~' 소리만 나면 홍 중위는 45구경 권총으로 일일이 확인사살했다"는 장면들이 18장 사진의 후반부에 포착되어 있다. 강성현·정근식은 이를 "아우슈비츠로 대표되는 개스실을 통한 유대인 대량 '처리' 방식이 정착되기 전 '피와 살이 튀는 처리'의 양상과 유사해 보인다"[7]고 분석했다.

마지막 매장 단계도 조직적으로 이루어졌다. "뒤에 대기하고 있던 소방대원들이 우르르 몰려와 시체의 두 다리를 번쩍 들어 구덩이 속으로 밀어넣었다"는 과정이 18장의 마지막 사진들에서 확인된다. 인간이 사물이 되는 순간, 시신이 폐기물처럼 처리되는 장면이 기록되었다.[8]

에드워즈 중령의 보고서에는 대전에서의 1,800여 명의 정치범 집단

----

7   정근식·강성현, 앞의 책, 215, 219쪽.

8   변홍명의 증언은 노가원(1992)과 임재근의 글에서 인용함. 노가원, 「대전형무소 4천 3백 명 학살사건」, 『월간 말』 1992년 2월호, 125-129쪽; 평화통일교육문화센터, 앞의 책, 42쪽.

대전 산내 골령골에서의 "정치범 처형"(재미사학자 방선주 박사 제공)[9]

학살은 3일간에 걸쳐 이루어졌으며, 1950년 7월 첫째 주에 자행되었다고 명시되어 있다. 7월 3일부터 5일까지, 3일 동안 1,800명. 하루 평균 600명, 시간당 25명의 처형이었다. 이러한 수치는 학살의 규모와 효율성을 보여주는 동시에, 우발적 사건이 아닌 치밀하게 계획된 작업이었음을 증명한다.

----

9   이 사진들은 「한국에서의 정치범 처형」에 첨부된 사진들이다. NARA RG 319, Box 4622, Report no. R-189-50, Records of the Army Staff G-2 ID File, 'Execution of Political Prisoners in Korea'.

국제적 시선들

애보트의 카메라만이 골령골에 있었던 것은 아니다. 영국『데일리워커』의 종군기자 앨런 위닝턴(Alan Winnington)이 또 다른 시선으로 이 학살을 목격했다. 에보트의 사진이 학살 집행의 전 과정을 포착한 것이라면, 위닝턴의 사진은 학살 직후의 참혹한 결과를 담았다. 두 시선 사이의 차이는 서로 다른 국면을 비추었지만, 동시에 같은 사건을 상반되게 해석하게 만들었고, 이는 냉전 질서 하에서 진실이 어떻게 정치적으로 구성되고 차단되었는지를 보여주는 중요한 사례가 되었다.

위닝턴은 1950년 7월 31일 인민군과 함께 도착하여 학살의 결과를 목격했다. 그가 본 것은 "구덩이에서 서로 엉켜 있는 붉은 살덩이들과 삐죽 솟아 있는 머리", "얼굴이 날아가버린 주검", "가슴에 뚫린 총탄 구멍" 등이었다. 집단 가매장된 시신들이 지표면 밖으로 드러난 참혹한 광경이었다.

위닝턴은 즉시 세상에 알렸다. 1950년 8월 9일『데일리워커』1면에 「나는 한국에서 진실을 보았다」라는 제목의 기사를 게재했다. 9월에는 북경에서 같은 제목의 팸플릿을 출간했다. "대전 근처의 낭월 마을에서 1km 떨어진 계곡에서 미군 장교의 감시 아래 7천 명이 끔찍하게 처형당했다"고 보도했다.[10]

위닝턴의 시선은 애보트와 정반대였다. 애보트가 '목격자(사실상 방관자)의 위치'에서 한국군의 비인도적 행위를 기록했다면, 위닝턴은 미군의 공범성을 직접 고발했다. "그들을 처형장으로 끌고 온 트럭은 미국 것이었고, 운전자 중 몇 명은 미국인이었다. 총질, 구타, 그리고 목을 자르는 일들은 남한 경찰이 했지만 이것은 세상에서 유례를 찾기 어려운 미국의 범죄이다"라고 기술했다.

----

10 윤태옥, 「영국 뒤집은 한국발 보도, 기자는 망명… 미국은 극비로 물었다」,『오마이뉴스』 2023.12.8.

미국의 대응은 신속하고 체계적이었다. 보도 3일 후 주영 미국대사가 "상세한 반박을 요청"했고, 딘 애치슨(Dean Acheson) 국무장관이 무초 주한 미국대사에게 긴급 전보를 보냈다. "한국군 고위층으로부터 (대전의 민간인 학살을) 전적으로 부인하는 성명서를 받아서 보내달라"는 내용이었다.[11] 이는 체계적인 은폐 시도였다.

한국 정부도 신속히 대응했다. 9월 22일 신성모 국방장관이 골령골 학살을 전면 부정하는 공식 성명을 발표했다. 가해 당사국과 후원국이 공조하여 진실을 은폐하려는 시도였다.

위닝턴이 치러야 했던 대가는 혹독했다. 영국 정부는 그를 반역자로 낙인찍었다. 여권이 말소되고 귀국이 금지되었다. 20년간 독일에서 망명 생활을 해야 했다. 진실을 말한 대가가 추방과 망명이었다. 반면 애보트와 에드워즈는 아무런 처벌을 받지 않았다. 기밀문서로 분류되어 안전하게 보관되었을 뿐이다.

세 개의 시선이 교차한다. 애보트의 카메라는 기록하되 은폐했다. 위닝턴의 펜은 폭로하되 추방당했다. 애치슨의 전보는 부인하고 덮으려했다. 같은 학살 현장에서 세 가지 다른 시선의 정치학이 작동했다. 냉전의 논리가 진실보다 우선했고, 미국의 이해가 인권보다 중요했다.

1999년까지 이러한 상황이 지속되었다. 이도영 박사가 애보트의 18장 사진을 발굴하기 전까지 49년간 진실은 묻혀 있었다. 위닝턴의 증언은 '공산주의 선전'으로 치부되었고, 애보트의 사진은 아카이브에 기밀로 분류된 문서와 함께 잠들어 있었다. 한국 정부의 부인 성명만이 공식적 진실로 통용되었다. 그제야 세 개의 시선이 마침내 하나의 진실을 가리키게 되었다. 골령골에서 벌어진 것은 미군이 보고 기록한 학살이었고, 49년 동안 은폐된 학살이었다.

---

11 위의 글.

이러한 체계적 학살은 제노사이드 연구에서 말하는 '조직화-타자화-파괴' 메커니즘을 전형적으로 보여준다. 반공주의라는 이데올로기를 통해 무장 권력 조직들이 조직화되었고, '빨갱이'라는 낙인을 통해 민간인들이 타자화되었으며, 마침내 체계적 파괴가 실행되었다.[12]

3. 2023년, 발굴되는 침묵

A4-5의 73년

2023년 3월 29일, 아산 성재산에서 특별한 유해가 발굴되었다. 유해 번호 A4-5로 명명된 이 인물은 1950년 골령골 사진 속 희생자들과는 전혀 다른 자세를 하고 있었다. 애보트가 포착한 사람들이 엎드린 자세로 후두부에 총을 맞았다면, A4-5는 쪼그려 앉은 자세를 73년간 유지하고 있었다.

발굴 결과에 따르면, "최대 길이 170mm, 최대 너비 142mm"인 A4-5는 극도로 제한된 공간에서 '수습'되었다. 한 사람이 206개 조각으로 분해되어 있었다. 머리뼈 29개, 몸통뼈 76개, 팔다리뼈 101개. 손목이 뒤로 묶인 상태에서 구덩이에 밀어넣어진 것으로 추정되었고, 실제로 유해 주변에서 '삐삐선'(군용 전화선)이 발견되어 이를 뒷받침했다. 그러나 후두부에 총상의 흔적은 없었다.[13] 골령골과는 다른 방식의 학살이 이루어졌음을 시사한다.

고경태의 『본 헌터』는 이 유해를 1인칭 화자로 설정하여 73년간의 기다림을 기록했다. 이러한 서술 방식은 단순한 문학적 기법을 넘어서 중요한 인식론적 전환을 제시한다. 익명화된 유해에게 목소리를 부여함

----

12 강성현, 『다시, 제노사이드란 무엇인가』, 푸른역사, 2024, 213-219쪽.
13 고경태, 앞의 책, 17-20쪽.

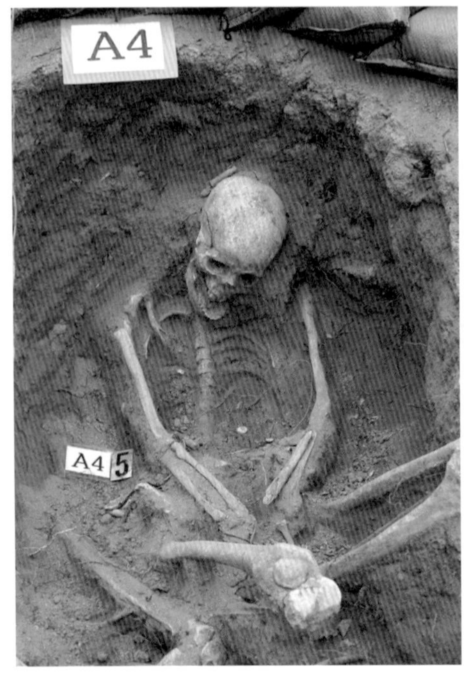

앉은 모습 그대로 발굴된 A4-5
(진실화해위원회)

으로써 국가폭력의 피해자들이 단순한 통계가 아닌 개별적 존재로 인식될 수 있게 한다.

아산과 골령골의 차이는 학살의 양상뿐만 아니라 기억의 방식에서도 드러난다. 골령골에는 애보트의 18장 사진이 있었다. 비록 49년간 은폐되었지만 언젠가는 공개될 가능성을 내포하고 있었다. 반면 아산에는 사진이 없었다. 위닝턴 같은 외국 기자의 목격담도 없었고, 에드워즈 중령의 보고서에도 언급되지 않았다. 완전한 침묵 속의 죽음이었다.

이러한 차이는 사진 없는 학살이 갖는 특별한 성격을 보여준다. 시각적 충격 대신 시간의 무게를, 명확한 기록 대신 모호한 흔적을, 집단적 처형 대신 개별적 고통을 증언한다. A4-5의 쪼그린 자세는 73년이라는 긴 시간을 압축한 조각상과 같다. 순간을 포착한 사진과 달리, 시간을

                                              제노사이드 너머

견딘 몸의 기록이다.

2023년 3월 10일 '노출'과 3월 29일 '분리' 발굴은 A4-5에게 73년 만의 해방이었다. 206개 조각에서 한 사람으로 재구성되는 과정은 단순한 고고학적 복원을 넘어서 존재론적 회복의 의미를 갖는다. 그러나 여전히 불완전한 부활이다. A4-5는 아직 이름을 찾지 못했다. DNA 감식 결과를 기다리며 가족을 찾고 있다. 여전히 번호로만 불리는 존재의 애매함이 지속되고 있다.

은비녀의 독백

아산 설화산에서 발굴된 98개의 비녀는 골령골과는 전혀 다른 종류의 학살을 증언한다. 각 비녀는 한 여성의 개별적 삶을 담고 있으며, 이들이 집합적으로 구성하는 이야기는 젠더화된 폭력의 양상을 보여준다.[14]

1951년 1월 설화산에서 벌어진 학살의 희생자 구성은 골령골과 극명한 대조를 이룬다. 총 208명 중 성인 여성이 86명(41%), 어린이가 60명(29%), 성인 남성은 22명(11%)에 불과했다. 이는 골령골의 남성 중심 대량 처형과는 정반대의 양상이었다. 애보트의 18장 사진에서 여성과 아동은 거의 보이지 않는다.

설화산 학살이 '부역혐의자 가족'을 대상으로 했다는 사실이 이러한 젠더 구성을 설명한다. 남성 가장이 부역혐의로 체포되거나 도주한 후, 남겨진 가족들이 집단적으로 처형된 것이다. 이는 개인의 정치적 행위에 대해 가족 전체가 연대책임을 지는 전근대적 처벌 방식의 적용을 보여준다.

98개의 비녀가 발견된 상태는 각각 다른 이야기를 들려준다. 머리카락에 꽂힌 채 발견된 9개 비녀는 일상이 폭력으로 찢긴 순간을 증언한다.

----

14 이하 설화산 비녀 발굴 관련 내용은 위의 책, 130-136쪽 참조.

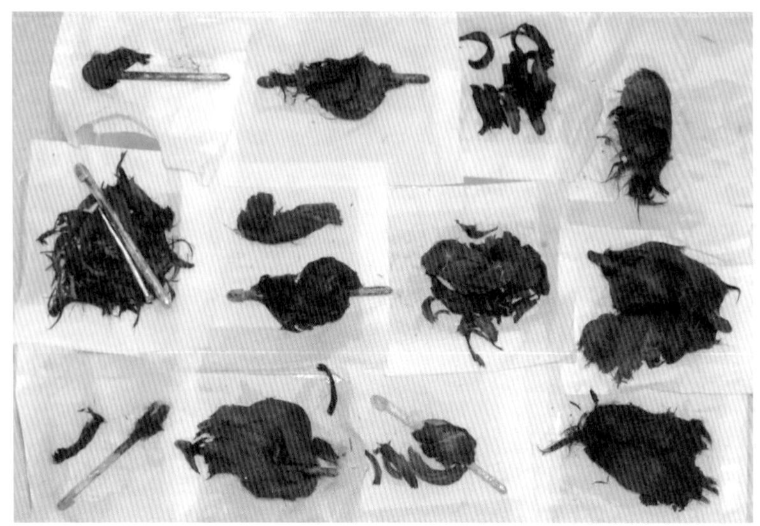

설화산에서 쪽진 머리카락에 꽂힌 채 발굴된 비녀들(한국전쟁기 민간인학살유해발굴공동조사단)

아침에 머리를 올리고 비녀를 꽂는 행위는 하루를 시작하는 여성들의 몸짓이었다. 그것이 마지막 아침이 될 줄 모른 채 거울 앞에서 비녀를 꽂던 순간이 73년 후 발굴을 통해 복원되었다.

　나머지 89개 비녀는 머리카락과 분리된 상태로 발견되었다. 이들의 재질과 장식은 다양했다. 은제, 옥제, 플라스틱 등 서로 다른 소재로 만들어졌고, 문양도 민무늬부터 꽃무늬까지 각기 달랐다. 이는 희생자들이 다양한 계층과 연령대에 걸쳐 있었음을 시사한다.

　손상된 비녀 22개는 당시 가해진 폭력의 강도를 보여준다. 발굴 현장에서 다수의 탄피와 탄두가 함께 발견된 점으로 미루어, 총격과 함께 다른 형태의 직접적 폭력도 행사되었을 것으로 추정된다.

　6개의 귀이개가 함께 출토된 것은 주목할 만하다. 이는 모자 관계의 일상적 돌봄이 학살 현장까지 이어졌음을 의미한다. 개별적 살해가 아닌 가족 단위의 집단 학살이었다는 증거다.

은비녀들이 만드는 이미지는 애보트의 사진과는 전혀 다른 종류의 시각성을 갖는다. 사진이 순간을 포착한다면, 비녀는 일상을 담고 있다. 매일 아침 반복되었을 머리 단장의 시간, 거울 앞에서 비녀를 꽂으며 하루를 시작하는 여성들의 모습이 물질을 통해 복원된다. 이는 거대한 정치사 대신 미시적 일상사를, 남성적 공론장 대신 여성적 사적 영역을 가시화한다.

『본 헌터』에서 "설화산 은비녀 1"이 스스로를 명명하는 행위는 중요한 의미를 갖는다. 이는 익명화된 희생자들이 주체성을 회복하려는 시도로 해석될 수 있다. A4-5의 자기 명명과 마찬가지로, 번호나 분류 체계를 넘어서 자기 정체성을 선언하는 것이다. 98개의 비녀는 98명의 여성을 의미하며, 각자의 이름과 나이, 취향과 꿈을 가졌던 개별적 존재들이었다.

4. 사진과 유해의 대위법

보이는 죽음, 보이지 않는 죽음

1950년과 2023년 사이에는 73년의 시간적 간극만이 아니라 두 종류의 서로 다른 죽음이 존재한다. 하나는 '보이는 죽음'이고, 다른 하나는 '보이지 않는 죽음'이다. 이러한 구분은 단순히 시각적 접근 가능성의 문제를 넘어서 권력과 기억, 증거와 증언의 정치학을 이해하는 핵심적 개념틀을 제공한다.

애보트의 18장 사진이 포착한 것은 전형적인 '보이는 죽음'이었다. 과잉 가시성의 죽음이라고 할 수 있다. 트럭에서 내리는 순간부터 구덩이에 묻히는 순간까지, 죽음의 전 과정이 체계적으로 기록되었다. 1,800명의 집단 처형이 18장의 프레임 안에 압축되었다.

그러나 이러한 '보이는 죽음'은 역설적으로 49년간 '보이지 않는 상태'로 유지되었다. 기록되었지만 은폐되었고, 촬영되었지만 공개되지 않았다. ‘CONFIDENTIAL’ 도장이 찍힌 채로 미국 국립문서보관소 깊숙이 묻혀 있었다. 이는 가시성의 정치학이 갖는 이중적 성격을 보여준다.

아산은 처음부터 ‘보이지 않는 죽음’이었다. 애보트 같은 미군 정보장교도 없었고, 에드워즈 중령의 보고서에도 언급되지 않았다. 위닝턴 같은 외국 기자의 목격담도 없었다. 오직 침묵만 있었다. A4-5의 죽음에는 카메라가 없었다. 다만 73년 후 발굴될 때까지 그 자세가 3차원으로 보존되었을 뿐이다. 이는 사진보다 더 구체적인 증거였다. 죽음의 순간이 몸 자체에 새겨진 것이다.

발굴 사진은 학살 사진과 완전히 다른 언어를 말한다. 애보트의 사진이 순간을 포착했다면, 발굴 사진은 시간을 담고 있다. 73년이라는 긴 시간을, 층층이 쌓인 흙의 무게를, 서서히 부식된 뼈의 변화를. 발굴 현장에서는 유하가 사진이 포착하지 못한 것을 증언한다.

발굴 자원봉사자 정하가 말하는 “뼈가 나오는 길을 잘 따라가야 한다”[15]는 원칙은 애보트의 카메라가 따라간 학살의 순서와 대조된다. 위에서 아래로, 조심스럽게, 개별성을 훼손하지 않으면서 진행되는 발굴 작업. 이는 발굴의 윤리가 촬영의 정치학과 어떻게 다른지를 보여준다. 전자가 거리두기와 객관화를 추구한다면, 후자는 접근과 관계 맺기를 지향한다.

발굴 사진이 만드는 이미지는 학살 사진과 정반대의 방향성을 갖는다. 애보트의 사진이 수평적 죽음(엎드린 자세)을 보여준다면, 발굴 사진은 수직적 시간(쌓인 층위)을 보여준다. 순간의 폭력과 시간의 침묵, 기록의 정치학과 복원의 윤리학이 여기서 대비된다.

----

15 정하의 이야기는 고경태, 앞의 책, 231-237쪽.

물질이 말하는 것들

사진이 침묵할 때 물질이 말한다. 애보트의 18장이 포착하지 못한 것들을 73년간 간직해온 물질적 증거들이 입을 연다. 골령골에서 나온 M1 카빈 소총 탄피 634개는 가장 직접적인 물질적 증거다. 한국군 헌병과 경찰이 사용한 무기의 흔적으로, 변홍명의 증언과 정확히 일치한다.

단추는 피해자의 신분을 증언하는 중요한 지표다. 발굴 과정에서 다양한 색깔과 재질의 단추들이 발견되었는데, 비슷한 유형의 단추들은 재소자, 다양한 단추가 나오면 보도연맹원의 것으로 추정된다. 애보트의 사진에서는 구분되지 않았던 피해자의 정체성이 단추를 통해 드러나는 것이다.

아산에서는 다른 종류의 물질들이 말한다. USSR 탄피가 발견된 것은 골령골의 M1 카빈과는 다른 무기가 사용되었음을 보여준다. 98개의 비녀는 가장 웅변적인 물질적 증거다. 각각이 한 여성의 개별성을 담고 있다. 민무늬 은비녀, 원문양 비녀, 꽃무늬 비녀, 플라스틱 비녀, 옥비녀. 재질과 장식, 크기가 모두 다르다.

머리카락에 꽂힌 채 발견된 9개 비녀는 특별한 의미를 갖는다. 죽음의 순간이 그대로 부존된 것이다. 머리카락과 분리되어 발견된 비녀들은 다른 이야기를 들려준다. 조각으로 발견된 비녀들은 폭력의 강도를 증언한다. 6개의 귀이개는 일상적 돌봄의 흔적을 보여준다.

A4-5의 쪼그린 자세는 골령골의 엎드린 자세와 대비되는 다른 죽음을 증언한다. 후두부 총상의 흔적이 없다는 것은 다른 방식으로 죽었을 가능성을 시사한다. 극도로 훼손된 A4-5의 상태는 당시 가해진 폭력의 참혹함을 보여준다. 물질들이 만드는 네트워크는 사진이 포착하지 못한 복합적 진실을 구성한다. 탄피와 단추, 비녀와 귀이개, 뼈와 머리카락이 연결되어 하나의 거대한 이야기를 만든다. 사진의 순간성을 넘어서는 물질의 지속성, 기록되지 않은 것들의 증언이다.

그러나 물질도 한계가 있다. A4-5의 이름을 말해주지 못하고, 은비녀 1의 본명을 복원하지 못한다. 가해자의 정체를 밝히지 못하고, 명령 체계의 최종 책임자를 지목하지 못한다. 물질은 증언하지만 판결하지는 않는다. 사실을 보여주지만 의미를 강요하지는 않는다.

제노사이드는 물리적 생명 파괴와 함께 사회적 기억의 파괴를 동반한다. 사진이 있든 없든, 기록이 남든 남지 않든, 가해 권력은 진실 자체를 지우려 한다. 그러나 물질은 권력보다 오래 살아남는다.

그 의미는 살아있는 사람들이 부여해야 한다. 정하의 호미질처럼, 류금자의 증언처럼, 끝나지 않는 발굴과 기억의 실천을 통해서. 634개의 탄피가 1,441구의 유해와 만날 때, 98개의 비녀가 208명의 희생자를 대변할 때, A4-5의 206개 조각이 다시 한 사람이 될 때, 물질은 비로소 온전한 증언을 완성한다. 사진과 함께, 그러나 사진을 넘어서서.

5. 에필로그: 우리가 묻는 것

1950년 7월 5일, 애보트 소령은 왜 촬영만 했을까? 이 질문은 이 연구를 관통하는 핵심적 문제의식이다.

애보트의 18장 사진이 포착한 것은 단순한 처형이 아니었다. 그것은 마틴 쇼(Martin Shaw)가 정의한 "민간인 사회 집단들을 파괴하려는 무장 권력 조직들과 이 파괴에 저항하는 그 사회 집단들 간의 폭력적 사회 갈등"[16]의 전형이었다. 보도연맹원과 정치범이라는 민간인 사회 집단이 국가라는 무장 권력 조직에 의해 체계적으로 파괴되는 순간이 단계별로 기록되었던 것이다.

---

16 강성현, 앞의 책, 214쪽.

49년간의 은폐와 73년간의 침묵은 제노사이드 연구에서 말하는 '부정 메커니즘'의 작동을 보여준다. 가해 집단이 대량 학살 사실을 부인하거나 정당화하고, 피해자에 대한 사회적 기억을 압살하며, 공식 역사에서 완전히 배제하는 과정이 바로 그것이다. 애보트의 사진은 기록했지만 은폐했고, A4-5는 증언했지만 침묵당했다.

그는 정보장교였다. 라이카 카메라를 든 관찰자였다. 개입하지 않고 기록하는 것이 그의 임무였다. 그러나 그것만이 이유였을까?

애보트의 침묵은 공범의 침묵이었다. 기록한다는 명목으로 포장된 방관이었다. 미국이 만들고자 했던 "자유세계의 전쟁"이라는 정치적 구도에 불리한 장면들을 극비로 분류하여 49년간 은폐한 체계적 공모였다.

2023년 우리는 무엇을 촬영하지 않고 있는가? A4-5가 묻는다. 73년이 지나도 여전히 번호로만 불리는 존재, 설화산 은비녀 1과 함께 익명성에서 벗어나려 몸부림치는 유해들이 묻는다. 우리는 그들의 이름을 찾아주고 있는가?

사진과 뼈라는 물질적 증거는 제노사이드의 부정 메커니즘에 맞서는 강력한 반증이다. 수많은 탄피와 98개의 은비녀, 극도로 훼손된 A4-5의 몸이 만드는 네트워크는 '없었던 일'로 지우려는 권력에 맞서 '있었던 일'을 증언한다.

사진과 뼈 사이에서 진실은 복원된다. 애보트의 18장이 포착한 순간과 A4-5의 73년이 증언하는 시간 사이에서, 가시적 폭력과 비가시적 침묵 사이에서, 기록된 학살과 기록되지 않은 학살 사이에서. 그러나 복원은 아직 완성되지 않았다.

A4-5의 질문은 계속된다. "도대체 나는 누구인가?" 이 질문에 답하는 것이 우리의 과제다. 사진과 뼈가 함께 증언하는 진실을 마주하는 것이 우리의 책임이다. 애보트의 셔터음이 멈춘 곳에서 우리의 목소리가 시작되어야 한다. ◻◣

대전과
은폐된 서사(들)의 복원

이하은

이하은 : 충남대 강사.

1. 들어가며

2024년 연말부터 우리 삶에 영향을 미친 사건으로 12·3 내란을 들 수 있다. 12·3 내란은 누군가에겐 직접적으로 겪은 역사적 상흔을 되살리는 사건이었고, 또 다른 이들에게는 역사의 한 장면에서 보았던 일들이 눈앞에 재현되는 순간이었다. 그리고 이 사건은 12월 3일에 묶여 있지 않고 오늘날까지 우리의 존재 양상에 영향을 미치고 있다. 이와 마찬가지로 역사의 한 점으로 받아들였던 수많은 사건 역시 무의식 속에 자리하면서 우리의 존재 양상을 만드는 기반이 되지 않았을까? 그렇다면 집단무의식 안에 잠들어 있으면서 절대적인 단절과 차단을 느끼게 한 경험은 무엇이 있을까? 이를 가장 상징적으로 드러내는 역사적 사건은 한국전쟁일 것이다. 한국전쟁은 남과 북이 이념적으로, 지리적으로도 단절된 계기이기 때문이다.

한국전쟁이 발발하면서 서로 다른 이념을 지닌 자들이 함께 살던 세상이 뒤바뀌게 되었다. 이념이 인간을 분할하는 도구가 되면서 다른 이념을 지닌 자, 혹은 이념이 무엇인지도 모르고 살아가는 자들에게도 잔인하고 비인간적인 폭력이 무차별적으로 자행되기 시작했다. 이로써 당대를 살아가는 이들은 이 지역과 도시를 점령한 이가 누군가에 따라 적절한 언어를 구사해야만 했고, 이념적 잣대에 따라 함께 살아가던 마을 주민들을 배제하고 복수하는 등의 삶을 살아왔다. 이는 분단의 체제에서 레드 프레임, 공비의 잔혹성 등의 언표들이 반복적으로 생산되었고, 붉은 낙인은 법, 공안과 연루되어 잔혹한 폭력을 정당화하는 표식으로 활용되었기 때문에 가능한 일이었다. 이처럼 이데올로기가 인간을 분할하고 배제한 결과, 그 당시 행해진 수많은 폭력과 차별의 결과들은 땅속으로, 사람들 마음 안에 매장된 채 묵인되어 왔다.

넓게 보면 한국은 제노사이드의 지층이 중첩된 공간이다. 일제강점기에는 '민족'이라는 생물학적 차원에서 제노사이드를 겪었으며, 한국전쟁 이래로는 '정치사상'과 결합한 차원에서의 제노사이드를 겪었기 때문이다. 그리고 한국의 복합적인 지층을 한 점에서 드러내는 지역 중 하나가 대전이다. 일제강점기에는 일상적인 삶에서 지배민족과 피지배민족의 위계를 내재화하던 공간이라면, 한국전쟁기에는 이념적 대립에 의해 양 진영 모두가 희생된 공간이기도 하다. 산내 골령골은 북한군에 가담할 가능성을 제거하기 위해 무차별적으로 학살이 이뤄진 장소라면, 대전형무소 우물은 골령골에서의 학살을 보복하기 위한 학살의 현장이기 때문이다.

이 글에서는 복잡한 학살의 층위가 얽혀 있는 대전을 통해 다시 한번 제노사이드를 말하고자 한다. 한국전쟁에서의 이념적 대립과 비극적인 사건들은 문학적으로 여러 차례 형상화된 점이 있다. 그러나 한국전쟁에서의 참상이라는 범주 안에서도 오랫동안 발설되지 못한, 혹은 하지 않은 이야기들이 남아 있다. 매장된 삶들은 그것이 발굴되고, 그것에 관심을 보이는 이가 등장할 때까지 조명받지 못한다. 그런데 오늘날, 사람들의 마음과 땅속 깊이 매장되었었던 이야기들이 이야기되기 시작했다. 대전에는 매우 오랜 시간 땅속에서 이야기가 전달되기를 기다린 사건이 있다. 세상에서 가장 긴 무덤이라는 수식어를 지닌 골령골이다.

골령골은 민간인 학살, 국가폭력 등의 언표들과 인접한 사건으로 분류되었다. 그러나 여기서는 골령골을 제노사이드의 사건으로 보고자 한다. 대체로 골령골이 학살, 혹은 학살과 유사어인 제노사이드의 범주에서 논의될 때, 생물학적인 죽음 즉, 홀로코스트와 같이 비이성적이고 끔찍한 살인적 성향을 동반한 사건의 의미로 논의된다. 이 경우 골령골은 1950년 6월 28일부터 7월 17일에 자행된 학살로 축소된다. 그러나 골령골을 1950년 6월부터 7월 사이에 발생했던 학살의 장소로만 봐서는 안 된다. 골령골이 하나의 사건으로만 존재할 경우, 골령골에서 최후를

     제노사이드 너머

맞이하게 된 자들의 역사, 그리고 그 이후에 골령골과 관련된 자들에게 가해졌던 삶의 압박 등은 사라지기 쉽다. 골령골 사건 전후로 끊임없이 존재했던 폭력의 역사를 응시하기 위해서는 골령골을 제노사이드로 바라볼 필요가 있다. 골령골을 역사의 한 점, 한 순간으로 단절하지 않고 선으로 펼쳐서 볼 때 골령골에서 들려오는 다성적인 목소리들에 응답할 수 있을 것이다.

매장되고 사라져 가는 삶들을 잊지 않고 복원할 때, 현재 우리의 현실에서 과거가 지니는 의미, 우리의 과업이 무엇인가를 성찰할 수 있다. 이를 위해 제노사이드의 관점에서 다시금 대전의 골령골을 주목할 필요가 있다. 골령골은 일제강점기부터 해방기까지 사회를 변혁하고자 한 자들의 죽음의 공간이다. 또한 골령골은 그곳에서 죽은 이들의 가족들을 죽음의 순간에 가두고 살아가게 한 시작점이다. 이처럼 대전의 제노사이드를 통해 대전에 살았었던, 그리고 살아는 있으나 죽음과 한몸이 된 채 생을 보내야 했던 자들의 삶을 다시 돌아보고자 한다. 이를 위해 박현주와 김성동의 소설을 중점적으로 살펴보고자 한다.

박현주의 『랑월』은 일제강점기부터 오늘날까지 이어지는 대전의 역사를 다큐멘터리와 같은 방식으로 치밀하게 서사화한다. 이를 통해 대전에서 활발히 살아 숨쉬던 삶들을 재현하고, 그들의 삶이 골령골로 종착하는 과정을 서사화한다. 반면 김성동은 아버지가 골령골에서 희생된 작가이다. 그런데 김성동의 소설에는 골령골이 직접적으로 노출되지는 않는다. 오히려 아버지와 어머니가 해방 공간에서 했던 활동들과 그들의 염원을 전면에 내세우는 등 '정치적 발화'[1]가 두드러지거나, 아버지의 죽음 후 좌익 가족들의 삶이 어떠했는가를 서사화한다. 『민들레꽃

------

1   이한결, 「1980년대 김성동의 소설과 연좌제」, 『사이』 제37호, 국제한국문학문화학회, 2024, 326쪽.

반지』로 갈수록 김성동의 소설은 사건의 인과적인 흐름보다는 담론 그 자체가 강조되는 경향이 있다. 제노사이드를 서사화하는 방식을 통해 대전의 제노사이드가 오늘날에 우리에게 던지는 의미가 무엇인가를 말하고자 한다.

2. 연대기적 구성을 통한 제노사이드의 서사화

현재를 이해하기 위해서 인간은 반드시 과거를 돌아봐야 한다. 삶의 종착지 앞에서 삶의 의미를 반추하면서 등장한 서사는 대개 연대기적인 구성을 보인다. 이때 연대기란 인생의 보편적인 변화, 즉 탄생과 쇠망의 몇 가지 과정을 의미한다. 연대기적 구성을 취하는 서사의 유형 중 대표적인 것이 역사 서사이다. 역사 서사는 사건의 논리에 의해 시초에서 시작하여 연대기적으로 제시하는 방식을 취하는데,『랑월』의 서사 방식은 이와 유사하다.『랑월』은 골령골을 서사화하기 위해 골령골에서 시작하지 않는다. 오히려 골령골로 귀결될 수밖에 없던 이들의 삶에서부터 이야기를 시작한다. 그로부터 우리는 일제강점기와 한국전쟁기 속 대전의 모습을 마주하게 된다. 일제강점기 대전의 모습은 염상섭이나 채만식 등의 소설에도 일부 등장한다. 텍스트의 외연을 확장한다면 재조 일본인들, 가령 쓰지 만타로의 기록들에서도 당대의 모습을 확인할 수 있다. 그렇지만『랑월』은 일제강점기 대전 일대를 살아가던 사람들 중 일제 및 친일 세력에 저항하던 조선인들의 모습을 중점적으로 묘사한다. 소설적 의도에 따라 구성된 면이 있으나,『랑월』의 작중인물들을 통해 그 당시에 존재하던 저항의 역사를 생생하게 상상할 수 있다.

대전경찰서에서 1차 수사를 받은 후 형무소로 이송된 사람은 모두 다섯이었다. 이동하, 정세영, 장보술, 우달식, 유판돌은 대전형

무소에서 취조를 계속 받았다. 고문 간간히 던져주는 식은 밥덩이
에는 벌레가 들끓었다.

"나는 죄가 없소. 조합결성은 총독부도 허가한 사항이오. 대회
후 행진은 평화로운 행진이었소." (중략)

이동하는 사카이가 지레짐작으로 하는 거짓말과 협박에 말려
들지 않으려고 정신을 바짝 차리려 애썼다.

"너, 본토에서 사회주의자 조직에 가입했지? 그것도 가장 악독
한 아나키스트 단체말야. 감히 왕세자 전하의 옥체를 해하려 했던
놈들이지. 바로 그 조직에 네 놈이 분명 있었어."(『랑월』, 134-135쪽.)

대개 대전은 철도를 중심으로 발전한 식민도시로 알려져 있다. 그리
고 대전이라는 도시는 러일전쟁을 준비하고 신생도시에 일본인들이 자
생하기 위해 발달했다는 쪽으로 많이 연구되어 왔다. 대전역과 재조일
본인 등에 따라 대전이라는 도시가 성장한 것을 부인하기는 어렵다. 이
러한 해석들은 사료를 기반으로 하여 대전을 바라볼 때 나타나는 설명
들이다. 학술적인 관점에서 검토하는 사료들은 대개 도시 운영의 주체,
즉 일본인이 작성한 자료들에 해당한다. 그러다 보니 자료를 기반으로
바라본 대전은 일본인의 시선과 기록에 따라 재구성되는 면이 있다. 그
러나 일제강점기 대전, 회덕, 진잠, 유성 등 현재의 대전을 구성하는 공
간에는 매우 다양한 삶들이 공존했다. 기록에서는 잘 드러나지 않는 일
상을 상상과 결합하여 구성하는 몫이 문학일 터인데, 『랑월』은 그것을
저항의 움직임이라는 면에서 재현해 나간다.

위 인용문에는 소작쟁의를 일으킨 주된 세력으로 분류된 다섯 명
을 색출하고 이들을 고문하는 장면이 나타난다. 대전농민조합 농군들
이 삼일운동을 연상시킬 만큼 격렬하게 행진을 하자, 사카이는 '김갑승'
의 연락을 받고 주동자를 연행한다. 대전의 유지들이 개입하여 이들의

처벌을 방해하기 전에 조서를 꾸리며 이들을 형무소로 연행하기에 바쁘다. 여기서 정세영의 대사에 주목할 필요가 있다. 이에 따르면, 이들은 '총독부도 허가한 사항'에 맞게 적법한 방식으로 '행진'을 했다. 그러나 사카이는 절차의 적법함은 무시하고 '사회주의자 조직', '아나키스트 단체' 등과 같이 사상 검열을 하면서 이들의 죄를 따지기 시작한다. 그렇게 일제강점기에 더 나은 삶을 꿈꾸고 일제에 저항하던 이들은 1차로 대전형무소로 집결한다.

대전형무소는 일제강점기 조선총독부가 '사상범'을 수감하기 위해 계획한 감옥이다. 대전은 수감자를 이송하기에 교통이 편리한 대전역이 근처에 있고, 장기간 안정적으로 수용할 수 있는 대규모 부지가 있다는 점에서 형무소를 설치하기에 적합한 장소였다. 실제로 일본은 서울 이남의 사상범 처벌과 감시를 위한 중심 감옥으로서 대전형무소를 계획하고 준공에 착수했다.[2] 이에 따라 독립운동가나 사회주의자 등의 사상범들은 대전형무소에 대거 수용되었다. 앞서 『랑월』에서 '아나키스트'로 분류된 '이동하'가 대전형무소에서 취조를 받는 대목도 이러한 대전형무소의 기능을 잘 드러낸다.

일제강점기의 '사상범'은 일본제국주의에 반대하고 저항하는 이들을 모두 포괄하는 용어이기에 '사회주의', '민족주의', '아나키스트' 등의 이념 노선이 이에 모두 포함된다. 반면 해방 이후의 '사상'의 의미 지층은 조금 달라진다. 남한의 단독정부 수립 후, '사상'이란 민주주의에 반하는 사상으로 축소되기 때문이다. 그로써 일제강점기에 '사회주의'나 '아나키스트' 등으로 활동하던 이들의 이력은 새로운 사회에서도 검열하고 단속해야 할 근거로 작용하게 된다. 이로써 『랑월』의 작중인물들

---

2   박경목, 「일제강점기 대전형무소 설치와 확대」, 『한국독립사연구』 제73호, 2021, 225-227쪽 참고.

    제노사이드 너머

은 해방 이후에 또다시 대전형무소에 투옥된다. 일제강점기나 해방 이후나 이들이 감옥에 갇히는 이유는 같다. 바로 국가에서 중요시하는 이념과는 다른 사상을 꿈꾸고 이를 실현하고자 한 행동들 때문이다.

(1) 정세영이 체포된 후 군시제사공장 노동조합 출신들과 인민위원회 주변에 있던 자들은 언제 끌려갈지 몰라 좌불안석인 상태였다. 최언년은 며칠간 공을 들여 신곱단과 제갈보름의 자술서를 받아내었다. 불안한 그들의 처지를 이해해주고 부드러운 혀로 잘 구슬렸더니 안심하는 눈치였다. (중략) 월북자의 가족. 붉은 줄이 그어져 늘 감시대상인 그들. 언제든 잡아 가두고 족칠 수 있는 그들. 전향하지 않으면 새로 새운 이 나라 대한민국에서 결코 순탄하게 삶을 유지할 수 없는 그들. 이등 국민으로 전락할 그들, 바로 송혜인과 아기!(428쪽.)

(2) "뻔한 거 아니겠소? 새악시가 아그 눕혀두고 도적질을 했겄소? 기운 뻗쳐 낯도 몰르는 사람을 콱 찔러 부렸것소? 여그 대전형무소엔 민생 잡범은 한 명도 없제라. 죄다 사상범이제. 잡범들은 들어와두 금방 나가제."(『랑월』, 434쪽.)

(1)에는 앞서 소작쟁의로 투옥되었던 정세영이 또 등장한다. 정세영, 최언년, 신곱단과 제갈보름, 송혜인 등은 모두 군시제사공장에서 함께 파업을 주도하던 동지들이다. 그러나 이들 중 최언년은 전향 후, 이전의 동지들을 구슬리고 '자술서'를 받아내거나 보도연맹에 가입하기를 종용하기 시작한다. 표면적으로는 자술하고 보도연맹에 가입한 이들을 동일한 국민으로 대하는 것 같지만, 이들은 절대로 동일한 국민이 되지 못한다. 이미 이들의 삶에 그어진 '붉은 줄'이 이들을 '이등 국민'의 삶에 묶

어두기 때문이다. 따라서 '노동조합 출신'이나 '인민위원회 주변'과 같은 요주의 인물들, 또는 보도연맹에의 가입을 거부하는 '송혜인'과 같은 이들은 또 다시 대전형무소에 집합하게 된다. 이처럼 『랑월』에서 '대전형무소'는 일제강점기부터 한국전쟁 시기까지의 이 지역에서 저항하던 물결들이 반복적으로 가닿는 장소가 된다. 검열과 단속의 중첩 속에서 대전형무소는 그렇게 애국을 위해 헌신한 자들의 집결소에서 남한 정부의 사상에 부합하지 않는 자들을 가두는 장소로 정체성이 변모한다. 이렇게 『랑월』은 연대기적인 방식으로 제노사이드를 서사화하며 '사상'으로 검열된 삶들을 조명한다. 그리고 대전형무소에서 한번 집결한 이들은 애도불가능한 죽음의 장소, 골령골로 또 한번 이동하게 된다.

3. 애도와 은폐 속에 사라진 폭력의 주체

주디스 버틀러에 따르면, 폭력으로 인한 죽음이 손실로 인지되기 위해서는 그 생명이 가치 있는 생명으로 인지되어야 한다.[3] 이는 애도라는 행위 자체가 살아 있을 때 가치가 있어야지만 가능하고, 애도 행위가 불가능한 이들은 살아 있을 때에도 가치를 인정받지 못한다는 것을 뜻한다. 즉 죽음의 소식을 전달받지 못하거나 적절한 애도를 받지 못하는 죽음은 인간의 존엄을 부정당한 삶임을 말한다. 골령골에서의 죽음이 바로 그러하다. 1992년 관련 기사가 나온 이후, 골령골의 진실들이 조금씩 밝혀지고 있다. 그러나 골령골이 세상에 알려지기 전까지 대전에서는 인민군에 의한 학살만이 강조되었고, 미군의 방조와 국군의 폭력에 희생된 이들의 죽음은 마치 없었던 것처럼 감춰졌었다. 또한, 희생된 이

3　주디스 버틀러, 김정아, 『비폭력의 힘』, 문학동네, 2021, 44쪽.

들을 추모하는 행위 역시 불가능했다. 이러한 점에서 골령골에 묻힌 이들은 인간이지만 비인간의 지위에 머무르는 유령과 같은 존재가 되었다.

(1) 산 위에서 갑자기 콩볶는 듯한 총성과 함께 단말마의 비명들이 쏟아져 내려왔다. 총소리는 밤새도록 이어졌다. 악몽과 같은 하룻밤을 할아버지는 꼬박 새웠다. 이튿날 아침 피에 굶주린 이리들은 온데간데 없이 사라졌고, 뒷산에는 그야말로 처참한 살육의 현장이 전개되어 있는 것을 볼 수가 있었다. 뒷산은 표피가 일구어진 구덩이마다 철사로 묶이운 시체들이 쏟아져 나온 창자를 끌어안고 넘어져 있었던 것이다. (중략) “그야 뻔하지. 공무원들 경찰 가족 지주들, 허긴 마차꾼도 잡혀 죽었다더군. 인민군 부상병을 실어 나르라는 동원이 나왔는데 안 나갔다가 반동분자로 몰렸다니까⋯⋯”(「지사총」, 195-196쪽.)

(2) 산 전체가 갑자기 뻘밭이라도 됐단 말인가? 검붉은 속살을 함부로 드러낸 얕고 기다란 둔덕이 끝없이 줄지어 있었다. (중략) 간간이 하얗게 솟아있는 저것은 무어란 말인가? 삐죽삐죽 나온 그것은 사람의 손발이었다. 임표는 손으로 흙을 마구 파헤쳤다. 문드러진 얼굴과 몸뚱이가 나타났다. 옆에도 앞에도 뒤도 밑에도 끝없이 문드러지고 찢기고 퉁퉁 불어 썩어가는 시체가 뒤엉켜 있었다. 그곳은 인간 쓰레기장이었다.(『랑월』, 510쪽.)

위 인용문에 묘사된 죽음의 현장들은 매우 유사하다. 총성이 퍼지고 살육의 현장이 되어버린 산, 모든 시체가 한데 엉겨 덩어리가 되어버린 무덤들 등 인간적인 가치가 모두 벗겨진 참혹한 모습들이 나타난다. (1)과 (2)에서 죽은 이들은 ‘쓰레기’와 같이 처리된다. 시신을 하나하나 수습하여 그것이 누구인지 명명하는 대신 하나의 큰 무덤을 만드는 점에서 그러하다. 이들이 죽음을 인정받지 못하는 이유는 '반동분자'이기 때문이다. 즉 권력의 이데올로기에 따라 애도할 가치가 없는 이들은 인간 이하의 자격을 부여받는 것이다. 그런데 사후에 (1), (2)에 부여되는 가치는 다르다.

(1)에서 한곳에 묻힌 이들은 인민군에 협력하지 않아서 반동분자가 된 이들, 즉 국가의 이념과 합치되는 이들의 무덤이라는 점에서 '지사총'으로 분류된다. 그리고 국가는 지사들의 죽음을 추모하기 위해 유가족을 찾아내고 매년 성대한 연례행사를 시행한다. 이들은 '인민군'에게는 애도받을 가치가 없었을지 몰라도 전쟁 이후의 한국 사회에서는 살아 있을 때나 죽었을 때가 기억해야 할 유의미한 생명이기에 기억된다. 이와 달리 골령골에서 죽어간 이들은 그들이 누구인지도, 그들의 죽음이 있었는지도 기억되지 못한다. 『랑월』 마지막에 진상을 조사하며 유해를 발굴하기 이전까지 그곳에서의 죽음은 발설하지도, 발설할 수도 없는 죽음이 되었다. 두 개의 소설 속 죽음을 비교할 때, 이들의 인간적인 가치를 결정하는 요소는 매우 분명히 드러난다. 바로 국가이념과의 합치 여부이다. 사후적으로 바라본다면, (1)의 죽음은 '유령'에서 '지사'로, (2)의 죽음은 '유령'에서 '유령'으로 변화한다.

서로 상이한 결과를 맞이한 죽음이지만 두 개의 무덤에서 국가가 죽음을 다루는 공통적인 방식이 나타난다. 먼저, 두 개의 무덤은 모두 국가에 의해 자행된 폭력을 증언한다. 『랑월』에서는 폭력의 주체가 국가이면서 동시에 이들을 애도하는 것을 금기시한 주체 역시 국가라는 점에서 그러하다. 반면 「지사총」에서는 죽음을 애도하는 날을 제외하고는 그들의 가족도, 죽음의 대상들도 돌보지 않는 국가폭력을 마주할 수 있다. 국가는 기념적인 행사를 주도하며 죽은 이들을 애도하나, 실상 국가의 애도는 명분적인 의례에 불과하다. 다시금 인민군의 폭력을 강조하며 자유와 애국을 강조하기 위해 이들의 죽음을 이용할 뿐 그들의 희생이나 그들의 가족을 진정성 있게 돌보지 않기 때문이다.「지사총」의 주인공들이 하층민의 삶을 살아가고 국가의 편지를 받기 전에는 자신의 부모가 그곳에 묻혔는지도 모르는 장면들에서 애도 안에 은폐된 국가의 방치를 확인할 수 있다.

다음으로 골령골과 지사총의 죽음은 하나의 덩어리로 남아 있다. 각 무덤 안에는 수많은 개인들의 삶이 공존하고 있다. 그러나 하나의 무덤으로 처리된 장소 안에서 개별 주체들의 삶은 사라지고 만다. 그 결과 지사총이나 골령골에 묻힌 자들은 '학살자'라는 하나의 정체성 안에서 개별 삶이 모두 무화된다. 또한, '학살의 피해자'라는 거시적인 범주 안에서 강조되는 것은 '피해'의 항이다. 이 안에서 애도할 수 있는 죽음과 애도하지 못하는 죽음이 있는 것이다. 그러나 이들을 극한의 죽음으로 몰고 간 주체는 공백으로 존재한다. 골령골에서는 폭력의 주체를 드러내지 않기 위해 죽음 자체를 은폐한다. 반면 지사총은 폭력에 희생된 자들을 애도하는 행위를 통해 폭력을 낳은 국가를 은폐한다. 하나로 범주화된 죽음들 앞에는 죽음을 은폐하거나 애도할 수 있는 국가의 모습만이 남는다. 이념적인 대립에 따라 폭력의 주체를 설정하는 것을 초월하여 이제는 "무엇이 이렇게 끔찍한 사건을 만들 수 있었는가?"나 "도대체 어떻게 이렇게 심각한 피해가 가능한 것일까?"와 같은 물음을 해야 한다.『랑월』의 종착지가 골령골인 것은 학살의 피해자라는 프레임 안에서 사라져 버린 삶들에 이름을 돌려주고, 끔찍하고 잔혹한 폭력을 낳은 모든 것에 질문을 던지기 위함이라 할 수 있다.

애도할 수 없는 죽음은 존재하면서도 존재하지 않는 대상으로 간주된다는 점에서 유령과 비슷하다. 유령은 그 기척을 느낄 수도 있지만, 그것의 실체를 보지 못하므로 그것과 소통할 수 없는 존재이다. 그러므로 유령의 발화는 이 세상에 전달될 수도 없고, 그것을 들을 수도 없다.

박현주의 『랑월』이 유령의 말에 가시성을 주기 위해 삶에서 시작했다면, 김성동은 다른 방식으로 유령의 언어를 서사화한다. 유령을 그리워하고 유령을 찾는 이들은 광기의 언저리에서 삶이 존재하기에 세상에서 배제되기 마련이다. 김성동은 「풍적」은 광기의 경계에서 유령의 발화를 서사하며 유령이 생성되는 과정을 그린다. 그리고 유령의 발화를 통해 유령의 삶을 회고하는 독특한 방식을 취한다.

(1) (그가 사형선고를 받은 사실을 노인은 식구들에게 비밀로 하고 있었다), 오늘도 측간에 들어가 몰래 우느라고 늦어진 저녁상을 든 새댁이 막 부엌 문지방을 넘는데, 멍석 가를 기어다니며 흙을 주워먹던 아이가 문득 고개를 젖혔다.
"아버지!" (중략)
시퍼런 죄수복을 입고 상반신이 철사줄로 꽁꽁 묶이운 그 사내는 질펀한 핏물 속에 코를 박은 채로 엎드려 있었는데, 바로 자기 자신이었던 것이다. 창자가 뒤집힐 것처럼 역한 피비린내가 코를 찔러서 그는 얼른 코를 싸쥐며 눈을 감았다. 눈을 감았는데, 웬일로 자기는 여전히 흥건한 핏물 속에 코를 박은 채로 미동도 하지 않았고 자기의 양옆으로는 역시 자기와 비슷한 사내들이 똑같은 자세로 엎드려 있는 것이었다. (「풍적」, 『만다라』, 335쪽.)

(2) 526번의 처형 소식을 가족들이 듣게 된 것은 그의 처형이 있은 지 근 한 달이나 되어서였다. 갑자기 전쟁이 격화되면서 나라에는 무서운 계엄령이 내렸고 각성소 자체가 후방으로 소개된 터여서 자연 통지가 늦어졌기 때문이었다. (중략) 그 노인이 밤을 타서 아무도 몰래 집을 나섰던 것은 나라에 죄를 짓고 죽은 죄인인지라 그 시신마저 뼈가 잘리우고 살이 발라질까 두려워서가 아니

라, 시신을 수습해 왔다는 것이 사람들에게 알려지면 그 혼백이라
도 행여 또다시 불온한 무리들과 어울려 돌아다니며 사랑이 어떻
고 평화가 어떻고 자유가 어떻고 평등이 어떻고 압박이 어떻고 해
방이 어떻고 새 세상이 어떻다고 떠들어댈까 두려웠던 때문이었다.
떠들어대다가 그 넋이라도 또다시 잡혀갈까 무서웠기 때문이었다.
(「풍적」, 『만다라』, 331쪽.)

「풍적」의 주인공은 '526번'이다. (1)에서 나타나듯이 그는 사형선고
를 받은 뒤 골짜기에 끌려가 처형을 당한다. 자기 자신의 죽음을 서사화
할 수 있는 이유는 '526번'이 유령이기 때문이다. 육신에서 분리된 혼령
은 먼발치에서 자신의 처참한 죽음의 광경을 바라보며 죽은 이가 발설
할 수 없는 내용을 전달한다. '526번'은 자신의 죽음을 응시하면서도 그
사실을 매우 담담하게 전달한다. '526번'은 자신이 죽은 이유나 자신을
죽인 자를 찾는 대신 자기 자신이 어떠한 존재인지를 해결하는 데에 몰
입한다. '나'는 누구인가를 고민하며 '526번'은 자신의 삶을 회상하고, 자
신의 집을 향해 간다. 그런데 「풍적」에서 서술자는 '526번'이 자신의 삶
을 회상할 때를 제외하고는 '526번'에게 그의 이름을 돌려주지 않는다.
죽어서도 죄수 번호로 호명된다는 점에서 '526번'의 삶은 '김일봉'이라
는 삶의 지위를 획득하지 못한다. 그리고 그가 건네는 발화도 어느 누구
에게도 전달되지 않는다는 점에서도 '김일봉'의 죽음은 '한 달이나' 애도
불가능한 상태에 놓이게 된다.
　「풍적」에서 '526번'의 죽음과 관련하여 흥미로운 것이 두 가지 있다.
첫째는 '526번'의 죽음을 알게 된 후, 그의 어머니가 밤늦게 시신을 수습
하러 가는 장면에 있다. 그녀는 '526번'에게 온당한 장례를 치르고, 그의
죽음을 애도하기 위해 시신을 수습하지 않는다. 오히려 '혼백'이 되어서
도 '또다시 잡혀갈까' 하는 두려움에서 그의 시신을 되찾으려 한다. 그리

고 그마저도 '사람들에게' 알려져서는 안 되기 때문에 밤에 홀로 산행을 떠난다. 죽어서도 가해질 처벌을 두려워하고, 시신을 수습하는 사실을 은닉해야 하는 모습에서 골령골의 죽음은 여전히 애도할 수 없는 죽음임을 확인할 수 있다.

그러나 '526번'의 죽음은 언젠가 애도 가능해질 것이다. 바로 그의 아들과 혼령이 된 아버지가 묘한 접점을 형성하고 있기 때문이다. 아들 '영복'이는 태어나서 한 차례도 울지 않다가 갑자기 아버지를 외치고는 울기 시작한다. 아들이 아버지를 부를 시점은 가족 누구도 '526번'의 죽음을 알지 못한 시점이다. 아버지가 죽기 전 '아들'의 이름을 떠올렸던 것처럼 아버지가 죽는 순간 아들은 아버지를 외친다. 그리고 그 목소리에 '526번'은 무덤에서 나와 혼령으로 세상을 떠돌기 시작한다. 즉 '나'의 부르짖음과 울음은 유령 '아버지'와 연결되는 그 무엇을 생성한다. 그리고 아들 '영복'이는 김성동 소설에서 아버지나 어머니의 이야기가 등장할 때마다 나타난다. 이는 김성동 말년의 소설을 읽을 단초가 된다. 아버지의 혼과 접촉한 '영복', 그리고 그 기억들을 통해 복원되는 부모님의 삶은 무엇을 말하는가. 이를 위해 다음 장에서는 김성동 소설에 중점을 두어 제노사이드를 서사화하는 또 다른 방식을 살펴보고자 한다.

4. 서사의 제노사이드에서 복원되는 기억

김성동은 한국전쟁을 달리 사유하는 작가 중 하나이다. 그가 전쟁을 달리 사유하는 계기에는 가족 서사가 자리하고 있다. 김성동을 세상에 널리 알린 『만다라』에서도 가족의 서사를 엿볼 수 있으나, 그 소설에는 삶의 번뇌를 종교로 이겨내고자 하는 처절한 삶이 자리하고 있다. 이 처절한 삶의 기원을 찾아가는 과정에서 아버지의 내력이 남은 가족을 억압하는 고통, 즉 연좌제의 폭력을 마주하게 된다. 그런데 김성동의 소설 중 아버지와 어머니의 삶을 다루는 작품들은『만다라』와 비교할 때, 근대 소설의 형식과는 사뭇 다른 양상을 보인다.

김성동이 어머니나 아버지의 삶을 그리는 방식에는 두 가지가 있다. 첫째, 어린 '영복'이가 주변 인물로 등장한다. 아직 미성숙한 '영복'은 어릴 적 자신의 주변에서 일어나는 일들을 보고 듣는다. 둘째, '이 중생'이라는 표지로 서술자를 나타내나 이후 서술되는 국면에서 아버지나 어머니의 삶을 조명하는 방식이다. 전자의 경우, 근대의 소설과 같은 서사의 흐름을 보이기 때문에 장르의 관습대로 읽는 것이 어렵지 않다. 그러나 후자의 경우는 다르다. 삽입된 노래, 가사 등에서 전면화된 것이 정치적 발화이기 때문이다. 이로 인해 애국계몽기의 서사와 같이 이념적인 발화들이 전경에 나타나면서 소설의 흐름과 사건이 배경으로 밀려나게 된다.

주지하다시피 김성동은『만다라』에서 보여준 것과 같이 미학적 형식을 세련되게 갖출 수 있는 작가이다. 그런데 작가의 자전적인 삶에서 멀어지고, 아버지나 어머니를 서사의 중심축에 내세울수록 낯선 서사 방식을 취하는 것을 어떻게 바라봐야 할까. 여기서 다시 처음에 내세운 '매장'이라는 용어를 돌아보고자 한다. '매장'이라는 어휘는 땅에 묻을 때만 사용하지 않는다. 특정 사회나 세계에 더는 발을 들여놓지 못하게 한다는 의미에서도 '매장'이라는 말이 사용된다. 김성동의 아버지가 눈물의 골짜기에 매장되었다면, 김성동이 자신의 삶을 이해하기 위해 가닿은 가족의 서사는 사회적으로 매장된 서사이다. 그리고 김성동의 소설은 바로 매장된 그곳에서 시작되며, 그 이야기가 진정으로 매장되기 전까지 지속된다.

사람들은 힐끔힐끔 그 여자를 바라보았는데, 어느덧 싸늘한 눈초리로 변해 있었다. 만세를 부르지 않았거나 도리우찌를 쓴 사내들이 시키는 일을 한 가지라도 안했던 사람은 구렛굴에서 한 명도 없었는데, 사람들은 모든 잘못을 그 여자에게로 몰아붙이려는 눈치였다. 마친내 촌멘 순사들이 들이닥쳤다. 구렛굴 사람들은 서로 눈치를 살피면서 목이 찢어지라고 만세를 불렀다. 대하인밍국 만서이. 새 시상 만서이. 그 여자는 포중줄에 묶여서 개처럼 끌려갔다. (중략) 원망스러운 것은 오직 남편일 뿐이었다. 어째서 그 잘난 인물 똑똑한 머리를 가지고 나라에서 금하는 책을 읽고 나라에서 금하는 사상인가 뭔가를 가졌던 것인지 야속할 뿐이었다. 그 여자는 그러나 젊은 삭신이라 회복이 빨랐는데 정작 힘없이 쓰러져버린 것은 시어머니였다. 마을 사람들이 집으로 몰려왔던 것이다. 부역자의 재산은 집어가는 사람이 임자이며, 따라서 죄가 되지 않는다는 것이었다. (「잔월」, 『붉은 단추』, 32-33쪽.)

「잔월」에는 어린 '영복'이 마주한 현실이 잘 드러난다. 엄마가 위원장 동무를 할 때만 해도 사람들이 박수를 치며 맞이하고, 영복과 함께 놀던 친구들이 있었다. 어린 '영복'에게 '위원장 동무'라든지 '인민'이라는 용어는 법과 마을 안에 존재하던 행복한 과거와 연결된다. 그리고 사람들이 자기 자신을 '영웅'으로 치켜세우며 부러움을 보내던 화려하던 과거와도 연결된다. 그러나 '대하인밍국 만서이'가 퍼지는 세상이 오자 삶은 모든 것이 역전되기 시작한다. 갑자기 '위원장 동무'라는 말은 자신을 '빨갱이 자식'으로 규정하며, 입에는 올려서도 안 될 금기된 언어로 변모하게 된다. 또한 '구렛굴' 사람들은 새 세상이 온 뒤에는 그 죄를 뒤집어 쓸 희생양으로 '여자'와 가족들을 점찍는다. 이들이 희생양이 된 이유는 '남편'이 '나라에서 금하는 책을 읽고 나라에서 금하는 사상'을 가졌기 때문이다. 이들에게 찍힌 붉은 낙인은 법보다도 상위에 있는 존재이다. '부역자'에게는 '재

     제노사이드 너머

산'을 갈취해도 '죄'가 되지 않는 점에서 이를 확인할 수 있다. 즉, 법 바깥에 존재하는 이들은 적법한 테두리 안의 삶을 보장받지 못한다. 바깥에 존재하기 때문에 이들은 절대적인 타자로 '구렛굴'에 자리하게 된다. 이러한 타자로서의 삶은 일시적인 것이 아니다. 마을 내부에서도 분할되고 배제된 영복의 가족들은 그렇게 자신의 기원을 부끄러이 감추고, 묵인해야만 새 세상에서 살 수 있음을 내재화하게 된다.

> 사람들은 누구나 이제까지 살아온 세월 가운데 가장 빛났던 순간 또는 시절을 떠올리며 그때로 돌아가고 싶어한다는데, 어머니 또한 많은 사람들 손뼉소리를 받으며 연설을 하고 노래를 가르치고 또 정의로운 일에 몸과 마음을 다 바치는 아름다운 사람들 뒷바라지를 하는 틈틈새새로 『자본주의의 한계』 『레닌주의의 기초』 같은 책을 읽으며 궁구를 하던 세월로 돌아간 것인가. (중략) 서둘러 방을 나온 김씨는 잰걸음을 쳤다. 그럴 리는 없지만 만에 하나라도 보일러쟁이가 알아들을까 봐서 어머니 방에서부터 멀어지려고 하는 것이었는데, 무슨 소리가 들려왔다. 몇 달만 있으면 망백이 되는 그 늙은 여자가 부르는 노랫소리였다. 「해방의 노래」2절이었다. (「민들레 꽃반지」, 『민들레 꽃반지』, 38-39쪽.)

위 인용문에는 성인 화자가 등장한다. 미성숙한 인물 '영복'이는 사상의 심연을 알지 못하기 때문에 찬란했던 과거와 역전된 현재를 잘 이해하지 못한다. 그리고 새 세상에서 가장 민감한 어휘들이 가지는 무게를 알지 못한다. 반면 「민들레 꽃반지」에 등장하는 화자는 다 큰 성인이다. 그러나 그의 삶을 짓누르는 것은 '어머니의 방'에서 흘러나오는 '소리'들이다. '김씨'는 혹여나 '보일러쟁이'가 그 소리를 들을까봐 어머니의 방에서 계속 멀어지려고 하고 그 방을 예의주시한다. 어머니의 방에서 흘러나오는 소리는 바로 어린 영복이가 그리워했던 '빛났던 순간'과 관련이 된다. 그러나 이념적 낙인이 찍힌 삶의 무게를 알아버린 '김씨'는 그것이 또다시 되풀이될까 두려워하는 모습을 보인다. 이와 동시에 소설에는 '김씨'의 행동과는 정반대되는 담론들이 전면화된다.

가령 「민들레 꽃반지」에는 「여맹원 한전희 북괴 고무찬양 사건」의 내용이라든지 「해방의 노래」 가사들이 전면 등장한다. 이들은 '김씨'가 방 안에 감추고자 하는 발화이며, '김씨' 기억 속에 있지만 겉으로 발설할 수는 없는 담론에 속한다. 그런데 서술자는 김씨가 가장 감추려고 하는 기억들과 현재의 소리들을 끊임없이 소설 속에 소환한다. 그렇게 김성동의 소설은 작중인물의 심리와 정반대되는 내용을 서술하는 방식을 활용한다. 이로써 작중인물을 말하지 않지만 전지적인 서술자가 작중인물이 감추려고 하는 내력들을 노출한다. 여기서 눈여겨 볼 것은 작중인물이 '영복'에서 '김씨'로 변하면서 소설에 전면화되는 정치적 발화의 비중이 달라지기 시작한다는 점이다. 그리고 이러한 변화는 「멧새 한 마리」나 「고추잠자리」에서 더욱 극대화된다.

> 집집마다 인민공화국기가 나부꼈다. 이른바 혁명과 해방을 속뜻으로 한다는 붉고 푸른 바탕 속 흰 동그라미 안에 반짝이는 붉은별. 이 깃폭이 얼마나 많은 이 나라 사람, 이 나라 사람 가운데서도 피끓는 젊은이들 동경 표적이었던가. 얼마나 많은 젊은이들이 죽어갔던가. 또 한줌도 못 되는 친왜친미 민족반역배들한테 두려움 표적이었던가. (「멧새 한 마리」, 『민들레꽃반지』, 186쪽.)

김성동의 소설은 『랑월』처럼 대전형무소나 골령골의 비극을 증언하지는 않는다. 오히려 다른 방식으로 몫이 사라진 목소리들이 울려 퍼지게 한다. 사라진 목소리란 사상의 배제로 절멸된 '인민'들의 역사이다. '인민'은 해방기 공간에서는 사회의 변혁을 소망하며 세상을 바로 잡으려는 애국의 한 흐름을 형성했다. 그러나 '혁명과 해방'이 '반역과 반란'의 가치로 전도된 세상에서 '인민'은 사라져야 할, 있었는지도 불분명한 삶으로 강등된다. '영복'에게는 이등 이하의 국민으로 만들어 버린 '붉은 씨앗'이 삶을 비참하게 만든 원망스러운 요소에 불과하다. 그러나 작중 인물이 성숙할수록 '붉은 씨앗'은 화해하고 기억해야 할 부모님, 더 나아가 한국에서 지워진 반쪽의 흐름을 되살리는 작업으로 변모한다.

그러나 그것은 가장 고통스러운 기억을 떠올리는 일이며, 자신과 어머님의 삶 전체를 매장했던 순간들을 응시하는 일이다. 그것을 객관적으로 응시할 만한 거리를 확보하지 못했기 때문에, 김성동의 후기 소설은 근대 소설의 문법에서 조금 빗겨난 자리에 위치하게 된다. 사회적으로 매장된 언저리에서 매장된 기억들을 복원하기에 그것은 다소 난해하기도 하며, 복원해야 할 담론들로 가득 차 있다. 이러한 난해한 구성이야말로 제노사이드에 휩싸인 서사. 즉 서사의 제노사이드를 보여준다. 또한 제노사이드에 휩싸인 채로 발화하는 것을 최후의 망각을 막아내기 위한 저항으로도 볼 수 있다.

5. 나가며

지금까지 『랑월』과 『민들레꽃반지』, 『만다라』, 『붉은 단추』를 통해 대전에서 나타난 제노사이드에 대해 살펴보았다. 시대와 처지 모두가 다른 두 작가는 서로 다른 방식으로 대전과 골령골을 문학 안에 소환한다. 김성동은 대전에서 제노사이드를 겪어야 했던 주변인의 위치에서 발화될 수 없는 목소리들을 소설에 가득 채운다. 증언할 수 없으나 증언을 하고자 하는 욕망 사이에서 김성동은 자신의 신체에 각인되었던 비

존재들의 목소리를 들려준다. 이를 통해 한국사의 비극을 직접 겪은 자의 언표를 마주할 수 있다는 의의가 있다. 새로운 기억의 정치를 수행하는 것이 부각되면서 소설적인 형상화 방식이 다소 아쉬운 점이 있으나, 그것이 작가만이 전달할 수 있는 이야기들이 전달하는 방식인 점 역시 고려하여 평가할 필요가 있다. 이와 달리 박현주의 『랑월』은 사료와 증언 등을 바탕으로 하여 일제강점기부터 이어지는 대서사를 그려나간다. 이는 역사만으로는 복원되기 어려웠던 식민지와 한국전쟁기의 대전을 재구성하며 있음직한 이야기들을 채워나간다. 한편의 대서사시와 같이 구성된 『랑월』은 일제강점기부터 이념적 동지로 존재했던 모든 이들의 죽음을 매우 숭고한 드라마로 재현한다. 그동안 가려져있던 진실의 가치를 부여하기 위한 방법이겠으나, 그것이 또 다른 죽음들을 왜곡하지 않는 방법을 찾아가는 것도 중요할 것이다.

여기서 다시 「시사회」의 '나'와 종복이를 조명할 필요가 있다. 이들은 가족의 죽음을 야기한 모든 맥락을 '엉터리', '개판'이라고 여기고, 가족의 죽음을 무가치한 사물로 대하지 않는다. 빨갱이도 사람이라고 말하며 형의 시신을 수습하려는 종복이나 총살형 당한 아버지를 보고 눈물로 애도하는 '나'의 모습은 다르지 않다. 골령골을 반쪽짜리 진실을 만들었던 힘의 논리에 저항하기 위해서는 또 다른 반쪽의 진실을 만드는 폭력을 되풀이해서는 안 된다. 오늘날에 대전에서는 골령골을 다루는 수많은 예술 작품들이 등장하고 있다. 문학 속에서 제노사이드를 다루는 행위는 비폭력으로 저항하는 하나의 실천 방식일 것이다. 여전히 대전을 비롯하여 한국에서 발생한 제노사이드는 다 규명되지 않은 면이 있다. 이를 위해 실체를 파악하고 이를 재현하는 작업도 매우 유의미하다. 그렇지만 오늘날에 우리에게 제노사이드의 역사가 요구하는 몫을 들려주기 위해서, 그리고 예술이 실천하는 비폭력의 저항이 지속되기 위해서는 이를 넘어서는 재현 방식을 모색할 시기이기도 하다. 앞으로 파괴되었던 삶의 조건들을 되돌아보면서, 우리가 미래에 보호하고 재생산해야 할 삶의 조건들을 펼쳐가는 대전문학들이 많이 등장하기를 기대한다. ◻◼

국가폭력과 타인의 고통

: 한강의 『작별하지 않는다』

김경민

김경민 : 경상국립대 교수. 저서 『문학으로 읽는 나의 인권감수성』 등

1. 국가폭력을 향한 두 감정, 부채 의식과 부인의 심리

국가폭력을 소재로 한 소설을 쓴 작가들 대부분은 소설을 쓰게 된 배경으로 부채 의식과 부끄러움을 꼽는다. 한강 또한 4·3을 다룬 『작별하지 않는다』의 시작을 5·18에 관한 책을 집필한 주인공이 시간에 쫓기는 꿈을 반복하는 내용으로 설정하고 있다. 주인공 경하는 5·18에 관한 책을 쓰고 난 뒤 가족들과 떨어져 홀로 지내며 반복적으로 찾아드는 두통과 위경련에 시달리는 심한 후유증을 겪고 있다. 마침내 유서를 쓰고 죽음을 준비하기까지 하는데, 그런 그가 꾸는 꿈은 대부분 해야 할 일이 있는데 시간이 얼마 남지 않아 초조해하는 내용이다.

이렇듯 작가는 『소년이 온다』에 이어 『작별하지 않는다』까지, 점차 사람들의 기억에서 사라지는, 그러나 분명 여전히 존재하는 피해자들의 고통을 기억하고 공유하고자 했다. 그럼으로써 작가로서의 윤리적 책무를 다하고자 한 것이다. 이러한 목적로써의 소설 쓰기는 단지 작가 개인의 부채 의식을 갖는 것에서 그치지 않고 그 소설을 읽는 독자들로 하여금 과거의 사건을 기억하게 하고 그로 인해 고통받는 이들의 존재를 떠올리게 함으로써 기억과 애도의 실천을 더 많은 사람들에게로 확장해 가는 역할을 한다. 실제로는 직접 경험하기 힘들 정도의 극한의 폭력 상황을 접하게 된 독자가 공동체의 역사를 제대로 인지함으로써 부끄러움을 느끼고 피해자들의 고통에 공감하는 것이 작가가 기대하는 최고의 결과이겠지만, 문제는 모든 독자가 반성과 공감의 반응을 보이는 것은 아니라는 사실이다.

타인의 고통이나 불행을 마주했을 때 그 불편하고 끔찍한 상황이 자신의 의식 속에 들어와 자리를 잡음으로써 죄책감과 불안함, 심란한 감정 등이 생기는 것을 막기 위해 무의식적 방어기제가 작동하는데, 이러한 반응은 예외적이고 비정상적인 것이 아니라 지극히 자연스럽고 본능적인 것이라 할 수 있다.[1] 스탠리 코언은 이런 반응을 가리켜 '부인(denial)'이라고 설명하는데, 타인의 고통에 무심하고 피해자를 돕지 않는 부인의 태도는 그 사안에 대한 책임이 분산되거나 책임자와 자신을 동일시하지 못할 때, 그리고 어떻게 해야 할지 모를 때 주로 발생한다.[2] 결국 수십 년 전 육지와 떨어진 외딴 섬에서 일어난 사건은 그 자체로도 끔찍하고 고통스러울 뿐 아니라 그 사건과 자신은 무관하다고 생각하며 과거의 국가폭력에 대해 어떻게 대처해야 할지도 모르는 많은 사람들로서는 이 비극적 사건의 피해자들이 겪는 고통에 대해 부인할 가능성이 클 수밖에 없다.

이뿐만 아니라 처음에는 불편하고 찜찜한 감정을 느낀 독자들조차 이러한 타인의 고통을 반복적으로 접하다 보면 그 반응의 정도가 약해지고 무뎌지면서 공감과 애도라는 본연의 의미 또한 엷어지게 된다. 일반적으로 타인의 고통을 대하는 모습은 일찍이 수잔 손탁이 경고한 것처럼 익숙해지고 엷어지게 마련이다. 따라서 국가폭력이라는 과거사와 그로 인한 고통을 문학화하려는 작가의 고민은 무의식적으로 불편한 감정을 차단하려는 독자의 부인을 최소화하면서 타인의 고통에 공감하게 하고 공동체의 과거사를 시인하게 하는 방법을 찾는 데 있어야 할 것이다. 그렇다면 4.3이라는 비극적 과거사와 고통을 재현한 『작별하지 않는다』는 이 난제를 어떻게 풀어냈을까.

2. 고통의 동심원 확장하기

일반적으로 국가폭력의 피해자는 직접적 피해 당사자에 국한되어 있으며, 그들의 고통을 가리키는 트라우마에 대한 진단 역시 그러한 피

----

1 스탠리 코언, 조효제 옮김, 『잔인한 국가, 외면하는 대중』, 창비, 2009, 54쪽.
2 위의 책, 62-75쪽

   제노사이드 너머

해자에게만 해당하는 것이었으나, 최근에는 국가폭력이 갖는 특수성을 고려하여 '복합적 집단트라우마'라는 확장된 개념으로 국가폭력 피해자에 관한 논의를 진행한 연구가 생겨나고 있다. 복합적 집단트라우마는 여러 층위와 집단에 지속적이고 누적적으로 (재)생산된 사회적 트라우마이며 동시에 직접적인 당사자만이 아니라 간접 경험을 한 이들이나 이전/이후 세대를 통해 전승되는 역사적 트라우마의 성격을 지니고 있다.[3] 즉 국가폭력의 피해자 범주를 직접적이고 물리적인 피해를 입은 당사자뿐만 아니라 직접적 피해자의 가족과 자녀, 사건을 목격한 생존자와 지역 사회 구성원으로까지 확장하는 것인데, 여기에 더해서 사후 다양한 매개를 통해 과거사의 실상을 알게 된 사람들까지 트라우마를 겪는 피해자 범주에 포함시키는 것이 복잡한 집단트라우마 개념이다. 사후에 사건의 진실을 인지하게 되었거나 진실 규명 작업에 관여하면서 심리적 고통을 경험하게 된 사람들을 사후노출자(post-exposure person)로 명명하고, 이들 또한 중요한 국가폭력의 피해자로 보는 것이다.[4]

이 개념을 빌려오자면 한강을 비롯해 국가폭력을 이야기하는 모든 작가들의 궁극적 목적은 더 많은 사후피해자가 생겨나게 하는 것이라고 바꿔 표현할 수도 있을 것이다. 그래서 더 많은 사람들이 그 사건을 자기문제화하고 현재화하여 미진한 과거청산 작업을 계속해가는 동시에 죽음을 애도하고 또 다른 피해자들과 연대하게끔 하는 것이 바로 그것이다. 문학을 가리켜 "'고통'의 기록이자 '고통하는' 장치"라고 명명한 것 역시 이 같은 맥락일 것이다.[5] 그러나 『작별하지 않는다』는 4·3의 고통

---

3 김명희 외, 『5·18 다시 쓰기』, 오월의봄, 2022, 34쪽

4 위의 책, 38쪽.

5 박숙자, 「'5·18 이후'의 문학: 고통과 책임:『소년이 온다』(한강)를 중심으로」, 『민주주의와 인권』 22(1), 2022, 70쪽.

을 다루고 있으면서도 고통의 주체를 전면에 내세우지 않는다. 사건의 직접적 피해자는 인선의 아버지와 어머니이나 이야기를 이끌어 가는 인물은 그들의 자녀인 인선과 그의 친구인 경하다. 인선은 자신의 어머니를 통해 과거의 사건을 알게 된 4·3피해자들의 고통에 비교적 쉽게 공감하는 반면, 서술자인 경하가 경험한 공감은 조금 다른 결을 보인다. 경하는 4·3이나 보도연맹 사건과 직접적인 관계가 없는 인물이다. 그런 경하가 인선과 그의 어머니가 경험한 고통에 가까이 갈 수 있었던 것은 그가 했던 일의 특수한 성격 때문이다. 서두에서 언급한 것처럼 경하는 5·18에 관한 책을 쓴 이력이 있는데, 타인의 고통, 그것도 국가폭력이라는 예외적 상황에서 비롯된 고통에 민감하게 반응해본 경험이 있는 인물이기에 인선의 부모와 인선이 겪은 고통에 어렵지 않게 다가설 수 있었던 것이다. 이렇듯 텍스트 내부의 인물들끼리는 서로의 고통에 비교적 쉽게 전이되고 기억을 공유하는 모습을 보인다.

문제는 텍스트 바깥에 있는 독자들, 정확하게는 4·3이나 보도연맹 사건에 대해서는 물론이고 5·18과 같은 유사한 성격의 국가폭력에 한 번도 직접 노출된 적 없는 수많은 독자들에게도 과연 인선과 경하가 경험한 타인의 고통에 공감하는 과정이 충분히 그리고 효과적으로 전달될 수 있는가이다. 누스바움의 개념을 빌리자면, 독자가 문학작품을 읽으면서 허구의 세계에 살고 있는 인물의 감정과 생각을 이해한다는 것은 타인의 경험에 대해 상상적인 재구성을 하는 공감(empathy)에 가깝다. 타인의 경험과 느낌을 상상해봄으로써 자신과 다른 존재를 이해할 수 있다는 점에서 공감의 행위도 물론 의미가 있겠으나, 공감은 그 경험에 대한 가치 판단을 하지는 않기에 더 적극적인 실천의 단계로까지 나아가지 못한다는 한계를 가진다. 반면 "다른 사람이 부당하게 불행을 겪고 있다는 인식에 의해 초래되는 고통스런 감정"을 뜻하는 연민(compassion)은 타인의 경험, 그중에서도 고통의 감정에 집중하며 그러한 고통의 부당함과 심각함에 대해 판단함으로써 그것을 덜어주기 위한 실천으로까지 이어진다는 점에서 차이를 보인다.[6] 또한 연민의 반응은 고통을 겪는 사람의 무고함과 부당함을 인식하는 데서 출발하므로 자신 또한 같은 고통을 받게 될 수 있음을 전제로 하기에 타인의 고통을 자신의 고통과 연결하는 작용을 포함하고 있다는 점에서도 공감과는 차별점을 보인다.

이 두 개념의 차이를 빌려 설명하자면, 독자는 문학작품을 통해 자신이 경험하지 못한 타인의 경험과 감정에 몰입하고 재구성하는 공감의 차원에는 비교적 쉽게 이를 수 있으나, 텍스트 속 인물이 겪는 그 고통이 자신에게도 동일하게 적용될 수 있기에 그것을 막기 위해서라도 적극적으로 타인의 고통에 관여해야 한다는 연민의 차원에까지 이르는 것은 결코 쉽지 않다. 따라서 관건은 텍스트 속 허구의 인물에 대해 단지 상상적으로 재구성하여 이해하는 데서 그치는 것이 아니라 고통의 원인이 되는 문제에 대해 명확한 인식과 가치 판단을 하고 더 나아가 그 고통과 자신의 유사성을 찾아 그것을 자신의 것으로 만드는 데 있다. 그렇다면 4·3의 시공간과 아무런 접점이 없는 독자들로 하여금 4·3을 단지 과거 사건의 하나로만 이해하고 공감하는 '관찰자'[7]가 아니라 직접적 피해자의 고통에 적극적으로 연민의 반응을 보이며 과거의 그 사건으로 인해 고통받은 또 한 명의 '피해자'가 되도록 하기 위한 『작별하지 않는다』의 서사 전략은 무엇인가.

----

6   공감과 연민에 대해서는 마사 누스바움의 『감정의 격동2: 연민』(새물결, 2015)의 552-556쪽 참조.

7   스탠리 코언은 인권문제에 관계된 행위자를 가해자-피해자라는 이분법적 구분 대신 가해자-피해자-관찰자(또는 방관자)라는 세 요소로 구분하는데, 관찰자란 사건을 목격했거나 알고 있는 존재로, 이들은 타인의 인권침해 상황에 적극적으로 관여하고 자신의 책임을 인정하는 시인의 태도와 반대로 그것을 부인하며 수동적 방관자에 머무는 태도, 두 가지의 선택지를 가지고 있다. (스탠리 코언, 앞의 책, 62-75쪽 참조)

2-1. 보편적 정서를 통해 타인의 고통에 다가서기

작가가 앞서 발표한 『소년이 온다』는 5·18의 직접적 피해자라 할 수 있는 인물들이 전면에 등장함으로써 자연스럽게 1980년 5월 광주에서 일어났던 일련의 사건을 비롯해 그 이후에도 계속된 국가폭력의 잔혹함이 직접적으로 재현되는 방식이었던 것과 달리 『작별하지 않는다』에서는 4·3과 그것의 연장선상에서 일어난 보도연맹 사건이 상대적으로 많은 비중을 차지하지 않을 뿐 아니라 구체적으로 재현되지도 않는다. 『작별하지 않는다』 전체를 이끌어가는 서술자이자 초점화자 역할을 하는 인물인 경하는 4·3이라는 사건은 물론이고 그 사건의 중요한 배경을 이루는 제주라는 공간적 특수성과도 아무런 관계가 없는 인물이며, 소설의 절반에 가까운 분량을 차지하는 내용 또한 경하가 친구 인선의 부탁을 받고 집에 두고 온 새를 구하기 위해 제주로 향하는 지난한 여정으로 채워져 있다.

미처 준비할 틈도 없이 경하가 제주에 내려가게 된 것은 평소 같지 않게 단호하고 필사적이었던 인선의 부탁 때문이다. 처음 부탁을 받았을 때 경하는 당장 제주로 내려가 자신이 퇴원할 때까지 새를 돌봐달라는 인선의 간절함을 제대로 이해할 수 없었으며, 왜 하필 자신이어야 할까는 물음을 가졌지만 마땅히 거절할 방법이 없어 쫓기듯이 제주행 비행기를 탄다. 이렇게 자신의 의지와는 무관하게 이루어진 경하의 제주행은 수난의 연속이었다. 제주 산간에 외따로이 위치해 있는 인선의 집을, 그것도 폭설로 교통이 마비된 상태에서 가야만 하는 경하는 그곳으로 가던 중 눈밭에서 길을 잃고 헤맨다. 그리고 힘들게 도착한 인선의 집에서 경하가 마주한 것은 자신이 그렇게까지 힘들게 와야만 했던 목적인 인선의 새 아마가 죽어있는 모습이다. 그렇다면 작가는 왜 80여 년 전의 그 사건이 아니라 경하의 이야기로 소설의 절반 가까운 분량을 채웠을까.

　국가폭력의 잔혹함의 정도를 비교할 수는 없겠으나, 5·18보다도 4·3의 비극성이 더 클 수밖에 없는 이유는 그것들을 부르는 명칭에서부터 찾을 수 있다. '5·18민주화운동'과 달리 4·3은 여전히 사건의 성격조차 제대로 규정되지 않은 채 '제주4·3사건'으로 불린다.[8] 적어도 몇몇 가해자가 법정에 세워져 법의 심판을 받고, 그날의 참상과 피해자들의 고통이 많은 이들의 기억에 조금씩이나마 새겨지고 있는 5·18과 달리, 4·3은 여전히 고립되어 있는 것이다. 5·18에 비해 공식적인 담론장에서 논의되기 시작한 지도 얼마 되지 않았으며, 그 또한 여전히 논쟁 중의 사건으로 남아 있다. 그렇기에 당사자들에게는 여전히 입 밖으로 꺼내기 어려운 이야기이며, 그들만의 고통으로 남겨둘 수밖에 없는 과거다. 제주라는 지역이 갖는 지리적 특수성 만큼이나 많은 사람들에게 4·3은 여전히 멀고도 예외적인 사건으로 고립되어 있는 것이다.

　이런 사건에 대해 작가는 4·3이라는 과거사를 전경화하여 구체적으로 그 사건을 재현하고 설명하는 방식이 아닌 우회적인 방법으로 4·3을 이야기하는 전략을 선택한다. 이를 위해 그 사건을 직접 경험한 당사자가 아닌, 사건과는 전혀 무관한 인물을 서술자로 설정하고, 그 인물이 사건과 가까워지는 과정을 그리는 데 소설의 절반을 할애한다. 그 절반의 지면에 해당하는 1부에서는 사건의 기억과 흔적을 고스란히 간직하고 있는 제주라는 지역만 전경화될 뿐, 4·3이나 보도연맹사건은 제대로 언급되지 않는다. 4·3에 대한 재현 대신 소설의 1부를 채우고 있는 것은 위의 인용문들이 보여주듯 인선의 집을 찾아가는 경하의 여정이다. 그리고 그 과정에서 낯선 곳에서 길을 잃고 고립된 경하가 느끼는 두려움과

8　5·18과 4·3은 여전히 다양한 명칭으로 명명되고 있으나, 여기서는 법률상으로 규정된 명칭을 기준으로 하였다.

공포, 불안함과 초조함, 그렇게 어렵게 도착한 곳에서 간발의 차이로 구하지 못한 죽은 새를 마주한 경하가 느낀 안타까움과 미안함, 상실감과 슬픔의 감정이 소설 1부를 가득 채우고 있다. 적어도 독자는 이 소설의 전반부를 읽는 동안 자연스럽게 두려움, 불안, 미안함, 상실감, 슬픔과 같은 감정에 계속 노출될 수밖에 없다.

경하가 경험한 상황과 그때의 감정, 즉 낯선 곳에서 길을 잃고 고립된 상황에서 느끼는 불안과 두려움, 책임져야 하는 존재, 사랑하는 존재를 지키지 못하고 잃어버린 것에서 비롯되는 슬픔과 상실감, 외로움과 미안함과 같은 감정은 4·3이라는 특정 사건에만 해당하는 특수하고 예외적인 정서가 아니라 누구나 경험했을 법한 보편적이고 일반적인 것에 가깝다. 이렇듯 작가는 고립되고 예외적인, 그래서 많은 이들이 그것과 유사한 형태의 경험조차 직접 하기 어려운, 아니 상상하는 것조차 쉽지 않은 특정 사건을 전경화하여 직접적으로 다루는 방식이 아니라 누구나 한 번쯤은 경험했을 법한 보편적 상황과 정서를 4·3을 이해하는 우회적인 방법이자 매개로 활용한다.

타인의 고통에 대한 연민의 반응에 관심을 보였던 아리스토텔레스와 루소, 그리고 누스바움은 연민의 감정이 생겨나기 위해 필요한 인지적 요소 중 하나로 자신도 그 고통을 겪고 있는 사람과 비슷하게 될 가능성 혹은 그와의 유사성을 상상하고 판단하는 것을 꼽는다. 4·3과 같은 예외적이고 비상식적인 사건이 발생하고, 이 소설을 읽는 독자들이 그 사건에 직접적으로 연루된 경험을 했거나 혹은 그렇게 될 가능성은 과연 얼마나 될까. 그렇다면 그런 경험이 없거나 가능성조차 없는 독자라면 국가폭력의 잔인함과 피해자들의 고통을 영원히 이해할 수 없는 것인가. 『작별하지 않는다』의 1부는 이런 질문에 대한 작가의 답이라 할 수 있다. 4·3이라는 사건과 직접적으로 결부되어 있지 않아도, 그 사건의 피해자들이 겪었을 그리고 지금도 겪고 있을 고립감과 외로움, 공포와 두려움, 불안과 상실감 등의 보편적인 감정은 누구라도 충분히 공감하고 이해할 수 있기에 그것들을 가능하게 하는 유사 경험을 통해 4·3 피해자들의 고통에 조금은 더 가까이 다가갈 수 있게 한 것이다.

이렇게 '타인의 고통'이라는 요소를 전면에 내세운 『작별하지 않는다』에 대해 4·3이라는 사건 자체를 전면적으로 그리고 입체적으로 다루지 않은 것에 대한 비판도 있으며, 이는 충분히 필요한 지적이라 할 수 있다. 여러 증언록을 토대로 당시 사건의 참상과 고통을 충실히 재현했음에도 불구하고 『소년이 온다』에서 보였던 재현의 정치로서의 서사적 성취가 『작별하지 않는다』에서는 보이지 않는다는 것이다.[9] 『작별하지 않는다』를 두고 사건의 진상보다 그와 연루된 자들의 고통이 이 소설의 실감을 만들어낸다는 점에서 이 소설은 '제주4·3서사'라고 할 수는 없다고 한 평가 또한 같은 맥락에서 이해할 수 있다.[10] 애도의 대상, 공감해야 할 고통의 원인이 되는 사건에 대해 정확한 인식이 부재한 상태에서의 공감은 왜곡되거나 한계가 있을 수밖에 없다. 물론 『작별하지 않는다』는 작가가 밝힌 참고문헌 목록에서도 알 수 있는 수많은 기록과 증언을 토대로 구성되었기에 4·3과 보도연맹사건에 관한 재현의 서사로서도 충실히 제 여할을 하고 있다고 볼 수 있다.[11]

그러나 예외적이고 특수한, 그래서 실재한 일이 아니라 허구의 일에 가깝게 여기는 사건의 실상을 적나라하게 재현할 경우 그러한 사실

----

9   고명철, 「소설 '작별하지 않는다'에서 느껴지는 낯익은 서사와 식상함」, 『제주의 소리』, 2024.10.08. https://www.jejusori.net/news/articleView.html?idxno=430725

10   김영찬, 「불가능한 장소에서, 고통의 미메시스와 글쓰기의 드라마」, 『현대소설연구』 94, 2024, 81-82쪽.

11   작가는 이 책을 쓰기 위해 참고한 자료 중 특히 도움을 받은 자료로 『제주 4·3생존자의 트라우마 그리고 미술치료』와 『4·3과 여성, 그 살아낸 날들의 기록』, 『제주 4·3사건 진상조사 보고서』 등을 포함한 15편의 증언록과 정부보고서, 연구자료와 영화를 언급하고 있다.

성이 그 사건의 바깥에 있는 이들에게는 오히려 다가가기 어려운 장벽으로 여기질 수 있다. 그 결과 타인의 고통에 대한 공감에 제한이 생기고 그 사건은 영원히 자신들의 문제가 되지 못한 채 '타인의 일', '과거의 일'로 박제화되고 배제될 수 있다는 우려를 간과해서는 안 된다. 국가폭력 사건의 특성상 피해자 집단은 외부와 단절되고 고립된 상태가 되기 때문에 그 집단 이외의 사람들이 사건의 진상에 다가가는 것조차 어려울 뿐 아니라 그 결과 제2, 제3의 가해가 이루어질 수 있다는 점을 생각한다면, 국가폭력 사건을 공론화하는 데 있어 가장 중요한 과정 중 하나는 그것을 최대한 많은 이들이 자신의 문제로 인식하도록 만드는 것이라 할 수 있다. 이때 자신과 무관한 문제를 자기문제화 하기 위한 방법 중 하나가 타인의 고통에 대해 연민의 감정을 갖게 하는 것이다. "다른 사람이 부당하게 불행을 겪고 있다는 인식에 의해 초래되는 고통스러운 감정"[12]을 가리키는 연민의 핵심은 타인의 고통을 자신의 고통으로 연결하는 데 있다. 따라서 관건은 이러한 연민을 느낄 가능성을 높이는 것인데, 구체적이고 특수한 경험에 관계된 감정이 아니라 보편적으로 경험할 수 있는 상황과 그것에서 비롯되는 정서, 즉 상실의 아픔, 고립의 공포와 불안과 같은 일반적인 상황을 제시하여 그러한 감정을 경험할 가능성을 높이고 결국에는 예외적이고 특수한 그 사건에서 비롯된 고통까지 함께 할 수 있게 함으로써 4.3에 대한 고통과 기억을 분유하는 것이 바로 『작별하지 않는다』의 서사 전략인 것이다.

12　마사 누스바움, 앞의 책, 552쪽.

　　　　　　　　　　　　제노사이드 너머

2-2. 고통의 전염으로 피해자 만들기

소설의 1부가 슬픔과 고립감, 상실감과 미안함과 같은 보편적 정서를 독자가 경험하게 하는 자리였다면, 2부에서는 4·3과 보도연맹사건이라는 과거의 비극이 구체적으로 그 실체를 드러내기 시작한다. 그러나 사건을 드러내는 방식 또한 직접적 피해자라 할 수 있는 이들이 전면에 등장해서 직접 전하는 방식이 아니라 그들의 고통을 곁에서 지켜본 이들을 통해 간접적인 형태로 이루어진다.

인선은 사건 당시에 직접적이고 물리적인 피해를 입은 직접적 피해자가 아니라 자녀의 입장에서 과거의 사건과 피해의 고통을 간접적으로 경험한 자로, 확대된 피해자 개념에 따르면 인선 또한 과거사로 인해 트라우마를 겪은 피해자에 해당한다. 직접적 피해자가 아닌 인선은 인선의 어머니가 들려준 이야기, 아버지로부터 직접 들은 이야기, 아버지로부터 어머니가 들은 이야기로 4·3과 보도연맹사건, 그리고 그로 인한 고통의 실체를 접하면서 점차 그들의 트라우마를 공유하게 된다. 처음에는 제대로 인식하지 못했던, 더 나아가 부인하고자 했던 사건의 진상과 피해자의 고통을 어머니의 증언과 행동, 아버지와의 기억을 통해 조금씩 이해하게 된 것이다. 날카로운 쇠붙이를 깔고 자야 악몽을 안 꾼다며 요 아래 실톱을 깔고 자면서도 자주 악몽을 꾸고 몸서리 치며 흐느껴 울기를 반복하는 어머니, 그런 어머니와 자신이 처한 상황이 지옥처럼 느껴졌던 인선은 결국 가출을 하여 그 상황에서 벗어나고자 하는 부인의 모습을 보인다. 그러나 자신을 찾아온 어머니를 통해 4·3 당시의 상황을 조금씩 알게 되고 그 후로는 눈이 내리면 어머니에게서 들은 이야기 속 어린 아이, 저녁까지 언니 팔에 매달려 학교 운동장을 헤매며 죽은 가족을 찾아다니던 열세살 아이를 자연스럽게 떠올리게 된다. 그리고 마침내 "그렇게 이해하게 됐어. 처음 여기 왔을 때 엄마가 들려줬던 이야기를"

이라는 말로 어머니가 겪은 과거의 비극과 그녀의 고통에 연민을 감정을 느끼며 시인하는 태도를 보이기 시작한다.

조금씩 어머니와 아버지가 겪은 고통의 실체를 알게 된 인선은 제주공항 활주로 아래에서 유해가 발굴되고 그 뼈들을 본 것을 계기로 점차 4·3에 연루되기 시작한다. 그렇게 사건의 실체를 파악하게 되고, 직접적 피해자들의 고통에 가까이 가닿을수록 인선 또한 트라우마를 겪는 상태로 접어들게 된다. 인선은 어머니의 고통을 함께 하는 것이며, 그래서 어머니가 사라지면 다시 자신의 삶으로 돌아갈 것이라 생각했지만 어머니가 죽은 이후에도 트라우마는 계속되었고 결국 그는 사건에 좀 더 적극적으로 개입하기에 이른다. 그리고 어머니의 기억과 증언, 그녀가 모아 놓은 자료의 사이사이에 새로운 기록들을 더하는 작업을 하면서 인선은 비로소 어머니의 고통을 완전히 이해하기에 이른다. 국가폭력 사건에서 가족들 간의 트라우마는 세대 간의 전이 양상을 보이는 것이 일반적이다. 홀로코스트와 같은 사례에서는 트라우마의 세대 전이가 2세대뿐 아니라 3세대에까지 나타나는 것으로 알려져 있는데, 2세대에 해당하는 인선에게도 국가폭력으로 인한 트라우마의 전이가 이루어진 것이다.[13]

복합적 집단트라우마의 형태로 국가폭력의 피해자 범주를 확장했을 때, 재난 현장에 투입되거나 트라우마 환자의 치료를 담당했던 이들이나 당시 사건을 목격하고 살아남은 생존자, 사건이 발생한 지역을 연고로 하는 후속 세대나 지역 사회 일원에 해당하는 이들의 경우 사건 자체나 피해 당사자를 직접 대면할 수 있기에 트라우마의 전이가 비교적 쉽게 이루어질 수 있다는 공통점이 있다. 문제는 이렇게 직접적인 경험이 불가능한 이들에게까지 국가폭력의 참상과 그로 인한 피해자들의

---

13 김명희 외, 앞의 책, 36쪽.

고통이 전이되는 단계다. 앞서 인용한 표현을 다시 한번 빌리자면, 사후노출자에 해당하는 존재를 만들어내는 과정인데, 사후노출자는 고립되고 은폐된 형태로 존재하는 국가폭력 사건의 태생적 한계를 극복하기 위해 중요한 존재이지만 이들을 만드는 과정은 결코 쉽지 않다. 결국 사건과 무관한 이들에게 사건의 진상과 피해자들의 고통을 전달하는 사람 또는 매개의 역할이 중요할 수밖에 없는데, 인선이 하는 다큐멘터리 작업이 바로 그런 매개 중 하나라 할 수 있다.

인선은 사건에 관한 객관적 자료와 기록과 당시 상황을 직접 목격하고 경험한 이들의 증언으로 구성된 다큐멘터리를 만든다. 자신의 아버지와 어머니의 기억을 기저에 두고 그 위로 수많은 기록과 자료, 증언을 점차 덧붙여가며 4.3의 실체에 가까이 다가가는 것이다. 인선의 다큐멘터리, 그리고 그것의 제작을 위해 인선이 수집한 각종 자료와 기록, 인선이 전해주는 직접적 피해자(인선의 부모)의 증언 등을 통해 경하는 마침내 4.3이라는 사건의 사후노출자가 된다. 물론 4.3뿐 아니라 제주라는 지역과도 아무런 관계가 없던 경하가 그들의 고통과 비극에 공감하고 더 나아가 연민의 감정을 느끼기까지의 과정이 결코 쉽게 이루어진 것은 아니다.

인선이 모아놓은 자료와 증언으로 4.3의 참상을 처음 접할 때의 경하는 그것과 관계되는 것을 두려워한다. 이것은 단순히 호기심으로 접근할 문제도 아니고 강제하거나 강요할 수도 없는 성격의 것이다. 그러나 그렇게 부정하고 싶어 주저하던 과거의 비극을 접하게 되는 순간 경하는 이유를 알 수 없는 한기를 느낀다. 하지만 그후 인선이 나무를 심을 땅을 보여주겠다고 했을 때도 선뜻 따라나서지 못하고 망설인다. 망설임 끝에 따라나선 그곳에서 경하는 걸음을 멈추지 않고 계속 그 길을 가도 좋다고 느끼기에 이르렀고, 마침내 인선의 손을 잡으며 그의 고통을 함께 하겠다는 다짐을 하기에 이른다. 그렇게 경하는 자신과 아무런 상관이 없던 타인의 고통에 연민의 감정을 느끼게 되고, 4·3이라는 과거사에 노출된 피해자가 된다.

사건이 발생한 이후 여러 매체나 증언과 같은 각종 자료를 통해 역사적 진실을 대면하게 되면서 외상적 경험을 한 이들을 가리키는 사후노출자의 존재는 사건의 진상규명이 제대로 이루어지지 않고 고립되거나 은폐되어 있는 경우, 또는 가해 세력에 의해 오히려 왜곡되고 부정되는 경우에 특히 더 중요한 의미를 갖는다. 사건과의 직접적 관계는 물론이고 사건과의 시공간적 연관성도 전무한 이들이 생겨난다는 것은 그만큼 그 사건이 특정 지역에 고립된 한계를 넘어 사회 전체로 확장되고, 그 다음 세대에까지 이어질 수 있는 가능성이 있음을 보여주기 때문이다.[14] 제주 출신이며, 자신의 부모가 사건의 직접적 피해자인 인선으로부터 사건과는 아무런 상관성이 없는 경하에게로 고통의 전이가 이루어질 때 4·3은 제주만의 사건이 아니라 모든 이들이 공감하고 자기문제화할 수 있는 보편적 성격의 비극이자 고통이 된다.

텍스트는 경하가 4·3이라는 사건에 대한 사후노출자로서의 피해자가 되는 것으로 마무리되지만, 이 소설 전체가 4·3을 기록하고 4·3의 고통을 증언하는 또 다른 매개가 될 수 있다는 점에서 이 소설을 읽는 독자 또한 사후노출자가 될 수 있다. 대부분의 독자는 4·3과 직접적 관계가 전혀 없거나 적은 사람으로, 이들로서는 자신들과 비슷한 입장의 인물에 대해 정서적 거리감을 좁히며 동일시할 가능성이 큰데, 『작별하지 않는다』에서는 그 역할을 수많은 독자들처럼 4·3에 직접적으로 연결되어 있지 않은, 그저 사후노출자일 뿐인 경하가 하고 있는 것이다. 다시 말해 독자는 4·3이나 제주와의 연결고리가 없었던 경하가 인선을 통해, 그

---

14 사후노출자에 대한 이상의 설명은 『5·18 다시 쓰기』 221-262쪽을 참고했다.

리고 다큐멘터리를 통해 사후적으로 사건을 이해하고 고통에 공감하는 과정을 따라가면서 자연스럽게 낯설고 불편한 과거사를 인식하게 되고 피해자들의 고통을 공유함으로써 마침내 그들 또한 사후노출자가 되는 것이다. 이런 과정을 통해 더 많은 사후노출자가 생겨나게 하는 것이 바로 작가가 1947년부터 제주에서 일어난 그 사건을 2021년에 다시금 꺼내 놓은 이유일 것이다.

3. 고통의 전이를 통한 고립된 기억의 분유

4·3은 5·18이라는 또 다른 국가폭력 사건에 비한다면 훨씬 더 오랫동 안 은폐, 망각, 왜곡된 상태로 고립되어 있었다. 따라서 4·3 피해자들 또한 자신들의 고통을 입 밖으로 꺼내는 순간 오히려 적들의 표적이 되어 화 를 입을까 두려워하며 오랜 시간을 숨죽여 지낼 수밖에 없었다. 실제로 그런 야만의 시간을 이미 오랫동안 겪었기에 더욱 조심하고 경계할 수밖 에 없을 것이다. 기억을 떠올리는 것조차 힘들고, 아프다는 말을 꺼내는 것조차 어려운 고통이기에 다른 사람이 먼저 알아차리는 수밖에 없다.

오랫동안 고립되고 소외되어 있었기에 사라져버릴 가능성이 큰 4·3 에 대한 기억을 공유하는 방법으로 작가는 피해자들의 고통을 전이시 킴으로써 또 다른 피해자를 만들어내는 방식을 택한다. 그러나 국가폭 력 사건을 다룬 여느 다른 소설들처럼, 그리고 작가 자신이 쓴 또 다른 소설『소년이 온다』처럼 직접적 피해자의 고통을 전면에 드러내는 방식 이 아니라 고통의 동심원을 점차 확대해가는 방식으로 4·3과 아무런 상 관도 없는, 4·3에 관심조차 없는 이들까지 사건에 노출되게 하고, 트라우 마의 고통을 겪는 피해자로 만든다. 이 과정에서 작가는 세심하게 타인 의 고통을 전이시킨다. 당위를 앞세워 직접적이고 강압적인 방식으로 전 달해서 불편함과 거부감이 느껴지지 않게 조심스럽게 우회하는 방식을 택한다. 불편하고 끔찍한 것, 상상하기조차 싫은 부정한 것들이 의식과 무의식의 어딘가에 자리 잡아 계속해서 자신을 괴롭히는 것은 누구나 싫어하기 때문이다.

그럼에도 불구하고 이러한 무의식을 무릅쓰면서까지 고통의 경험을 자초해서 반복하는 이유는 무엇인가. 상처 난 곳이 너무 무뎌지고 딱지가 앉아서 더 이상 아무런 고통도 느껴지지 않는 상태가 되는 것을 막기 위해 의식적으로 고통의 경험을 되풀이하는 이 가학적 행위는 또 어떻게 설명해야 할까. 작가가 그랬듯이, 기꺼이 사후노출자가 되기를 자처하는 이들은 어떻게 이해할 수 있을까. 다른 한편으로, 들여다볼수록 더 고통스러운 것을 알기에 타인의 고통을 피하려고 하고 부정하려고 하는 이들에게, 그럼에도 불구하고 타인의 고통을 알아야 하고, 이 땅의 어느 한 구석에서 일어난 과거사를 함께 기억해야 한다고 어떻게 설득할 것인가. 인간으로서 마땅히 해야 할 일이라는 도덕적 명제를 내세워 당위적인 설득을 할 것인가, 혹은 국가폭력은 결코 과거사가 아니라 언제든 우리에게 일어날 수 있는 현재진행형임을 현실의 사례로 설명할 것인가. 기억과 고통을 함께 하는 것에서 더 나아가 과거의 국가폭력에 대해 우리에게도 공동의 책임과 반성의 의무가 있다는 주장은 또 어떻게 받아들이게 할 것인가.

이 어려운 질문에 대한 답을 찾고 그것을 설득하는 책임은 문학에 관계된 모든 이들에게 공통으로 주어진 과제일 것이다.『작별하지 않는다』는 자신과는 전혀 무관한 타인의 고통에 서서히 가닿으며 끝내 연민의 감정을 느끼는 과정을 천천히 보여주는 방식으로 고통의 실체와 함께 타인의 고통을 이해해야 하는 이유를 설득한다. 그러나 타인의 고통에 연민의 반응을 보인 경하 또한 4.3과는 무관하지만 그 역시 4.3과 같은 성격인 5·18에 관한 책을 쓰면서 이미 타인의 고통에 많이 노출된 경험이 있는 사후노출자인데 반해 실제로 대부분의 독자는 경하와 같은

제노사이드 너머

경험을 가지고 있지 않기에 타인의 고통에 대해 경하만큼은 쉽게 연민의 감정을 느끼기 어려울 수 있다는 사실을 간과해서는 안 된다. 그러므로 4·3에도, 타인의 고통에도 무지하고 무관심한 이들에게 타인의 고통을 인지시키고 연민의 감정을 느끼게 함으로써 그들도 4·3의 또 다른 피해자가 되도록 하는 방법을 찾으려는 고민은 『작별하지 않는다』 이후에도 계속되어야 한다. 그렇게 사후노출자로서의 피해자가 많아질수록 4·3은 더 이상 고립되고 소외된 과거사가 아니라 모든 이들에게 현재진행형인 사건으로 기억될 수 있기 때문이며, 그것이 과거의 국가폭력에 대해 같은 공동체에 사는 우리가 할 수 있는 진정한 애도일 것이다. ■▌

시 : ㄱㅐㅁㅣ집, ㅂㅣ시

변선우

변선우 : 시인. 시집 『비세계』 등

개미집

1

복도와 복도로 이어져 있는 방

어쩌면 방은 복도로 가기 위한 공간 아닐까, 생각한다

나는 복도로 향하고 있다

마치 향하는 것이 사업이라도 된다는 듯

엉금엉금 빠르게 지나가노라면

누군가 방 복판에 쓰러져 있다

그는 깊은 잠에 빠져있는 것 같다, 생각한다

그를 지나치면, 그는 자연스럽게 잊힐 것이다

2

방은 너무 길고 복도는 너무 멀다

방이 축소했으면 좋겠다

내 몸이 커다래졌으면 좋겠다

순간 무수한 사람이 발생하더니 방을 오가고 있다

와중 사랑을 하고 음모를 도모하는 사람들

혈관을 이동하는 콜레스테롤처럼

방을 방다워지도록 수고하는 것이다

사람들은 결코 쉬지 않고 있다

나는 '쉬지 않고'에서 잠깐 상념하다

넘어진다 상념하다

넘어지고 운명처럼, 털이 복슬복슬한 유령이 방 문 열고 들어오는
걸 목격한다

그는 또 다른 복도로 향하려는 것이다

3

사람들은 넘어진 나를 밟고 지나간다
털이 복슬복슬한 유령은 나를 건너가고 있다
그리하여 고백할 수 있게 되었다
방 복판에서 길을 잃었네, 정확히는 입장을
여전히 바쁘게 오가는, 수행하는 사람들
눈물 찔끔 나오자
착각할 수 없게 되자 사물처럼
사람들은 산산조각이 난다
나는 깨달은 것처럼 대머리가 된다
바글바글한 개미들로 변신하는 사람들
그들이 이윽고 실신한 것 같다, 생각한다
유령은 털이 복슬복슬한 채로 여전히
또 다른 복도로 향하고
나는 개미들 질겅질겅 짚으며 일어난다
밟으며 나아갈 수 있을까, 생각한다
비로소 일어나 걷자
피부에 닿는 개미들 흡수된다
그들은 나를 헤매게 될까
나는 더 슬기로워질까, 대머리처럼
유령의 털을 빗어주려는 듯 전진해본다

비시

밤에는 밤이 와야 한다
은총이 허락되어서는 안 된다

어디선가 까무룩 잠에 드는 어린 양
누구신가
불을 놓아도 깨어나지 않을 만큼의 잠

그러므로 당신은 누구인가
내 이야기를 듣고 있는 당신

제정신이 밀려갔다 밀려오는 것 같은
새벽을 더듬는 당신

나는 온 집안의 전구를 깨트린다
책상 위에 납작 엎드린다

자그마한 동굴이 조성된다
진짜 깜깜해진다

나는 어디에 있나
도무지 꼭꼭 숨었나

안온과 시선이 여기 있다
시선은 잊은 풍경을 재현한다

흔들려도 깨어나지 않는 나무
나무 속에서 나무를 꺼내는

나무
약간의 어린 양이 깨어나

각자의 나무에
머리를 박거나 낮고 깊은 울타리를 넘나든다

마법이 사라진다
당신은 진작 깨어 있었으므로

웃는다
나를 겨누는 것처럼

웃는다
더 이상 어두워질 수 없는데

나는 축축해진다
정치가 사라진다

어두운 나무가 나를 열고
들어온다

거울을 껴안고 겨울 언덕에
잠수하는 사람

나를 질끈 감아 버린다

저항의 윤리

III

　　학살과 관련한 기억-이야기는 인류 공동의 것이다. 저항 행동은 일시적이고 순간적이며, 인간의 신체는 연약하다. 하지만 그 신체들이 모인다. 그리고 폭력과 절멸을 삼행하거나 방치히는 세게에 변화를 요구한다. 새로워질 저항은 자유민주주의의 역사를 끊임없이 성찰하며 이곳과 저곳의 연대의 끈을 잇는 작업으로 계속될 것이다. 이때 폭력의 재현은 양날의 검이다. 국가폭력과 제노사이드를 세상에 알림으로써 피해자들을 위무하는 노력들은 동시에 또 다른 층위의 폭력으로 수용될 수 있다. 예술의 윤리는 감동을 만들어내는 것이 아니라, 감동을 멈추는 용기에서 비롯된다. 이 멈춤의 순간, 기억은 감정의 상품이 아니라 사유의 책임으로 변모한다. 이것이 제노사이드 이후 예술이 도달해야 할 윤리의 자리이다.

학살 그리고 웃는 저항[1]

박상은

박상은 : 서울대학교 인문학연구원 선임연구원. 저서『민중과 통속: 1980년대 한국 연극·영화와 매체 전환의 역동』등

1　'웃는 저항'은 2025년 9월 공연된 연극 <엔드 윌>(극단 즉각반응)의 대사 "웃는 생명"을 차용해 작성했다. 연극은 평택항에서 산업재해로 세상을 떠난 고 이선호의 이야기를 담으며 일하는 삶의 자리와 노동 조건들, 중첩되어 행해졌던 관행들을 돌아보고 질문하게 만들며 동시대 안전한 삶과 생명의 의미를 살폈다.

"나는 전쟁을 저지른 죄가 권력자들에게 있다고 믿지 않는다.
절대 그렇지 않다. 평범한 사람도 똑같이 책임이 있다.
그렇지 않다면 전 세계 민족은 오래전에 반기를 들었을 것이다!
사람들의 내면에는 그저 파괴하고픈 충동이, 죽이고픈 충동이,
살해하고 날뛰고픈 충동이 존재한다. 모든 인류가 예외 없이
커다른 변화를 겪을 때까지 전쟁은 계속될 것이고, 인류가 쌓
아 올리고 길러내고 성장시켰던 모든 것은 쓰러지고 망가질 것
이며, 인류는 모든 것을 처음부터 다시 시작해야 할 것이다."

(데어라 혼, 안네 프랑크의 일기에서 인용,

『사람들은 죽은 유대인을 사랑한다』)

세상이라는 게
그 너덜나는 살육을 본질로 하고 있기 때문이다.
그러니까 사람이 사람을 죽이는 사갈(범죄)을 뿌리째 뽑으려면
어떻게 해야만 할까.

이 세상과 나라의 된깔(본질)이 사람을 죽이지 않는 나라
제국주의가 아니라 참된 민주의 세상을 만들어야만 하는 것이다.

(백기완의 말, 『두 어른』)

먼저 싸우고, 대신 싸우고, 함께 싸우는 행위

2025년 9월 8일 서울 사당역에서 서초동 예술의 전당을 지나 대법원
까지 행진하는 '새, 사람 행진'에 참여했다. '새, 사람 행진단'은 9월 11일
새만금신공항 취소소송 선고에 앞서 8월 12일 전북지방환경청에서 출발
해 수라갯벌, 공주우금치전적지, 세종보농성장, 그리고 남태령을 거쳐 서

저는 육개월동안 유랑하면서 평화가 무엇인가를 터득했습니다. 공장에서 쫓겨난 노동자가 원직복직하는 것이 평화입니다. 두꺼비 맹꽁이가 개발에 밀려 멸종되지 않는 것이 평화입니다. 장애인이 나가고 싶은 곳에 나갈 수 있게 하는 것이 평화입니다. 이 땅의 농민들이 이 땅을 빼앗기지 않게 하는 것이 평화입니다. 노인들을 살리는 것이 평화입니다. 어떤 이유로도 전쟁에 참여하지 않는 것이 평화입니다.
-문정현, <평화란 무엇인가>, 군산평화박물관 전시 목판화 중

울가정행정법원에 도착했다. 수라 생명들을 형상화한 '새모자'를 쓰고, 어떤 이들은 탬버린을, 낡아진 깃발이나 묵주를, 빵으로 만든 새 모형을 들고 걸었다. 이 행진은 한반도의 갯벌을 서식지로 하는 생명들, 큰뒷부리도요새와 가마우지, 저어새를 지키기 위한 것이자, 기지 건설·확장, 간척 개발 사업으로 행해진 폭력적 찬탈의 역사에 몸으로 맞서 저항해 온 역사를 이어 간 것이었다. '평화바람' 활동가 완두는 행진단을 시작할 때 "법이 큰뒷부리도요를 살릴 수 있을까."라는 문장이 전북지방환경청에서 5개월 천막농성을 하는 동안 스스로에게 던진 질문이었으며 "대추리 황새울 벌판의 아름다운 노을과 그 앞 솔밭에 살고 있었던 솔부엉이들, 강정 앞바다 구럼비 바위와 붉은발말똥게를 영영 볼 수 없게 된 것들을 생생하게 기억하기에는 너무도 충분한 시간이었다." 말했다.[2]

----

2 「[새, 사람행진] 수라갯벌 나무의 노래(feat.완두)」, 유튜브 '평화바람' 채널, 2025.8.21.
   https://www.youtube.com/watch?v=hQgg3MqB6d8

                                          제노사이드 너머

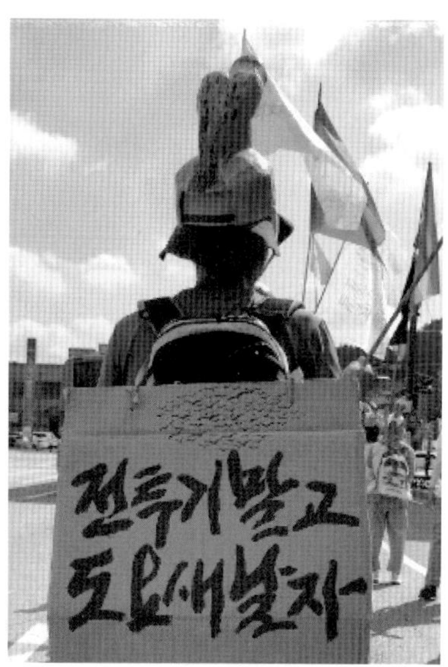

<새, 사람행진> 홍보 포스터와 몸자보 - <새, 사람행진> 텔레그램
https://t.me/s/saesaram?after=1150

  비인간 동물과 갯벌, 나무 등의 생태적 존재성이 대추리와 강정 토착민인 인간의 투쟁과 함께 상기되는 것은 비단 지금이 급격한 기후재난을 목도한 시기이기 때문만은 아니다. 개발과 발전의 이름으로 비인간 종들에게 무차별하게 가해졌던 생태적 학살은 군사기지와 산업시설을 짓기 위해 토착적 생활 환경을 손쉬운 방법으로 찬탈하고 용도 변경했던 국가폭력의 잔인함과 연루되어 있었다. 2003년 이라크파병반대 시위 이래 20여 년을 평택 대추리, 용산 남일당, 제주 강정마을, 성주 소성리, 밀양 송전탑, 부산 한진중공업으로 다니며 온갖 무력에 저항하고 연대해온 이들이 체득한 강력한 진실로 느껴진다. 대상화, 타자화, 치밀한 계획과 실행 그리고 절멸. 특정 집단에게 가해지는 폭력이나 위력이자 한 그룹의 생명을 민족/국적/종교나 정체성을 이유로 고의로 파괴하는 제노사이드는 군사주의와 자본주의가 치밀하게 맞물린 방식으로 행성의 곳곳에서 있었고, 현재 진행 중이다.

　행성시대 인간의 조건, 즉 기후 위기와 연결된 취약성, 불평등 심화와 전쟁 및 집단학살의 실재, 민주주의의 퇴각 속에서[3] 우리 인간은 어떻게 냉소와 무지에 머무르지 않고, 연민의 감정이 근절된, 비인간적 행위를 일반화하는 최악의 상태들에 맞서 싸우는 존재로 서는가. 이 글은 2024년 12·3 내란을 전후하여 서울 지역의 광장들, 역사문제연구소의 민주주의와 깃발들 전시관, 광주의 민주화운동기념관과 소극장 민들레, 새만금 신공항 취소소송과 관련한 '새, 사람 행진' 그리고 팔레스타인평화행동 SNS 피드에서 마주했던 언어와 몸짓, 이미지 속에서 이 질문에 답을 해 주는 몇 장면을 따라가 본다.

팔레스타인의 해방은 세계의 해방이다.

　데어라 혼이 통찰력 있게 제시하였듯이, 유대인 홀로코스트에 대한 기록과 기억, 비판적 성찰은 축적 되어온 한편 각종 서사물 속에서 희망을 주고 성숙과 해결의 서사를 제시하는 틀로 박제화되거나, 지적으로 뛰어나고 부유한 유대인의 신화로 굴절되어 소비되기도 했다. 혼은 유대인 난민을 도왔던 호혜적 행위자의 삶에 대한 불충분한 이해를 파헤치면서 "아니 그들 모두를 구할 수 있어야 해. 왜 세계적으로 가장 위대한 화가만 구하냐고!"라는[4] 중얼거림에 천착하지 못했던 홀로코스트 '이후' 세계의 사회문화적 메커니즘을 추적했다. 홀로코스트에 공모했던 역사는 회피하고 영광은 과장하는 국가의 태도, 고마움을 모르는 듯 행동했던 유명

3　김은주, 「해제-죽음정치: 민주주의와 증오의 정치에 관하여」, 아쉴 음벰베, 김은주·강서진 역, 『죽음정치: 증오의 정치에 관하여』, 동녘, 2025, 199쪽.

4　데어라 혼, 서제인 역, 『사람들은 죽은 유대인을 사랑한다』, 엘리, 2023, 225쪽.

인 난민과 구조된 자로서 겪었던 수치의 실체, 난민 구조의 과정에서 반영되었던 '지켜야 할' 서구 문화의 공고한 위계가 그 내용이었다. "평범한 매일의 신성함에 바치는 헌신"으로서 하시디즘 문화, 타협하지 않고 사람들을 구할 수 있었던 정의로움의 실체는 진부한 것으로 여겨졌다.

마찬가지로 역사를 과거에 유폐된 것으로 이해하고 논쟁점을 발견하기는 쉽지만 세계 곳곳에서 벌어지고 있는 전쟁과 학살의 실체와 군사주의 및 전체주의의 위협에 접속하면서 역사적 연속성을 성찰하고 탈식민주의적 연대의 전망을 붙잡기는 쉽지 않다. 팔레스타인은 1948년 5월 이래 이스라엘에 점령 당해왔다. 팔레스타인의 76년 간의 식민지 경험과 반복된 추방, 봉쇄, 학살의 시간과 이에 맞섰던 민족해방운동의 움직임은 국제 언론에서 중립성을 가장한 갈등의 방식으로 소개되어 온 오랜 역사가 있다. 2025년 9월 유엔은 이스라엘이 가자지구와 동예루살렘에서 팔레스타인을 상대로 집단학살을 자행했다 발표했다. 네타냐후는 국제형사재판소(ICC)로부터 반인도적 범죄 및 전쟁범죄 혐의로 체포영장이 발부되어 지명수배범이 되었다. 인도, 스페인, 프랑스, 이탈리아 등 세계 각지에서 팔레스타인 해방운동에 연대하는 노동자 연대 집회와 행진, 보이콧 등 저항행동이 이어지고 있다.

팔레스타인 해방에 대한 전세계적 요구는 현재적이며, 팔레스타인 민족만의 문제로 귀결되지 않는다. "팔레스타인의 해방이 세계의 해방이다."라는 전언은 산업적 근대화의 제국주의가 아파르트헤이트와 홀로코스트와 긴밀하게 연관되었던 역사적 맥락을 직시하자는 언어이다. 팔레스타인 해방운동과 관련한 SNS 피드에는 도저히 동시간대에 벌어지고 있는 일이라 상상하기 어려운 폭력과 감금, 학살의 상황들이 전달된다. 지리적으로 먼 곳에서 벌어지는 전쟁 이미지 앞에서 우리가 무엇을 어떻게 느끼는가, 그리고 왜 연대해야 하는가 역설했던 수잔 손택과 주디스 버틀러의 전언이 강하게 환기된다. 팔레스타인계 시인 가야트 알마둔은 <우리>라는 시에서 군사적 공격으로 신체를 절단하고 손상한 순간들, 혹은 훼손된 신체들을 보게 된 먼 곳의 관찰자들에게 사과를 전하는 냉정한 반어의 방식으로 방관과 가해의 메커니즘을 일깨운다. 시적 화자는 "이 문명화된 세상"에 "절단된 신체 부위들", "피와 검게 탄 뼈만 남은 나체"를 "감히 허락도 없이 불쑥 출몰"하게 했음에 "심심한 사과의 말"을 전한다.[5] 인류는 각종 미디어를 통해 물질적으로 "너무도 선명"하고 동시적으로 전달되는 이미지 앞에서 무지·방관·무감으로 "결국 아무 것도 못"하게 되는 단계에 머무를 것인가.[6]

이 폭력의 참상 가운데에서 팔레스타인 사람들은 자신들을 감찰하는 이스라엘의 드론 소리마저 행진 음악의 한 요소로 바꾸며 전진했다. 또 앞서 짧았던 휴전 기간, 귀환 행렬에서 조리 도구를 타악기 삼아 두드리며 기쁨을 노래하는 신체들이 있었다. 비참과 슬픔, 폭력의 무차별성과 바닥난 정의와 인류의 모멸감에 절여 있어야 마땅한 인간들이 노래하고 걷는다.

근대 이후 정치가 어떻게 적대적 타자를 창출하고 죽음정치를 행해왔는지 논한 아쉴 음벰베가 강조하였듯 역사적으로 인종주의, 식민주의, 제국주의의 보충을 통해서만 존재한다는 "기원적 이중성"은 자유민주주의의 특징이다.[7] 민주주의 정치란 누가 '인민'으로 인정되는가의 문제와 관련될 수밖에 없고, 이때 '인민'으로 인정되지 않은 이들을 후면, 주변부, 망각의 영역으로 내모는 경계짓기의 메커니즘이 작동하게 된다.[8] 주디스 버틀러는 '불안정성'에 저항하는 운동 내의 차이들에도 불구

----

5   가야트 알마둔, <우리>, 『팔레스타인 시선집』, 접촉면, 2025.

6   위의 시.

7   아쉴 음벰베, 위의 책, 181쪽.

8   주디스 버틀러, 『연대하는 신체들과 거리의 정치』, 창비, 2020, 13쪽.

"한국의 대학생들이 연대한다. 이 땅에 반전과 평화를!"
"전 세계 대학가 반전 시위에 대한 폭력과 진압을 멈춰라!"
-「한국 대학생들, 미 대사관 앞에서 반전을 외치다」, 『한겨레』, 2024.05.10

하고 이 불안정성이 불평등, 인종주의, 주거불안정, 부채 문제 등에 저항하는 운동 모두를 관통한다는 사실을 강조했다. 그리고 여러 신체가 한데 모이는 형태의 집회를 통해 정치적인 것에 대한 권리를 실행하며 위태롭게 시는 집회의 수행성이 깇는 가치와 의미를 실폈다.[9] 집회는 '우리'가 누구인지에 대한 헤게모니 투쟁의 현장이자 공식적인 미디어 프레임에 틈을 만들어 내며 민주주의의 탈주적 순간들 중 하나로 기능한다.[10]

2023년 10월 7일 이래 재개된 이스라엘의 집단학살을 규탄하는 한국 사회의 저항 행동 또한 본격화되었다. 그리고 12.3 내란 이후 강화된 시민사회 연대 행동의 흐름과 결합하고 팔레스타인이 기나긴 시간 겪었

---

9 위의 책, 32쪽.

10 위의 책, 35쪽.

제 45회 <팽팽문화제> 포스터, 2024.08.24

던 추방과 감금, 학살의 역사에 적극적으로 반대 목소리를 내는 지구적 여론의 변화 속에 확산되고 있다. 팔레스타인평화연대, 팔레스타인과 연대하는 시민행동과 같이 2003년 한국의 이라크 파병 이후 본격화되었던 반전 평화운동의 축적된 역사와[11] 끈질김의 연장선에서 이어졌다. 이들은 팔레스타인 점령 반대 여론 형성을 위한 강연과 캠페인, 행진과 집회, 보이콧, 투자 철회 및 제재운동(BDS) 등의 형태로 한국사회에서 저항운동을 지속해왔다. 팔레스타인평화연대 활동가 덩야핑은 한 인터뷰에서 처음 팔레스타인 해방운동에 연루된 순간을 언급하며 "이렇게 오래 갈 줄 몰랐죠"라며 희미한 웃음을 지었다.[12]

글을 시작하며 만났던 <새, 사람행진>의 평화운동 활동에서도 팔레스타인 해방에 대한 연대의 흔적을 쉽게 찾을 수 있다. 군산 하제마을에

---

11 신지영, 「동아시아 '정착식민주의' 담론과 한국-팔레스타인 기록/문학을 통해 본 연대의 토대들」, 『동방학지』 제 208호, 2024.

12 <[Part1] UNHEARD: Defend Masafer Yatta>, 오픈북 다큐멘터리 시리즈, 2023.8.12. https://www.youtube.com/watch?v=qpCKvGMe9tc

제노사이드 너머

서는 미군 기지 확충으로 거주민이 강제로 이주한 소거 지역이 되었지
만, 2024년 천연기념물로 지정된 팽나무 앞에서 정기적으로 '팽팽문화
제'가 열린다. 패권주의와 전쟁에 반대하며 평화를 그리는 인간들의 몸
짓, 낭송, 노래가 마을의 변화를 지켜보았을 600여 년 수령의 팽나무 앞
에서 지속되는 것은 상징적이다. 2024년 8월에는 팽나무 아래에서 팔레
스타인 연대 평화장터로 문화제가 열렸다. 무조건적인 반미나 고착적인
민족주의가 아닌, 지금-여기의 고통에 몸을 기울이는 방식으로 한국 사
회에서의 군사주의가 생명과 평화를 건너뛰며 점령해온 것들의 역사가
팔레스타인인이 겪어왔던 온 피점령의 고통과 마주친다.

　　폭력을 당연한 것으로 받아들이라는 법과 행정에 맞선 연한, 물렁
한 살들로 둘러싸인 '고작 신체'를 가진 인간의 저항은 도대체 무엇인가.
전쟁을, 곳곳의 침탈을 불가피한 국제 자본과 지정학적인 힘의 역학으
로 여기는 세계에서 '전투기'가 아닌 '도요새'를 날게 하자는 외침은 허무
맹랑한 것인가. 종이 한 장 한 장을 덧붙여 인형 모형을 만들고 바느질로
수제 깃발을 만드는, 그리고 걷고 노래하며 춤추는 이 문화적인 것들은
얼마나 연약하며 또 동시에 강한가.

광주와 응원봉 광장, 그리고 하이파: 저항의 몸과 마음

"계엄군을 찢어 죽이자", "시민들은 도청으로", 전라남도 광주의 5·18
민주화운동기록관에서 마주한 시민군 트럭과 버스에 붙어 있는 현수막
의 언어이다. 시민들을 상대로 총을 겨누었던, 훼손된 신체와 시체들의
시간, 광주에는 두려움과 슬픔, 분노와 결기, 묵묵한 헌신과 호혜적 나눔
이 켜켜이 중첩되었다. 해방 이후 남한 사회에서 전라도에 행해졌던 차
별적 지역 발전과 자국 내의 분리주의뿐 아니라 5·18에 대한 은폐 그리고
이후 지속적으로 가해졌던 왜곡의 상황에는 전라도인에 대한 인종주의

적 기제가 작동하기도 했다. 또 오월광주는 제도적 청산 과정에서 새로운 생채기를 만들고 분열의 자국을 남기기도 했다. 2020년대 광주에는 5·18의 역사적 책무 속에만 있어야 하는가라는 지역민의 질문, 5·18 당사자와 그 기억에 자의이건 타의이건 사로잡혀 살아가는 사람들이 함께 존재했다. 『5·18 다시 쓰기』에서는 일회적 사건으로 축소하지 않고 사건 이후 생을 계속 해야 했던 수많은 사람들의 "고통의 현재성과 생애사적 진실"에 주목했다. 이 연구는 국가폭력 피해자의 집단 트라우마를 고찰하며 "인권기반 공동체적 접근"의 필요성을 제기하며 진정한 포용을 위한 미래의 기원을 제시한 바 있다.[13] 학살과 학살 시도의 잔인함이 남긴 상처의 깊이와 왜곡·은폐 또는 축소·망각하는 흐름 속에서도 잔혹한 국가폭력을 제대로 기억하고 미래로 연결하려는 노력은 한국 사회의 주요한 집단적 역동을 이루어 왔다.

한강 작가의 노벨상 수상과 뒤 이어 발발했던 12·3 내란 이후 광주는 잔인했던 국가 폭력의 상처와 그에 맞서 일어났던 사람들의 긍지의 집단적 무의식을 환기하는 장소가 되었다. 2024/25 한국 시민항쟁의 광장은 2016/17년 촛불광장과 대비할 때 세대와 문화적 활력이 전환된 장소로 이해된다. 창의적이면서도 상호 호혜적으로 펼쳐졌던 광장 문화, 그리고 콘서트 현장과 형상적 동질성을 보였던 광장의 연행은, "시민의 저항과 국회의 신속한 대응"으로 신속히 해결될 것 같았던 12·3 내란이 장기화 되면서 저항의 물적 구심점으로서 계속되어야 했다. 광장의 스펙터클은 만드는 '기획' 주체'들'의 발상과 행동, 참여한 몸들의 참여 속에서 변형되고 새롭게 생성되었다. "내향인", "우리가 함께라면 사막도 바다가 돼"와 같이 각자의 성격과 취미를 반영하며 위트와 서정적 위로

---

13 경상국립대학교 사회과학연구원기획, 김명희 외 저, 『5·18 다시쓰기』, 오월의봄, 2022.

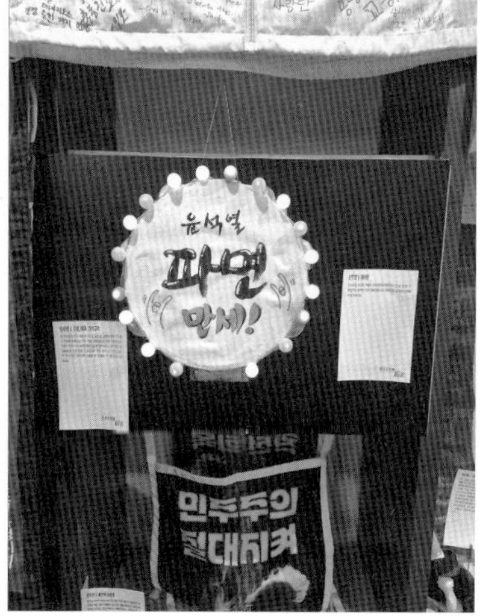

<긴급전시행동-민주주의와 깃발>展(식민지역사박물관, 2025년 5월 16일~10월 17일) 전시물 중

를 주는 말들과 "페미니스트가 민주주의를 구한다", "차별금지법 있는 나라"와 같이 노동·기후·젠더·퀴어·성평등·주거·장애 등 '사회대개혁'의 현안을 담은 말과 이미지가 깃발, 스티커에 담겼다. 침체와 울분의 순간 광장 곳곳을 수놓았던 말, 그림, 노래, 몸짓 등의 각종 '문화'는 "참말로 혁

명이 늪에 빠지면 예술이 앞장"서 "모든 침전과 좌절, 진부함을 깨뜨"린
다는 전언을 증명했다.[14]

　2024/25 광장은 "거대한 역사적 퇴행"에 맞서는 한편 "불안정화된
삶의 조건들"에 문제제기하는 반체제 저항의 의미가 심화되었음이 특
징적이었다. 2024/25년 응원봉 광장은 노동자·농민운동과 같은 저항운
동의 전통에 대한 거부가 아닌 새로운 연결을 형성하고 있다는 점에서
2016/17년과 달라졌다. 남태령에 모인 주체들은 "농민을 착취하지 않고
배제하지 않는 세상은 장애인, 이주민, 청소년, 노동자, 세입자, 여성, 성
소수자를 착취하지 않고 배제하지 않는 세상"을 그렸고, 경찰 차벽을 물
리치는 정치적 효능을 경험했다. 이들은 "여성을 지우려 하고, 종북 프
레임을 씌우고, 투쟁하는 소수자들을 운동권으로 구분 짓고, 동원만
하고 우리의 요구들은 또 나중에로 미루는 온갖 시도들"을[15] 경계한다.
2025/25 광장의 문화실천은 말벌동지·무지개동지·응원봉동지로 가시화
되었듯이, 다양한 층위의 폭력으로부터 살아남은 자들이 서로를 살리
고자 하는 이야기와 연결되어 있었다.[16]

　그런데 우리가 1980년대적인 것으로 이해하는 투쟁의 방식과
2024/25년 집회의 낙차는 어떻게 이해되어야 하는가. 이번 12·3 내란 상
황에서 광주는 오월정신과 2024/25년 시민정신의 연결을 환기하는 곳

14　백기완의 말, 문정현·백기완, 『두 어른』, 오마이북, 2017, 116쪽.

15　지수(민달팽이유니온 활동가), 「남태령에서의 하룻밤…우리가 퇴진 이후 갈 길을 알려주다」,
　　『평등으로』 제2호, 2025년 12월 28일. https://www.toequality.net/1699b52b-ca44-
　　808f-8d8f-fe5237461819

16　이 문단, 그리고 앞에 이어진 문단의 내용은 12·3 내란에서 큰 공식집회와 작은 광장 집회의 문
　　화 형식을 연구한 졸고, 「흥, 신, 힙 그리고 금지와 기개-광장 '연행'의 수행성」(정원옥 외, 『광장
　　의 문화정치』, 동연, 2025)와 「도랑, 강, 바다 '작은 광장'들과 몸짓, 말, 소리, 이미지 실천」(『역사
　　비평』 142호, 2025년 가을호)의 내용을 발췌하여 정리했다.

이었고 탄핵반대집회가 예고되고 자행되기도 했던 만큼 여전히 중요한 정치적 장소였다. 학살의 기억과 상처의 회복을 여전히 지역 차원의 문제로 안고 살아가는 놀이패 신명의 배우이자 작가로, 오월 전야제와 광주지역 시민사회운동의 집회 진행자로 오랜 기간 살아온 지정남은 이번 광주비상행동 집회를 진행하였다. 그녀는 당시 느꼈던 생경감을 논하기도 했다.[17] 1980년대 단호한 결의로 선창 구호를 외칠 때, 온갖 억울한 죽음과 비장한 결의를 담은 무거운 팔뚝질과 몸짓이 아닌 팬덤의 소리를 전유한 톤이 높고 가벼운 몸짓 응답을 대했을 때의 당혹스러움은 어떻게 이해되어야 하는가.

연장선에서, 경험하지 못했던 세대가 사료를 통해 운동의 기억에 접속할 때 생기는 '오해'들이 있다. 지난 봄, 1980년대 문화패로 활동하며 배우이자 춤꾼, 여성문화행사 기획과 노동문화운동 실무자로 활동했던 김경란을 인터뷰했다.[18] 구술 진행자로서 영등포 성문밖교회에서 노동자 박영진의 죽음을 기리는 열사굿 고풀이를 하며 소복을 입은 한 연행자가 서 있는 사진을 제시하며 추모와 해원을 목적으로 한 의례가 아니었는지 질문했다. 구술자로서 김경란은 그 춤이 "살풀이와 씻김굿을 차용"해 "운동권 방식으로 만든 형식"으로 형식이 단순하되 기동성, "정서를 빨리 증폭"시키고 결의를 이끌어내는 형식이었다 기억했다. 민속에서 씻김굿이 여러 날에 걸쳐 참여 공동체의 감정과 원한을 풀어주는 방식과는 차이가 있었다는 것이다. 연장선에서 자신이 1980년대에 곳곳에서 행해졌던 열사굿이 추모의 의례로서 기능한 것이 아니라 의문사, 고문, 감금을 감수한 투쟁을 결의하게 하는 정서적 결집의 장치였다 밝혔다.[19]

----

17 지정남과의 인터뷰, 2025.08.18.

18 김경란과의 인터뷰, 2025.03.17.

19 이 문단의 내용은 김경란과의 구술 채록 내용을 참고하여 정리했다.

저항의 세대학, 즉 차이 앞에서의 머뭇거림, 가치를 훼손하지 않는 오해들은 서로가 만나지 못하는 상황보다 소중하다. 코드의 차이는 있으나 "아니요"라고 말할 수 있는 "최초의 몸짓"을 통해 역사의 전복을 지향하는, "세계 속에, 그리고 자기 자신에게로 태어"나는 결단의 결기는 동일하다. 음벰베가 강조했듯 반식민투쟁을 강조했던 프란츠 파농의 '투사'는 "새롭게 숨쉬는 인간"이자 "상상력이 축제처럼 유쾌한 인간"이다.[20] 각 세대가 처했던 역사적 상황과 문화적 취향의 차이 너머, 축적된 저항의 전통이 투쟁의 고유한 리듬을 찾아가는 새로운 세대와 맞물리는 접합면으로 2024/25년의 저항을 바라보게 된다.

오월 광주가 12·3 비상계엄과 만나게 될 역사적 역설을 아무도 짐작하지 못했을 것이다. 학살의 기억을 가진 장소에서 탄핵반대집회를 열겠다는 모욕적 상황과 돌발적 상황에 대한 두려움에 지혜롭게 대처하는 모습은 단단한 기억의 연대체를 환기시킨다. 살아남은 자로서, 외화되기 어려운 고통을 안고도 '미래'에 혹은 '다른 곳'의 학살에 맞선 저항-연대자로서 살아갔던 무수한 사례가 있다. "누구라도 남아야지. 거짓이 드러났을 때 누군가는 남아 있어야만 박차고 오를 수 있"다.[21] 극작가 박효선도 그런 사람이었다. 한국 민족극운동의 주요한 극작가이자 연출가였던 박효선은 전남대학교 학생이던 1970년대 말 소설 동인지를 만들고, 들불 야학 강학을 맡으며 마당극 <함평 고구마>를 썼다. 그리고 오월 광주 당시 시민군 홍보부장을 맡아 활동하며 문화선전대와 도청 앞 시민궐기대회를 함께 했다. 박효선은 목숨을 부지하기 위해 도청에서 빠져나왔던 '자신의 비겁'을 이후 삶에서의 태도로 그리고 영화·연극·다큐멘

---

20 아쉴 음벰베, 앞의 책, 224쪽.

21 문정현의 말, 115쪽.

광주 동명동 민들레소극장에 전시된 팜플렛 전경
(2025.8.19. 촬영)

극단 토박이<하이파에 돌아와서>
(1985.3.30.-31) 공연 팜플렛

터리 제작으로 갚아가려 했다. <금희의 오월>(1988), <모란꽃>(1993), <청실홍실>(1997)이 오월 삼부작으로 남아 있다.

이 내용은 한국현대연극사에 있어 잘 알려진 내용이자 오월문화운동의 중요한 대목이다. 그런데 박효선의 오월 삼부작이 1990년대라는 이른 시기에 "5·18과 그곳에서 살아남은 자들의 고통을 가장 잘 표현할 수 있는 양식"을 고민하고[22] 투쟁하는 여성상, 사건 이후의 실존에 남은 생애사적 과업과 그 속에 선연히 치러내야 했던 고통들, 트라우마 공동체, 정치적 영광으로의 탈취와 왜곡 등 첨예한 문제를 파헤치고 있었음은 충분히 공유되지 않았다.

---

22 마정화, 「박효선의 희곡: 빛으로 만들어낸 빛의 세계」, 황광우 엮음, 『박효선 전집1』, 연극과인간, 2016, 355쪽.

특히 박효선의 첫 창작극이자 오월극인 <금희의 오월>(1988)의 전과 후 활동 연보에서 오월극 계열이 아닌 <하이파에 돌아와서>(1985/1989)를 들여다볼 필요가 있다. 1983년 창단한 극단 토박이는 오월 광주를 극에 담기까지, 아서 밀러의 번역극과 황석영 소설을 각색한 극을 공연했다. 그 사이에 팔레스타인 작가 갓산 카나파니의 소설 <하이파에 돌아와서>의 각색 공연이 위치했다. 박효선이 연출의 말에서 스스로 밝혔듯, 제3세계에 대한 관심이 고조되어 가던 무렵[23] 이 작품을 극화하자는 여러 사람들의 의견이 있었다. 그러나 "1980년의 격변기"를 거치면서 현실화되지 못했다가, 1983년 토박이를 창단한 이후 본격적으로 박효선은 작품을 구상하게 된다. <하이파에 돌아와서>가 담고 있는 팔레스타인인에 대한 이스라엘 정착식민주의의 무자비한 축출, 봉쇄, 탈진실의 선전전은 오월 광주에서 벌어졌던 죽음정치, 즉 외화되지 못했던 비인간화 국면과 폭력의 구조와 맞닿아 아픈 유비의 경험들을 낳았을 것이다. 그러나 이 작품은 여기에 더해『실천문학』을 비롯하여 남한 내의 민족 민중운동과 함께 식민 경험에 근간하여 제3세계 민족들과의 비동맹문화의 연대를 꿈꾸었던 1980년대 초의 에토스를 반영한다.

----

23 최근 발표한 연구에서 신지영(2024)은 한국 사회에서 팔레스타인 기록/문학을 소개하고 연대를 모색한 시기가 2000년대, 2023-24년 현재로 대략 20년 주기로 부각되었음을 밝혔다. 80년대 『실천문학』을 중심으로 한 팔레스타인 시의 소개 양상과 그 내용을 밝힌 논문의 3장에서 ①땅에서 추방당하는 고통 ②끊임없이 추방·망명·난민화되는 고통 ③에코사이드의 상처를 안고 살아남은 비/인간 존재의 기억으로 시의 내용을 정리하였다. 팔레스타인인들이 겪은 "반복적이고 탈중심적인 난민성", "지속적이고 파편화된 난민 상태"에 대한 시인 마흐무드 다리위시에 대한 박태순의 변호를 소개하며 팔레스타인인과 비/인간 존재들이 근접해가는 난민성의 공간이 소개되었다 해석했다. 연극 <하이파에 돌아와서>에서 할리드의 대사에 함축된 추방의 고통과 비/인간 존재에 대한 인식, 저항의 심상지리가 당시 소개된 팔레스타인 시인의 인식 지평을 전사로 함을 유추할 수 있다.

    제노사이드 너머

할리드 어머니, 어머니 말씀대로 전 두 분의 자식입니다. 그렇지만 언젠가 제게 말씀하셨죠. "할리드, 넌 팔레스티나 사람이다!" 이렇게 힘주어 말씀하셨어요. 그때 전 마치 축복 받은 메스가 제 가슴을 가르고 새로운 심장을 넣고 있는 듯한 느낌을 받았습니다. **그 순간, 전 머나먼 조국이 다시 태어나고 있음을, 언덕과 평원과 올리브 숲, 죽은 사람들, 찢어진 깃발… 이런 모든 것이 살과 피의 미래 속에 파고 들어가 제 심장 속에서 다시 태어나고 있는 듯한 환희를 느꼈습니다.** 그렇습니다. 전 어머니의 자식일 뿐만 아니라 조국 팔레스티나의 자식이에요.

소피아 팔레스티나 땅은 우릴 버렸단다.

할리드 팔레스티나는 우리를 버리지 않았어요. 이스라엘 침략자들이 우리 땅을 빼앗고 우릴 추방한 겁니다. 산들, 바위들, 푸른 평야, 오렌지 나무…… 팔레스티나는 우릴 기다리고 있어요. 돌아오기를 고대하고 있습니다. (사이) 전, 이제 시를 쓰지 않기로 했습니다. 시를 쓰느니 차라리 침묵을 택하겠어요. 목격자에겐 거리가 필요하지만 피해자에게 필요한 건 아니지요. 시는 이룩되지 않은 욕망이니까요. 어머니, 아버지, **전 우리 팔레스티나 사람 한 사람 한 사람이 한 편의 시라고 생각합니다.**

(422-423쪽) (강조-인용자 주)

팔레스타인의 고향에서 강제 추방된 후 20년 간 돌아가지 못했던 주인공 부부가 있다. 이스라엘이 국경을 개방하는 잠시의 틈에 그들은 옛집에 방문할 기회를 얻는다. 그리고 그곳에서 추방 당시 어쩔 수 없는 상황 속에 놓고 와야 했던 아들을 마주하게 된다. 극은 이와 같은 원작 내용을 토대로 한다. 추방 후 얻은 둘째 아들이 팔레스타인 해방운동의 일원으로, 자신들 없이 이스라엘의 점령지가 된 옛집에서 살아남은 첫째 아들이 이스라엘 점령군의 일원으로 성장한 것을 발견하게 되는 순간은 극의 절정이다. 하지만 눈길을 끄는 것은 주인공인 사이드-소피아 부부 사이, 사이드와 둘째 아들 할리드 사이, 사이드와 첫째 아들 도우프 사이의 갈등이 만들어내는 질문들이다. 추방 이후 난민으로서 20여 년의 긴 시간 간격 속에 저항의 의미와 방법을 되새기는 것, 저항의 당위와 내적 모순들, 점령국이 자행했던 심리전과 개개인의 내적 요구 사이의 갈등, 혁명기 예술의 형식과 역할이 켜켜이 담겨 있다. 이스라엘에 대한 근본적 비판, 가해자가 되어버린 희생자의 맹목성, 선과 악의 교착, 인간에게 고향이나 집이 부여하는 실존적 의미, 문명과 야만의 이분법은 카나파니 작품이 우리에게 남긴 질문이었다.[24]

또 연극 <하이파에 돌아와서>는 원작에서 희미했던 레지스탕스 '할리드'의 목소리를 새겨 넣었다. 이를 위해 1980년대 초반 소개되었던 "팔레스티나 시인들의 세계관과 작품들을 참고"했다. 추방된 이후 얻게 된 아들 할리드는 청년 단체에서 시를 발표하고 혁명적 시의 형식에 대해 열띤 토론을 하는 청년이다. 그는 자신의 시를 전형적이라 비판하는 동료에게 이 전형적인 것이 팔레스타인 디아스포라의 존재를 현현하는 것이라면 어찌 이것이 시가 될 수 없는지 도전적으로 응수한다. 그리고 할리드는 부모에게 레지스탕스에 가입할 것을 선언한다. 가본 적도 없는 언덕·평원·올리브 숲, 만난 적도 없는 죽은 사람들에 강한 연결성을 느끼며 그가 회복하고자 하는 '조국'은 빼앗긴 것을 탈취하거나 예전으로 복귀하는 것에서 거리가 멀다. 조국은 비인간적 행위에 저항을 선포하고 비인간 존재를 포함하여 추방당하고 절멸의 위험에 처한 모든 것들과 연결되는 자리에서 "다시 태어나는 것"이다. 시인이자 레지스탕스 대원

---

24 소종민, 「디아스포라, 문학에 관한 물음」, 인천작가회의, 『문학들』 제 59호, 2016, 154쪽.

으로서 할리드는 모순 없는 존재로 그려진다는 점에서 다분히 이상적이고 어떤 부분에서 영웅적이다. 하지만 계엄군이 언제 쳐들어 올지 모르는 상황에서 알 수 없는 평온함과 본분을 행하는 성실이 실재했던 광주 해방구를 경험했던 박효선에게는 충분히 꿈꿀 수 있는 지평이었다. 그는 할리드를 "희망이며 미래인 존재"로 그리고자 했다.[25]

무해하고 강한 웃음들 혹은 계속되는 저항-일상: 웃으면서 끝까지 함께 투쟁!

투쟁 이후, 광장 이후 몸과 마음의 연대는 어떻게 흩어지고 다른 삶의 국면으로 스며드는가. 한국 사회에서 혁명의 기억은 곧잘 공식화되었지만 남아 있던 잔불 같이 지속되는 투쟁들, 혹은 투쟁 이후 상처와 모멸감 속에 파괴되거나 내적 분열로 실패했던 순간들을 성찰하기는 쉽지 않았다.

> 오늘날까지도 흑인 노예제와 식민지적 잔혹 행위가 '전 세계'의 기억에 속해 있다는 것, 더구나 이러한 기억이 공동의 것이기에 이러한 사건의 희생자였던 민족들만의 전유물이 아니라 인류 전체의 것이라는 점이 모든 이에게 자명하지 않다. 또한 우리가 '전 세계'의 기억을 수용할 수 없는 한, 진정으로 공동의 세계, 진정으로 보편적 인간성을 상상하기란 불가능할 것이다.
>
> (아쉴 음벰베, 김은주·강서진 역, 『죽음정치: 증오의 정치에 관하여』, 동녘, 2025, 199쪽.)

---

25 박효선, 「<하이파에 돌아와서>(1985.3) 팸플릿 연출의 말」

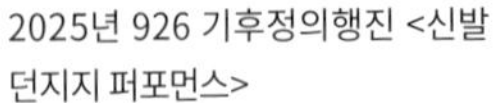

2025년 926 기후정의행진 <신발
던지기 퍼포먼스>

<세종호텔 해고노동자 복직과 고진
수동지 땅밟기를 위한 도깨비굿>포
스터 (2025.8.23)

<세종호텔노조 복직을 위한 추계
사생대회 "동계는 없다">
(2025.9.25.)

순간의 형식인 집회가 해산된 이후에도 투쟁하는 인간들은 다음 투쟁의 자리로 이행하여 싸움을 계속한다. 극단 토박이의 1989년 <하이 파에 돌아와서> 재공연과 2024/25 응원봉 광장 이후 계속되는 연대의 흐름은 계속된 싸움의 증거이다. 박효선은 불과 4년 여의 시간이 흐른 1989년 여름을 1987년 6월항쟁과 이후 이어졌던 노동자대투쟁을 비롯한 거리의 열기가 동구권 몰락으로 놀라운 속도로 빠르게 식어간, "이웃과 벗들이 하나둘씩 사라져 가는 이 흉흉한 시기"로 인식했다. 그리고 "팔레스타인의 비극은 결코 남의 이야기"가 아니라 "우리 모두의 문제"임을 되새기며 이 작품을 다시 공연했다.[26]

2024/25년 응원봉 광장 이후 불안정성에 저항하는 각종 운동들의 연대 행동은 계속되고 있는데, 세종호텔 고공농성 노동자 투쟁은 사생대회나 굿과 같은 문화적 형식으로 이어지고 있다. 또 "전 세계의 기억"을 수용하며 "진정으로 보편적인 인간상"을 그리는 저항의 현재로 팔레

---

26 박효선, 「<하이파에 돌아와서>(1989.8) 팸플릿 대표 인사말」

스타인 연대 활동이 국제 사회 전반의 움직임과 함께 한국에서도 확산되고 있다. 동등한 행성적 존재로서 비인간 생명들의 대변자로 나선 인간들이 걸으며 기후 행동의 시급성을 공유하는 2025년 926 기후정의행진에서는 참여자들이 팔레스타인에 대한 묵념 이후 네타냐후의 얼굴에 신발을 던지는 퍼포먼스가 있었다.

　음벰베는 자명해진 죽음정치의 시대에 학살에 대한 '전 세계'의 기억을 품지 못한다면 사람됨, 즉 '보편적 인간상'을 상상하기는 불가능하다 단언했다. 세계 곳곳에서 벌어졌던, 그리고 현재진행 중인 학살과 관련한 기억-이야기는 각 집단의 전유물이 아니라 인류 공동의 것이다. 저항 행동은 일시적이고 순간적이고 인간의 신체는 연약하다. 하지만 그 신체들이 모인다. 그리고 구획하고 차별하여 폭력과 절멸을 감행하거나 방치하는 세계에 변화를 요구한다. 행진, 퍼포먼스, 집회, 그림그리기, 풍물, 멜로디언, 강연, 밥 해먹기와 같은 문화적인 것들로 "온몸으로 웅얼대"며 "사람 아닌 악질 살육과 싸우는 이들의 꿈"이 빚어지고 있다.[27] 2024/25년 12·3 내란의 앞과 뒤에 한국사회에서 펼쳐지고 있는 '비나리'들은 내부의 제국적인 것들에 맞서고 또 외부의 노예제와 식민지 잔혹행위에 대한 '전 세계'의 기억을 수용하고자 횡단하며 빚어진다. 나날이 계속되고 새로워질 저항은 인종주의, 식민주의, 제국주의의 보충을 통해서만 존재하는 자유민주주의의 역사를 끊임없이 성찰하며 가까운 이곳과 먼 저곳의 구조적 고통에 연민·참여·연대의 끈을 계속 잇는 작업으로 계속될 것이다. ■▌

27　백기완의 말, 문정현·백기완, 앞의 책, 22쪽.

함락된 도시와 스톡홀름 증후군의 여자

- 전병순의 『절망 뒤에 오는 것』을 중심으로

김은하

김은하 : 경희대 교수. 공저 『실격의 페다고지』 등

1. 해방과 전쟁: 어떻게 여성사를 읽을 것인가?

일전에 발간된 김태우의 『냉전의 마녀들: 한국전쟁과 여성주의 평화운동』은 한국전쟁에 관해 전혀 알려지지 않았던 사건을 통해 냉전의 수호자들에 의해 전쟁에 대한 여성의 비판과 고발이 억눌려왔음을 보여주었다. 1951년 5월 16일 밤, '국제민주여성연맹'(국제여맹·WIDF)의 초청으로 영국, 소련, 프랑스, 이탈리아, 캐나다, 쿠바, 튀니지, 알제리, 중국, 베트남 등 18개 나라에서 전문직 여성 21명이 신의주에 도착했다. 중공군 개입 이후인 1950년 11월 5일을 기점으로 미군의 목표가 북한 내 인구밀집지역을 집중 공격하는 '초토화 정책'으로 바뀐 직후였다. 조사위원회는 약 열흘간 평양, 신의주, 원산 등 북한의 여러 지역을 조사한 뒤 <우리는 고발한다>라는 제목의 조사보고서를 통해 미 공군의 폭격으로 폐허가 된 도시와 농촌, 집단 학살과 고문, 여성 강간과 조직화된 성폭력 등 한국전쟁의 참상을 고발했다. 그러나 이 보고서는 소련과 공산당의 선전물 취급을 받았다. 이 보고서로 한국전쟁의 가해자로 드러난 미국 정부가 보수적 여성단체들을 활용해 조사위원회에 대한 비판을 부추긴 것이다. 보고서를 작성한 서방 국가 출신의 조사위원들은 귀국 뒤 "빨갱이" 취급을 받아 자리에서 물러나야만 했고, 국제여맹은 유엔(UN)에서 모든 지위를 박탈당했다.

위의 이야기는 매우 상징적으로 다가온다. 조사위원회 여성들의 목소리가 국제 사회에 전달되지 못했던 것처럼 전쟁과 분단 그리고 냉전의 사이에서 여성의 전쟁은 사회적 애도의 대상이 되지 못했을뿐더러 여성은 전쟁의 종식을 이야기하는 평화운동의 주체가 될 수 없었기 때문이다. 여성은 목격자를 넘어 전쟁의 피해를 겪은 당사자이지만, 전쟁은 남성들의 상처이자 훈장이라고 할 만큼 여성은 전쟁을 기억하고 증언하는 주체가 될 수 없었다. 조은에 의하면 여성은 군국주의와 반공이데올로기, 친미와 자본주의, 그리고 가부장제가 일상 문화로 자리잡은 사회에서 국가와 남성이 만들어 낸 이야기에 포위되어 그들의 기억과 욕망을 접고 남성과 국가가 만들어 낸 기억과 욕망을 소비해야 했고, 그 결과 분단 사회에서 불완전한 시민권자, 최하위 민중(subaltern)의 위치에 놓였다.[1] 전쟁과 냉전체제는 사병으로서의 남성을 1등 시민으로 인정하고 보호를 명분으로 여성에게 종속을 요구하는 가부장제인 것이다.

왜 여성이 겪은 전쟁은 함구되는가? 전방에서 총을 든 남자들에 비해 여성들이 머무는 후방이 더 안전하기 때문일까? 전쟁은 여성과 소수자를 위한 불가피한 폭력으로 이야기되지만, 기실 이들의 삶을 위협하는 것은 전쟁 그 자체다. 여성의 신체는 깃발을 내걸고 행진하는 승리의 은유인 양, 점령군은 패배한 민족 여성들의 성을 짓밟는다. 또한 남자들이 부재한 후방에서 여성은 가장 역할을 요구받지만 노동 시장에서 취약한 위치에 있기 때문에 성매매로 내몰린다. 그러나 남성의 성욕은 자연의 본능으로 취급되기에 여성의 강간 피해 등은 사소한 것으로 취급되고, 용기 낸 고백은 '더럽혀진' 여자라는 낙인으로 되돌아올 것이기 때문에 여성들은 전쟁에 대한 기억을 억압한다. 다른 한편으로 아이들은 전쟁으로 부모를 잃어 고아가 되거나 강간당한 여성의 몸에서 환영받지 못하고 수치를 짊어진 채 태어난다. 이러한 사실은 전쟁과 냉전체제 종식을 위해 침묵의 금기를 깨고 전쟁에 대한 여성과 소수자의 기억과 재현이 적극적으로 이루어져야 함을 의미한다. 이 글은 이러한 문제의식 하에 전병순(1929-2005)이 목격자이자 당사자로서 자신의 경험을[2] 바탕

---

1   조은, 「냉전문화 속 여성의 침묵과 기억의 정치화」, 『여성과평화』 제3호, 한국여성평화연구원, 2003.12, 71-87쪽.

2   전병순은 1948년 숙명여대 국문과 재학 중에 9월부터 학생 데모로 휴교가 되자 은사의 추천으로 여수여자중학교 교사로 부임해 21세가 되는 1949년 2월까지 약 6개월 간 여수에 머물며 여순사건의 증인이자 당사자가 되었다. 전병순은 이때의 충격을 "나는 그때 갓 스물의 나이로 '우연한 운명의 장난' 같은 표현으로 돌려 버리기에는 너무나도 놀랍고 전율스러운 현장을 두 눈으로 직접 보고 망막 안에 새겨넣게 되어 버렸다."라는 문장으로 표현한 바 있다. 전병순, 「작가의 말」, 『절망 뒤에 오는 것』, 중앙일보사, 1987.

으로, '여수·순천 10·19 사건'[3](이하 "여순사건")과 6·25 전쟁을 재현한 『절망 뒤에 오는 것』(이하 『절망 뒤에』)을 분석하고자 한다.

전병순은 1960-70년대 한국문학 장에서 『또하나의 고독』, 『독신녀』 등 주로 사랑과 불륜을 소재로 한 소설로 큰 인기를 얻었는데, 그의 등단 작들은 모두 여순사건과 관련된 것이다. 그는 1960년 여성지인 『여원(女 苑)』을 통해 「뉘누리」[4]로 등단하고 그 이듬해인 1961년에 한국일보 현상 장편 모집을 통해 재등단했는데, 가작 당선작인 『절망 뒤에』는 한국문학 사에서는 최초로 '여순사건'을 본격적으로 다루었을 뿐 아니라[5] '여순사 건'을 "반란군"(작가의 표현 그대로-필자)의 폭동이 아니라 이승만의 명 령을 받은 진압군인들이 여수 시민을 대상으로 자행한 국가 폭력으로 그린 급진적인 작품이다. 여순사건은 그 규모의 거대함과 잔혹함에도 불 구하고 문단이 정치권력으로부터 자율성을 획득하지 못했던 1950년대

----

3 여수·순천 사건(麗水順天事件) 또는 여순 사건(麗順事件)은 1948년 10월 19일부터 10월 27 일까지 당시 전라남도 여수시에 주둔하고 있던 14연대의 군인 2,000여 명이 중위 김지회, 상사 지창수 등 남로당 계열 군인을 중심으로 제주 4·3 사건 진압 명령을 거부하고 일으킨 무장 반란 과, 이를 진압하는 과정에서 전라남도 동부 지역의 많은 민간인이 희생된 사건을 말한다. 이 사 건으로 반란군에 의해 경찰 74명을 포함해 약 150명의 민간인, 정부측 진압 군경에 의해 2,500 여 명의 민간인이 살해당했다. 이 사건은 이승만 정부 수립 2개월 만에 일어났다.

4 전병순은 1950년대에 이미 「준교사」(『신문학』 2집, 1951.12), 꽁뜨 「원통한 이야기」(『갈매기』 2 집, 1951.3.4 합병호(추정))를 발표했지만 작가 활동을 이어가지 못하고, 결혼 후 전희순이라는 이름으로 1960년 1월 『여원(女苑)』의 단편 공모에 당선되어 등단한다. 「뉘누리」는 8년 만에 간 첩이 되어 돌아온 남편을 마주한 아내 혜숙의 인간적 갈등을 그린 작품으로 소설의 배경 공간을 밝히고 있지는 않다. 그러나 남편이 폭도로 내몰려 혜숙이 핏덩이를 업고 마을을 떠나 친정으로 숨어들지만 경찰의 감시로 친정 가족에게서도 내쫓겼다는 이야기로 보아 여순사건의 후일담임 을 짐작할 수 있다.

5 전흥남에 의하면 김동리의 「형제」는 한국문학사에서 최초로 여순사건을 다루고 있지만, 사건의 발생 배경이나 전개 과정 등을 명확하게 그리지 못하고 좌익의 도덕성 비판에 치중하는 한계를 보였다. 「『절망 뒤에 오는 것』에 나타난 '여순사건'의 수용양상과 의미」, 『국어국문학』 제127집, 2010, 401-402쪽.

에는 재현되기 어려웠다.『절망 뒤에』는 4·19 혁명으로 정권이 바뀌고 4·3 항쟁과 경산 코발트광산 학살사건의 유족회가 꾸려지는 일련의 흐름에 조응하며 여순사건의 진실을 캐묻고 있는 1960년대 문학의 성과작인 것이다.

이렇듯 여순사건을 소재로 소설을 쓰기 시작했지만 전병순은 1960년대 문단에서 4·19 문학의 공인된 기수가 아니라 연애, 결혼, 가족을 주제로 한 소설을 신문에 연재하며 대중 소설가로서의 정체성을 획득한다. 동시기 여성작가들에게서도 나타나는 이러한 행보는 1960년대 문단의 여성 문단에 대한 게토화 전략, 여성 작가의 저자성을 대중성에서 찾은 신문 매체의 유혹, 여성 가장으로 원고지를 메꾸어 생존할 수밖에 없었던 가족적 현실 등 여러 요인과 관련이 있을 것이다. 그러나 여성작가들의 이와 같은 '대중적 전회'는, 휴전이 되며 후방으로 복귀한 남성들을 주축으로 사회재건이 시작되고, 1960년대에 남성을 냉전 개발의 주체로 호명한 박정희 모더니즘이 진행되며 공사영역의 젠더 분할이 이루어진 데 따른 문화의 흐름을 반영한다. 따라서 1960년대 남성중심적 문단이 '매스콤 문학'으로 칭함으로써 여성문학을 주류 문단에서 분리해 '게토화'했던 전략에 거리를 두고, 여성작가를 한국문학의 서사적 젠더 분할이라는 문화 혹은 제도와 '협상'함으로써 문인으로서 생존을 도모하면서도 젠더 서사를 통해 남성중심적인 주류 질서에 균열을 가하는 전략가로 조명할 필요가 있다.

이러한 맥락에서 이 글은 '연애소설이냐 여순소설이냐', '통속소설이냐 사회소설이냐'는 이분법적 틀에 가두지 않고,『절망 뒤에』를 여순사건과 6·25 전쟁에 대한 여성의 기억과 증언을 통해 해방과 전쟁을 자유를 향한 여성의 꿈이 좌절되고 여성이 냉전 가부장제에 복속되는 과정으로 그린 여성 서사로 읽고자 한다.『절망 뒤에』는 해방과 전쟁을 한 여자의 드라마틱한 연애사의 배경으로 차용하고 있는 불완전한 혹은 결핍

된 사회소설이 아니다. 소설 초반부에서 당찬 여성 지식인의 면모를 보여주었던 강서경은 여순사건과 6·25의 전쟁을 겪으며 동료 교사이자 사회비판적인 지식인 원동휘와의 사랑에 실패하고 자신을 능욕하려고 했던 임형규 대위(고릴라)와 결혼하는 것으로 남한의 반공분단사회에 안착한다. 강서경과 '고릴라'의 결혼은 마치 여성에 대한 보호를 제공한다고 자처하는 남성이 그 대가로 여성을 착취하는 '보호세 갈취'와도 같은 성격을 띤다. 두 사람의 관계는 열정을 결여하고 있어서 일상의 무의미와 권태에 시달리는 여성독자에게 자극과 쾌락을 선사하지 못한다. 역사적 사건이 애정 서사의 배경막에 머물렀다고 할 수 없을 만큼, 작가는 마치 기억의 복원작업을 하듯이 여순 사건과 6·25 전쟁의 전개 양상을 매우 사실적으로 재구성하고 있다.

이 점을 간과함으로써 『절망 뒤에』에 대한 독해는 번번이 실패로 돌아갔다. 한국일보 현상문예 심사위원인 최정희와 황순원은 작가의 기본기가 탄탄하다고 추켜세우면서도 여순사건을 소재로 하고 있지만 남녀관계에 관한 비중이 높은 것을 통속성의 징후로 간주함으로써 "신문소설(통속성-필자)이란 것에 얽매여 한 작품으로서의 진가를 충분히 발휘시키지 못하고 있"다고 비판했다.[6] 1987년 민주화 이후 『절망 뒤에』는 분단문학의 성과작으로 새롭게 조명되었지만, "개인 간의 얽히고 설킨 사연을 통해 당시의 사회상을 간접적으로 드러내는 데 비중을 두"어[7] 분단문학으로서의 위상이 약하다는 다소 박한 평가가 이루어졌다. 최근 들어 지역학이 활기를 띠며 관련 연구가 늘어났지만 여전히 이 소설은 '20%'

----

6   "체험과 실지 조사와 상상력 등 상당히 성실하게 문학 수련을 쌓은 이의 작품"(황순원) "작가는 문학을 쓰자는 생각보다 '신문소설'을 쓰자는 생각을 더 머리에 두었던 것이 아닐까?"(최정희)
7   "그동안 진압군의 시각에 의존해 일부 과장·왜곡되었던 부분을 재조명" 전흥남, 앞의 글, 419쪽.

여순소설[8]로 취급됨으로써 강서경이 Y시 떠나는 이후의 서사는 아예 분석조차 되지 않는다. 서경의 이야기가 우세함으로써 여순사건의 전체가 담기지 못했다는 기존의 평가는 해방과 전쟁의 역사 속에서 여성들이 남성보다 상대적으로 안전하다고 여겨지고 있음을 뜻한다. 여성의 해방과 전쟁에 대한 비판적 상상력은 기지촌과 "양공주" 등 특정한 장소와 직업군에 갇혀 있는 것이다.

2. 이방인으로서 여성의 경험과 여순사건의 은폐된 진실 찾기

『절망 뒤에』는 4·19 혁명이 가져온 자유의 물결에 올라타 반공 국가가 가하는 침묵의 재갈을 풀고 '여순사건'의 진상을 상세히 밝히는 한편으로 이 사건의 반인륜적 범죄의 성격을 드러내고 있다. 이 소설은 여순사건을 좌우익 간 이데올로기를 둘러싼 쟁투로 벌어진 민족 공동체의 비극으로 조명하고 이데올로기 갈등을 넘어서는 민족주의나 휴머니즘의 가치를 강조하는 식으로, 사건에 대한 진실 규명을 소홀시하고 성급하게 갈등을 봉합하지 않는다. 목격자이자 피해 당사자로서 작가는 이해불가능한 사건 앞에서 느꼈던 '절망'을 바탕으로 함락당한 도시에서 있었던 일들을 복기하는 한편으로 도시와 사람들에게 퍼부어졌던 과잉의 폭력에 주목함으로써 여순사건을 정의하기 쉽지 않은 사건으로 초점화한다. 이 소설은 끝내 국가는 왜 시민들에게 과잉의 폭력을 퍼부었는지, 여순사건을 어떻게 해석하고 무엇으로 정의해야 하는지에 관한 명료한 답을 내놓지는 않는다. 그러나 우연히 Y시(여수시-필자)와 운명을 함께 하게 된

---

8   하채현과 문동규는 『절망 뒤에』의 문학적 성과에 주목하면서도 "전체 소설의 약 20% 분량에만 10.19를 다뤘다"고 함으로써 강서경이 여수를 떠난 이후의 서사를 잉여로 취급한다. 「10.19: 비국민과 개죽음」, 『픽션과 논픽션』 제5권, 2023, 8쪽.

여교사를 통해 여순사건이 '제노사이드(集團虐殺, genocide)'였을 가능성을 암시한다. 제노사이드는 국가와 민간인, 국가의 지도층과 국가 내외의 특정 민간 공동체 간에 이루어지는 일방적 폭력행위를 뜻하는데, 폭력행위의 대상이 비무장 민간인, 즉 성인 남녀를 포함하여 어린이에 이르기까지 광범위하며, 특정 집단의 기반 시설 및 생물학적 구조 전체를 파괴 및 절멸시키려 한다는 면에서 총체적 절멸 행위로 정의할 수 있다.[9] 뒤에서 살펴보겠지만 이승만 정권은 반공냉전체제를 구축함으로써 정치 세력화에 성공하기 위해 특정 지역민을 희생적 제물로 삼은 것이다.

국가보안법이 작동하는 반공 사회에서 발간되었음에도 불구하고 작가가 이렇듯 대담한 관점을 취할 수 있었던 것은, 전쟁에 관한 문학 정전을 참조하기보다 자신이 직접 보고 경험한 바, 즉 사실을 중시했기 때문이었다. 작가는 서경과 자신을 겹쳐보는 대중의 시선에 대한 여성작가로서의 부담을 피력하며 "다큐멘터리 아닌 소설"(작가의 말)을 강조하기도 했지만, 『절망 뒤에』는 작가 자신의 체험에 소설적 상상력이 덧붙여진 '오토픽션'(Autofiction)이라고 할 수 있다. 서울에서 온 Y여중의 교사 강서경은 숙명여대가 휴교하자 여수시에서 교사로 재직했던 작가 자신이 투영된 인물이다. 작가는 산문 「『절망 뒤에 오는 것』을 잉태할 무렵」에서 노트 세 권에 여순사건에 관한 이야기를 메모해 두고 또 신문이나 기타 기사들을 모아두었으며, 하숙방에 두고 피난을 가느라 분실했지만 그 메모를 기억하고 있었기에 소설을 쓰기에 큰 어려움이 없었다고 회고하기도 했다.[10] 훗날 1980년 5월에 광주항쟁이 발생했다는 소식을 접한 뒤 작가가 큰 충격을 받아 편집증 증상을 호소했다는 유족(강

---

9 김상기, 『제노사이드 속 폭력의 법칙』, 선인, 2008, 120-121쪽.

10 전병순, 「『절망 뒤에 오는 것』을 잉태할 무렵」, 『또 하나의 사랑 - 전병순 에세이』, 경미문화사 1977, 277쪽.

영주 선생님)의 증언은 여순사건이 작가에게 쉽게 망각되지 않는 트라우마였을 가능성을 암시한다.[11] 또한 이 소설은 좌우익 어떤 진영에도 속하지 못하는/않는다는 점에서 '이방인'에 가까운 여성의 시선을 통해 여순사건을 포착함으로써 여순사건의 진실을 새롭게 조명할 수 있었다고 할 수 있다. 이 소설은 주류 문학이 주로 이념형의 남성 인물을 통해 해방과 전쟁에 대한 총체화된 시선을 확보하려고 했던 것과 달리 피해 당사자인 여성의 경험에 주목함으로써 여순사건을 군인이 국가의 후원 하에 타자에게 폭력을 행사하는 권력을 부여받음으로써 여성의 존엄과 생명을 위협한 폭력으로 초점화한다. 군대가 인간의 특성을 여성성과 남성성으로 분리하고 위계화하는 성차별주의를 통해 남성을 전사로, 여성을 희생자로 내모는 가부장제임을 보여주는 것이다. 이러한 여성의 관찰과 고발로 시작해 이 소설은 여순사건을 반공을 국시로 내세운 한 도시와 무고한 양민들에게 무차별 살상을 퍼부은 이승만 정권의 절멸 프로젝트로 가시화할 수 있었던 것이다.

이 소설의 여성주의적 성격에 주목하며 이 글은 먼저 여순사건을 해방을 맞아 자유를 향해 비상하는 여성들을 눌러 앉히는 반공가부장제 국가의 탄생을 보여주는 사건으로 분석하고자 한다. 이 소설은 8·15 해방으로 민족이 일제의 식민지로 전락함으로써 억눌리고 지연되었던 여성해방의 물결이 도시를 휩쓸지만, 해방기에 4·3 항쟁, 여순사건 등 "빨갱이" 만들기 작업이 시작됨으로써 남한에서 분단과 냉전체제가 형성되고, 이로 인해 사병으로서의 남성이 사회의 주역을 차지함에 따라 해방 세대 여성들의 자유를 향한 도정이 중단되었음을 암시하고 있다. 해방기

----

11 유족(강영주 선생님)에 의하면, 전병순은 자신의 고향인 광주에서 일어난 5·18 광주민중항쟁의 내막을 알고 충격을 받아 시 「고혼(孤魂)들을 위하여」(1980년 6월 4일, 미발표 원고)을 창작하기도 했다. 2025년 8월 28일 유족 인터뷰.

   제노사이드 너머

의 많은 매체들에서 일제히 '노라의 해방'이 이야기되었던 데서 알 수 있
듯이 여성에게 해방은 민족이 일제의 식민지로 전락함으로써 지연되었
던 여성해방의 이상을 실현할 기회였다. 이러한 판단을 증명하듯이 해
방이 되자 서경과 그의 20년 친구인 혜련은 일자리를 얻기 위해 고향인
서울을 떠나 먼 타지인 Y시로 향한다. 이들 해방세대 여성들은 교사라
는 직업을 가짐으로써 경제적 독립을 시도하고, '낭만적 사랑'을 통해 '날
개 달린 에로스'의 주인공으로 거듭나고자 한다. 서경은 "어차피 나도 누
구나 애인을 갖게 될테니까"(원문 그대로-필자)[12]라고 생각하며 '호모 에
로티쿠스'로 스스로를 정체화하고 "체격과 지성이 기준에서 합격"이며
유머러스한 대화의 기술을 가진 원동휘에게 온 주의를 기울인다. 그렇기
때문에 서경은 혜련에게 원동휘와 결혼을 약속했다는 고백을 듣자 충격
을 받아, 주말로 약속된 돌산 식물원 데이트에서 진실을 확인하겠다고
마음 먹는다. 그러나 두 사람이 오동도의 대밭길을 걸으며 한 데이트 약
속은 여순사건이 일어남으로써 지켜지지 못한다.

　　서경은 낭만적 사랑에서 여성해방의 가능성을 찾는 성적 주체로,
이 작품에서 사랑은 단순히 흥행을 위한 대중서사의 관습적 장치가 아
니다. '낭만적 사랑'의 이야기들은 부유한 남자와 가난한 여자가 신분 차
이에도 한눈에 반하고, 여성은 결혼으로 신분 이동의 기회를 획득하는
상투적 문법을 공유한다는 점에서 "로맨스는 박탈당한 자들의 반사실
적 사고"라고 풍자되기도 한다. 근대적 사회계약으로 남성은 권리를 가
진 시민이 되지만, 여성은 그런 남자의 구원을 받아야 하는 처량한 신세
로 전락했기 때문에 사랑의 환상에 매달린다고 꼬집는 것이다. 그러나
낭만적 사랑은 봉건적 공동체주의가 해체되고 자본주의화가 진행되어

12　위 인용문은 "나 역시 다른 사람들처럼 애인을 갖게 될 테니까"라는 의미로 보인다. 전병순, 『절
　　망 뒤에 오는 것』, 일신서적출판공사, 2004, 19쪽. 이후 작품인용시 본문에 쪽수 표기.

남성과 여성이 연애와 결혼 상대를 선택할 수 있는 권한과 자율성을 행사하게 된 시기에 발생한 새로운 남녀 결합의 모델로, 여성이 열정의 소유권을 주장하고 자발적으로 성애적 관계를 실현함으로써 계급 질서나 가족 제도에 도전하는 급진 문화이기도 하다. 서경과 혜련의 열정은 일제가 물러남으로써 신여성들의 좌절된 여성해방의 기획이 재부흥했음을 의미한다. 그러나 여순사건이 발발함으로써 자유를 향한 강서경의 계획과 모험은 좌절된다. 비단 원동휘와의 사랑이 좌절되어서가 아니라, 여순사건 등 일련의 반공 사건들이 만들어지고 전쟁을 거쳐 반공냉전체제가 형성되며 서경은 안전을 위해 남성 보호자에게 의존하는 종속적 위치로 내몰리는 것이다.

전병순은 전쟁체제에서 여성의 경험을 창구 삼아서 여순사건에 대한 국가의 공식기억에 트러블을 일으키는 새로운 증언들을 쏟아낸다. 1장의 제목이 "청춘의 상흔"인 데서 짐작할 수 있듯이 서경은 진압군에 의해 좌익 교사로 몰려 사형장에 끌려가지만 운 좋게도 두 번이나 살아남는다. 그러나 '상흔'이라는 말은 비단 죽음의 고비를 겪었다는 것을 넘어서 서경이 여순사건을 통해 여성으로서 자신의 취약성을 경험했고, 그 공포가 영혼 깊이 자리잡았다는 의미로 해석되어야 한다. 이 소설의 첫 장면은 서경이 진압군의 '고릴라'(임형규 대위)에게 성폭력을 겪을 뻔한 위기를 겪는 것으로 시작된다. 사형장에 끌려갔다가 목숨을 구하고 "나흘 만에 겨우"(7쪽) 기숙사로 돌아온 서경은 또 다른 위험에 휩싸인다. "거대한 체구, 치켜오른 눈꼬리"(7-8쪽)의 고릴라가 서경을 뒤따라와 방 문을 잠그고 "시간이 없다"(8쪽)며 침대 위에 쓰러뜨려 강간을 시도했기 때문이다. 공포에 질린 서경은 "천벌을 받을 놈들! 깨끗이 죽여주지 않구!"(8쪽)라고 울며 저항한다. 자신이 강간을 당한 후 다시금 사형장으로 끌려가 처형당하게 될 것을 예감하며 '깨끗이' 죽기를 소망하는 것이다. 서경의 거센 저항으로 성적 쾌락이 시들해진 고릴라는 강간 시도를 중단하지만, 서경은 이 사건으로 자신이 결코 안전하지 않으며, 남성과의 관계에서 매우 취약한 위치에 선 약자임을 깨닫게 된다.

이 소설의 첫 페이지를 장식한 강간 장면은 독자에게 상당한 혼란을 안겨주는데, 서경을 강간하려고 했던 가해자가 "반란군"을 제압하기 위해 Y시에 들어온 진압군의 우두머리, 즉 지도자이기 때문이다. 고릴라는 "전쟁에서 지면 으레 누구나 당하는 거지…"(8쪽)라며 강간을 전쟁의 자연스러운 일부로 간주한다. 이는 강간이라는 비인도적인 행위가 개인의 인격 문제로 환원할 수 없는 조직화된 폭력이자 전쟁 기술임을 암시한다. 또한 고릴라는 태평양 전쟁기에 일본 군대의 일원으로 "열대 지방의 이국여자들"을 강간했던 일을 추억처럼 떠올리는데, 이는 강간은 정복자, 즉 전쟁에서 상대를 무너뜨린 군대가 승리의 기쁨에 도취해 저지르는 특권적 행위임을 뜻한다. 고릴라는 "반란군"을 성공적으로 진압한 토벌대의 대장으로서 패배한 적지의 여자인 서경에 대한 강간을 정복자인 자신의 권리로 여긴 것이다. 그는 서경을 강간함으로써 "해방 전 자바·봄베이·시뽀·몰메인, 가는 곳마다 계집애 한둘씩은 맛보던 지원병시대의 그 짜릿하고 지독한 쾌감"을 재체험하기 기대한다.

이처럼 강렬한 이 소설의 첫 장면은 Y시와 시민들의 안녕에 괴언 "반란군"과 "진압군" 중 누가 더 위협적인가라는 질문으로 독자를 이끈다. 지금까지 남한 사회의 공론장은 친미 혹은 반미를 외치는 양 진영이 과잉 독점함으로써 '젠더'는 언제나 부차적인 문제로 축소되었던 점을 염두에 둘 때, 여성이 겪는 폭력을 중심으로 사건의 본질에 접근하는 대담한 발상법을 보여주는 것이다. 전병순은 이렇듯 낭만적 사랑이 중단된 이후 강서경이 겪는 여러 수난들을 통해 여순사건에 대한 금기시된 기억과 증언을 시도한다. 전병순은 마치 일지를 작성하듯이 날짜를 기록하고 주요 사건을 언급하는 식으로 여순사건의 전개 과정을 재구성하며, 진압군이 여수로 들어온 이후의 시간이 일상의 회복이 아니라 죽음과 파괴의 과정이었음을 증언한다. 먼저, 깊은 밤 도시를 흔들던 총격 사건 이후 거리에 출현한 군인들, 총격당한 시체들, 공산 괴뢰군이 내려온다는 소문, 중앙통 인민대회에서 벌어지는 인민재판을 통해 작가는 "반란군" 지배 하의 도시에서 무슨 일이 있었던가를 묘사한다. 영암사건에 대한 보복으로 14연대 군인들이 봉기함으로써 약속한 일요일이 돌아왔지만 서경과 동휘는 소풍을 떠나지 못하고 반란군 치하의 일주일 동안 교실 마룻바닥 밑으로 들어가 숨었다는 이야기가 간략히 서술된다. 그리고 1948년 10월 27일, 즉 함포사격과 함께 진압군이 여수로 들어와 "빨갱이" 토벌에 성공한 이후의 시간을 훨씬 더 세심하게 공들여 재현한다. "서동 일대에선 아직도 이따금 불기둥이 솟아오르곤 한다. 남해 해상은 온통 장밋빛 구름으로 덮여버렸다. 그것은 마치 지구의 마지막이나 지옥의 앞바다를 연상케 했다"(7쪽)로 시작되는 이 소설의 첫 문장은 진압군의 등장으로 Y시에 재앙이 시작되었다고 증언한다.

"…견딜 수 없는 비애가 황량한 바람처럼 서경의 가슴을 쓸어갔다. 그네들과 함께 덤벼 도시 재건을 위해 노력할 마음은 추호도 우러나지 않는다. 하루속히 서울로만 돌아가고 싶다. 서경은 발길을 되돌려 세웠다. 고개를 떨어뜨리고 발부리를 내려다보며 무지막지한 화재의 원인을 궁금히 생각해 보는 것이었다.

국군 제 X연대가 항만을 봉쇄하고 제 XX연대가 육로를 막아 밀고 들어올 때 독 안에 든 쥐처럼 꼼짝 못하게 되어 버린 반란도배들. 그 안에서 모두 개새끼처럼 새까맣게 타서 죽어버리거나 두 손 들고 항복해 나오라는 국군의 작전 계획이었을까? 아니면 열흘 밖에 차지해 보지 못하고 다시 내어놓을 수밖에 없는 이 시가를 못 먹는 감, 찔러나 버리는 격으로 불질러 버린 반란 도배들의 마지막 발악이었을까?

그러나 그것은 어느 편이건 너무나 처참한 일이 아닐 수 없다. 이미 바다 저편에 군함이 정박했을 때부터 반란군들은 모조리 육로를 뚫고 도망치다 막히면 산줄기를 타고 입산해 버린 것이다. 남은 건 어수룩한 시민들과 그밖에 주착없이 부역한 무리뿐이었다. 텅 빈 도시를 에워싸고 무슨 승리고 진압이고 말할 것도 못 된다. 군의 정찰 부족으로 희생은 일반 시민에게만 컸다."(52쪽)

위의 인용문은 서경이 폐허와 다를 바 없이 파괴된 도시와, 잿더미 위에서나마 살아가기 위해 움막을 치고 있는 시민들을 목격하며 절망감을 토로하는 대목이다. Y시의 살풍경한 거리와 난민과 다를 바 없는 시민의 모습은 진압군을 해방자가 아니라 파괴자로 초점화한다. 4장 '회의에의 질곡'에서 여러 대의 트럭에 헝겊으로 눈을 가리고 두 손을 묶인 사형수들과 저마다 삽과 괭이를 멘 인부들이 탄 트럭이 도로를 달리고, 그 뒤를 기관총과 수류탄을 찬 군인들의 차가 뒤따르는 장면을 통해 국가에 의해 조직적인 학살이 이루어졌음이 암시되는 것도 주목해야 할 부분이다. 형장으로 끌려가는 아들의 이름을 부르며 트럭을 뒤따르는 노부부의 비명과, 아비규환의 혼란 속에서 죽은 갓난아기 등은 진압군의 폭력이 정당한 이유나 명분을 결여한 반인륜적인 광기였음을 고발한다. 작가는 무섭고도 두려운 의문을 제기한다. 진압군대가 Y시로 들어섰던 시점은 "반란군"들이 이미 입산하고 도시에 남은 것은 "어수룩한 시민들"뿐인 때라는 점에서 진압군대의 폭력이 사회의 정상화에 있지 않다는 의혹을 제기하는 것이다. 자신을 사로잡는 의혹이 두려운 듯, 서경은 "무엇보다 마음이 추워 견딜 수 없다."고 고백하며 이처럼 인간의 상상을 초과할 뿐 아니라 인류성을 저버린 범죄의 이유가 무엇인지를 묻는다.

역사학자 김득중은 여순사건을 분단정부수립과 국가 전설 과정의 중요한 성격을 드러내주는 감춰진 기반이자 반공체제를 탄생시킨 한국 현대사의 핵심적 사건으로 정의한다. '여수·순천 10·19 사건'은 그간 '여수군인폭동' '국군폭동' '여수폭동사건' '여순병란'로 불리며 봉기의 주체를 제14대 연대 군인으로 한정함으로써 토벌대와 이승만 정부의 존재를 감추고 비인간적이고 폭력적인 공산주의자들을 사건의 가해자로 지목해 왔다. 여순사건은 제14대연대의 일부 군인들이 제주도 항쟁을 진압하라는 이승만 정부의 명령을 군인들이 거부하면서 시작되어 지방 좌익세력과 지역 주민들이 봉기에 호응하면서 전남 동부 지역 수개군으로 파급되었는데, 이 사건의 심층에는 토지개혁, 친일파 척결 등 해방 후 풀어야 할 과제가 누적되어 있었을 뿐 아니라, 이승만 단독정부 수립에 따른 통일정부 수립 좌절에 대한 대중의 불만이 깔려 있었다. 그러나 이러한 진실은 비가시화된 채 여순사건은 그간 거대한 외부의 적을 상정함으로써 그 공포를 더욱 커지게 하고, 이를 통해 적와 아를 구별하는 이분법을 강화하는 냉전 반공체제를 탄생시키는 도구로 활용되었다. 이승만 정권은 우익을 중심으로 좌익 세력을 몰아내고 집권에 승리하기 위해 여수와 순천 지역에 폭력을 퍼부었다. 여수의 군인과 지역 좌익 세력이 봉기한 기간은 비록 짧았지만 진압과 학살과 통제는 지속되었다. 또, 좌익이 경찰, 우익 인사를 학살한 경우보다는 진압군이 지역 민간인을 학살한 경우가 훨씬 많았고 더 잔인했다. 약 1만명의 지역 주민들이 목숨을 잃었으며, 이들 대부분은 한국 군대와 경찰에 의해 살해당했는데, "처벌받은 사람들은 그들이 빨갱이였기 '때문에' 처벌 받은 것은 아니라, 처벌 받은 뒤에 빨갱이가 되었다."고 할 정도였다.[13]

여순사건은 국가와 국가, 민족과 민족 간의 대등한 관계 속에서 그

---

13 김득중, 『빨갱이의 탄생: 여순사건과 반공 국가의 형성』, 삼인, 2009, 49-54쪽 참조.

제노사이드 너머

나름의 절차를 밟아 이루어지는 폭력행위인 '전쟁'이 아니라 국가가 특정 지역민의 절멸을 목적으로 기획한 제노사이드의 성격을 갖는다. 고릴라가 서경을 강간하려고 하면서 "빨갱이 새끼는 모조리 죽어야 돼. 반란을 일으킨 이런 도시 하나쯤 대한민국 지도에서 지워 버려도 상관없어."(9)라고 한 것은 결코 실언이라고 할 수 없다. 여순사건이 사실상 나치 '홀로코스트'와 유사한 절멸 프로젝트였음을[14] 진압군의 통제와 지배가 장기화되면서 Y시가 평상시의 법과 원칙들이 적용되지 않는 '예외상태' 혹은 치외법권 상태의 공간으로 변모하는 데서 알 수 있다. Y여중은 "반란군" 치하에서 피난처나 방공호로 이용되었지만 진압군대가 들어온 후에는 시민들을 구류하기 위한 '수용소'로 변모한다. 반란군이 제압되었다는 소식을 듣고 교실 마룻바닥에 숨어있던 학생들은 만세를 부르며 지상으로 나오지만 이들을 맞이한 것은 진압군대가 겨눈 총부리다. 이들은 "빨갱이 선생"이나 "빨갱이 새끼"로 불림으로써 집으로 돌아가지 못하고, 학교 운동장에 무릎 꿇리며, 충분히 먹지 못하고, 화장실을 사용할 권리조차 없어 대야에 소변을 누어야 하는 비천한 존재로 전락한다.

이렇듯 함락된 도시에서 시민들은 인간으로서의 권리를 갖는 것이 아니라 죽여도 그 죄를 묻지 않는 '벌거벗은 생명'(Homo Sacer)이다. 진압군들이 양민들 속에 사회주의자가 끼어있을지 모른다며 동료 시민에 대한 고발을 부추기자 이른바 시민이 동료 시민을 "빨갱이"로 몰아가는

---

14 1987년 6·10 항쟁 이후 민주화의 물결이 일렁이자 전병순은 『절망 뒤에』를 재발간하며 자신이 근무했던 여수여중을 방문해 참혹했던 사건의 자취를 더듬는 한편으로 새로 쓴 '작가의 말'에 "한마디로 여순사건은 당시 그 어느 분이 하명했다고 전해지듯이 '대한민국 지도에서 여수 하나쯤 지워버려도 되니까'라는 정도로 치열한 소탕작전이 전개됨으로써 좌우가 서로 잔학의 극에 치달았던 것이다."라는 문장을 남겼다. 전병순, 「작가의 말」, 『절망 뒤에 오는 것』, 중앙일보사, 1987, 343쪽.

'손가락 재판'이 시작되고, 지목당한 사람들은 제대로 된 재판은커녕 변명조차 하지 못한 채 즉결처형된다. 불과 5일 전에 "반란군" 치하에서 진행되었던 인민재판보다 더 참혹한 학살이 진압군대에 의해 이루어지고, 서경과 동료 교사들 역시 "빨갱이"의 혐의를 받아 방금 죽은 시체들 곁에 무릎이 꿇려진 채 총살당하기 직전까지 간다. 여순사건은 한 지역을 제물로 삼아 죽여도 죄가 되지 않는 "빨갱이"를 탄생시킴으로써 이승만 정권이 냉전권력을 탄생시키기 위한 '정초적 폭력'이었던 것이다.

3. 반공 가부장제의 형성과 스톡홀름 증후군의 정신역동

3장에서는 주로 강서경이 Y시를 떠나 고향인 서울로 되돌아가지만, 한국전쟁이 발발해 다시금 취약한 처지에 놓이게 되는 중후반부의 서사를 살펴보고자 한다. 특히 강서경이 원동휘에 대한 애착을 떨쳐 버리지 못하면서도 고릴라의 아내가 되는 결혼 서사에 주목하되, 이 소설의 가장 문제적인 주제인 강서경의 고릴라에 대한 감정을 스톡홀름 증후군의 정신역동으로 설명하고자 한다. 강서경의 고릴라에 대한 공포와 증오의 감정은 차차 호감과 감사로 변모하며 강서경은 상처한 고릴라의 두 번째 아내가 된다. 강서경의 고릴라에 대한 감정 변화는 쉽게 이해되기 어려운데, 그는 만인 앞에서 뺨을 때려 서경에게 수치를 가했을 뿐 아니라 결정적으로 서경을 강간하고자 했으며, 무엇보다도 죄 없는 Y시의 시민들을 무참히 학살한 가해자이기 때문이다. 서경의 결혼은 여순사건이 그 자신에게 준 절망을 외면하는 것이자, 가해자와 공모하는 것과 다르지 않은 것처럼 보인다. 피해자의 입장에서는 용서하기 어려운 이러한 결정은 서경이 고릴라에 의해 통제되고 길들여졌다는 증거가 아니라 냉전 가부장제에서 살아남기 위한 '협상'으로 이해될 필요가 있다. 푸코는 '에이전시'(Agency) 개념을 통해 인간이 주체가 된다는 것은 기존의 질서에

복속하는 과정이지만, 기존의 질서 속에 살아가는 사람들은 저마다의 사회적 조건에 의해 어쩔 수 없이 제약을 받으면서도 그 사회적 조건에 대응하는 존재라는 것, 즉 구조에 대해 순전히 수동적인 존재가 아니기에 기존 질서의 재생산뿐만 아니라 교란이나 변혁의 가능성도 지닌다[15]는 점에 주목한 바 있다. 강서경의 결혼은 고릴라, 즉 가해자와 공모하고 그를 지지하는 것이 아니라, 위험 상황에 처한 약자인 여성이 스스로를 보호하고 살아남기 위한 행위라고 할 수 있다.

　강서경의 결혼은 고릴라, 즉 가해자와 공모하고 그를 지지하는 것이 아니라, 위험 상황에 처한 약자인 여성이 스스로를 보호하고 살아남기 위한 행위라고 할 수 있다. 고릴라에 대한 강서경의 감정과 태도는 인질이 인질범에게 동질감을 느끼고 감정적 유대감을 형성하는 모순적 현상인 스톡홀름 증후군과 매우 흡사하다.[16] 임형규 대위는 "고릴라"라는 별칭이 말해주듯이 타인을 압도하는 거대한 체구를 가진 포악한 성격의 중년 남자다. 서경에게 이성애적 관심이 있는 이병수 중위는 "약한 사람에게는 언제나 아주 친절해요."라는 단서를 붙이면서도 "대대장은 무서운 사람이에요."(38쪽)라면서 그가 "이층에서 아래층으로 부하를 던져버린 일"(43쪽)과 "빨갱이"를 수용한 섬에서 다섯 명의 남자를 담담하게 즉결처분, 즉 처형했다는 일화를 들려준다. 서경은 "사람을 다섯이나

15　우에노 지즈코, 아라라기 신조, 히라이 가즈코, 서재길 역, 『전쟁과 성폭력의 비교사-가려진 피해자들의 역사를 말하다』, 어문학사, 2020, 398쪽.

16　'스톡홀름 증후군'은 1973년 스웨덴 스톡홀름 은행 인질극에서 처음 유래한 용어로, 은행직원인 세 명의 여자와 한 명의 남자가 가해자인 두 명의 인질범에게 심리적 유대감을 형성하고, 가해자를 이해하거나 옹호하려고 하는 등 일련의 이해할 수 없는 반응을 보이자 이를 설명하기 위해 사용된 용어다. 긴 인질극 과정 동안 인질범은 인질의 목숨을 위협하는 동시에 친절을 베풀기도 했다. 인질은 인질범에게 동질감을 느끼고 감정적 유대감을 쌓아 자신들을 구해주려는 경찰을 적으로 돌리고, 인질범을 보호하고자 했다.

죽이고 온 표정이라곤 곧이들리지 않”(40쪽)게 호방한 웃음을 터트리는 고릴라에게 공포를 느끼면서도 “그래도 저는 퍽 친절한 분이라고 생각해요”(43쪽)라는 선뜻 이해할 수 없는 말을 한다. 원동휘의 “후리후리한 키, 귀골답게 희고 기름한 얼굴, 명석한 두뇌, 날리는 익살, 성급한 만큼 선명한 감정”(31쪽)으로 묘사된 지적이고 인간적인 풍모와 비교해 볼 때 고릴라는 서경의 사랑을 받을 자격이 부족하며, 심지어 서경의 증오를 받아 마땅해 보인다. 강서경은 심리적으로 사디스트에게 끌리는 여성 매저키스트이거나, 지성이 부족하고 유혹과 암시에 약해서 가해자에게 종속된 것일까?

　디 그레이엄 등은 스톡홀름 증후군을 남성의 폭력이 만연한 사회에서 여성들이 폭력적인 남성에게 보이는 반응이 인질이 인질범에게 보이는 감정의 양태와 유사하다고 함으로써, 이성애자 여성의 애정생활에 대한 탈낭만화된 분석을 시도한다. 그에 의하면 가부장제 사회에서 여성은 숨쉬듯 언제나 남성 폭력을 두려워하며 그 사실을 깨닫지 못할 때도 많다며 불특정한 남성에게 강간을 당할지 모른다는 공포, 남성을 화나게 할지도 모른다는 공포로부터 벗어날 수 없기에 인질범이 인질에게 유대감을 느끼듯, 살아남기 위해 남자에게 유대감을 느낀다. 심지어 스톡홀름 증후군의 사례에서 남자 인질과 달리 여자 인질들이 인질범-인질 유대감을 성애화하는 것과 유사하게, 여성들은 폭력적인 남성에게 성적으로 이끌린다. 이해할 수 없는 이러한 반응은 인질범이 먼저 인질에게 향하는 공격과 위협을 성애화한 데 따른 것과 마찬가지로 여성들이 폭력적인 남성으로부터 성희롱과 강간 등 성적 위협을 받기 때문이라고 할 수 있다. 성적으로 안전하지 못한 상황에서 인질이 인질범-인질 간의 상호작용을 ‘연애화’해버리면 양쪽 모두 이 상호작용을 ‘정상적’이라고 느끼게 되는 것처럼 폭력적인 남성에게 감정적, 성적 애착을 느끼는 것으로 헛되이 구원자를 기다리거나 기적이 일어나기를 바라기보다는 공포를 줄이고자 하는 것이다.[17] 폭력적인 남성에 대한 여성의 유대감과 성애는 여성의 취약성, 즉 수동성만이 아니라 여성이 탈주가 불확실한 상황에서 자기보존의 활로를 찾는 주체임을 암시한다.

서경과 고릴라의 관계는 언뜻 앙앙불낙하던 남녀가 시간이 지남에 따라 서로에 대한 오해를 풀고 사랑을 확인하는 로맨스 서사의 관습과 유사해 보인다. 그러나 소설 속 여성들이 무장한 군인들과 극한의 폭력이 일상화된 유사 전쟁 상태에 무방비로 노출되어 있는 점을 주목한다면, 호감은 공포의 다른 표현으로 읽히게 될 것이다. 전쟁은 남성이 여성에 대한 소유 혹은 지배권을 갖게 되는 가부장제이며, 특히 군인은 미혼의 여성이자 폭도의 땅으로 낙인찍힌 Y시 여학교의 교사라는 중첩된 약점을 가진 서경의 생사여탈권을 틀어쥔 권력자다. 소설 속 여성들은 고릴라를 비롯해 군인들을 두려워하면서도 그들에게서 선량함 같은 인간성의 흔적을 찾고 군인들이 베푸는 작은 친절에도 큰 의미를 부여한다. 군인에 대한 호감은 여성들이 자신이 위험에 처했지만 스스로의 힘이나 혹은 여성들 간의 연대로 부당한 현실을 빠져나올 수 없다고 직감했음을 암시한다. 수용소로 변한 Y여중학교는 전시 못지않은 공포 속에서도 수감당한 여학생과 감시자인 군인 간의 이성애적 감정으로 활기를 띠는데, 감금당한 채 귀가하지 못하는 여학생들은 감시자인 군인들의 관용에 기대어 안전을 도모하고자 하며, 군인들은 감금된 여성들을 통해 권력의 소재를 분명히 알게 됨으로써 남성으로서 우월감을 느껴 사소한 친절을 베푼다.

"이거 서울 집의 주소야. 어머니가 계시니까⋯ 나하고 결혼할

---

17 디 그레이엄·에드나 롤링스·로버타 릭스비 저, 유혜담 역, 『여자는 인질이다』, 열다, 2019. 74-76쪽.

마음이 있거근 종종 가서 돌봐드리고 곧 편지해요… 난 너하고 결혼하기로 결정했다."

중략

"싫은가?"

서경은 숨이 가빠올랐다. 좌우건 상하건 고개를 저어야 될 것 같았다. 그러나 어떻게도 할 수 없는 지금, 고릴라의 응시하는 무서운 힘은 서경을 재촉하고 있는 것이다. 그런대로 잠시 침묵이 흘렀다. 서경은 무언지 동통(疼痛)하는 마음을 느끼며 울고 싶어졌다. 다음 순간 서경의 가냘픈 몸은 고릴라의 억센 팔 안에 안겨 있었다. 으깨질 만큼 죄며 입술을 누른다. 서경은 심장이 터지는 줄 알았다. 숨이 막혀 밀어내려고 꿈틀대도 무쇠 같은 팔은 꿈쩍도 하지 않는다. (164쪽)

위 인용문에서 고릴라는 자신이 머무는 숙소인 부산의 백조호텔로 서경을 부르는데, 서경은 고릴라의 품에 안겨 "무언지 동통하는 마음을 느끼며 울고 싶"다는 신음을 토해낸다. 그러나 다른 한편으로 서경은 "모닥불의 나비"처럼 그가 부른다고 호텔방에 찾아간 자신에 대한 "엷은 후회와 동시에 비밀의 기쁨"을 고백하며 "아무리 추한 남자에게서도 열렬한 구혼의 말을 듣는 것은 여자로서 그다지 기분 상할 일이 아닌 모양"(164쪽)이라고 독백한다. "비밀의 기쁨"이라는 서술은 서경이 남성의 '연물'이 된 데 대한 여성적 허영심을 느끼기보다 강간을 당하지 않은 데 대해 안도하고 있음을 암시한다. 7장 '시티 오브 동래'에서 서경은 Y시를 떠나 부산에 도착하기까지 선상에서 고릴라와 군인들에게 매우 큰 두려움을 느낀다. 혜련과 함께 거대한 우유통 속에 원동휘를 숨겨 Y시를 탈출시키려고 했던 일이 발각되자 서경은 고릴라의 격노를 산다. 원동휘와 혜련이 수사대에 체포되어 Y시로 되돌려보내진 후 서경은 "삼천 톤급

의 선박 안에 통틀어 여자라곤 자기하나뿐"(133쪽)인 상태, 즉 젊고 혈기
왕성한 남성 병사들로 꽉찬 공간에 홀로 남겨진다. 서경은 "안으로 쇠를
채우"라는 이중위의 당부대로 문을 걸어 잠그지만 숙면하지 못한다.

배 위에서의 밤, 서경은 호출을 받아 밀폐된 선실에서 "불룩한 어깨
며 젖가슴"을 드러낸 채 침대 위에 비스듬히 앉은 고릴라를 마주하게 된
다. 서경은 마치 "폭군 네로"(136쪽) 같다고 적의를 드러내면서도 "그의
세련되지 못한 야생의 습벽이라치고, 근본 의도가 나에게 호감을 보이
자는 것이라면 미워할 필요까진 없지 않은가."(138쪽)라고 생각한다. 고
릴라가 서경을 강간하고 죽인다고 해도 아무도 자신을 도와주지 않을
것을 직감하고 있기에 그의 시선을 맞받아치지 못할 만큼 두려움에 떨
면서도 "고릴라는 그날 밤의(강간을 시도하던 밤-필자) 기억만 지워버린
다면 그 이도 친절했다."(143쪽)라고 스스로를 위로하는 것이다. 강서경
의 이러한 감정변화는 인질이 인질범에게 대항해 자기 파괴로 다다를
수 있는 큰 투쟁에 뛰어들기보다는, 가해자에게서 인간성의 긍정적인
측면을 찾아냄으로써 위험 상황에 적응하고 생존의 활로를 찾고자 한
다는 것을 암시한다. 적대감이 호감으로 바뀌는 것은 인질이 위험 상태
에 내몰리고 있는 데 따른 공포 반응으로, 살고자 하는 인질이 협상을
시도했음을 의미한다.

강서경의 이야기는 비단 특정한 개인의 난해한 정신역동이 아니라
전쟁과 냉전반공체제가 여성의 안전에 가하는 위협으로 인해 이성애자
여성들이 겪는 혼란에 대한 반영이자 은유다. 서경이 고릴라와의 결혼을
서두르는 것은, 여순사건의 기억이 다 지워지지도 않았는데, 6·25 전쟁이
발발함으로써 서경의 취약성이 강화되었기 때문이다. 9장 '재회'에서 강
서경은 서울로 되돌아와 기울어진 집안의 실질적인 가장으로 직장생활
을 하며 고릴라와는 달리 지적 면모를 풍기는 이병수 대위와 가까운 사
이가 된다. 강서경은 본래의 자기 자신을 어느 정도 회복한 듯, 고릴라가

여순사건을 성공적으로 진압해 중령으로 진급했다는 소식을 듣고 "공은 무슨 공이에요? 사람 죽인 공?"(181쪽)이라고 야유한다. 그러나 6·25 전쟁이 발발하고, 고릴라의 도움으로 국군들의 좌익 사냥으로 총상을 입은 남동생 훈이의 생명을 구하게 되자 고릴라는 '구원자 하느님'이나 "생명의 은인"(244쪽) 같은 존재로 격상된다. 서경은 결국 피난길에 동생을 잃고 유능한 산파였지만 현재 '백치'가 된 어머니와 세상에 남겨지게 된다. 독립운동가의 딸로 아버지 없이 씩씩하게 성장했지만 전쟁으로 인해 취약성이 증가됨으로써 서경은 극한의 수난에 노출되고 자포자기하듯이 전쟁의 한복판에서 고릴라와 결혼한다. 그는 고릴라를 야수가 아니라 친절한 사람이라고 인식하며, 자신이 그를 좋아하고 있다고 여긴다. 두 사람은 연애하는 애인들처럼 편지를 주고 받으며 점차 다정한 관계가 된다.

서경의 애정생활 혹은 결혼을 '성폭력 연속체' 개념을 통해 설명할 필요가 있다. 리즈 켈리는 성폭력을 강간에서 매매춘, 연애, 결혼까지의 연속선상에 배치하며, 강간, 매매춘, 연애, 결혼사이에는 그 경계를 명확하게 분리하기 어려운 연속성이 있다고 하면서 '성폭력 연속체'라는 용어를 통해 여성의 이성 간 성행위 경험은 압력에 의한 선택에서 힘에 의한 강제까지의 연속체 속에 존재한다고 설명한다.[18] 앞서 보았던 선상이나 호텔 장면에서 고릴라는 강서경의 불리한 위치를 이용해 그를 성적으로 착취하고 강간을 위협한다. 고백과 구혼의 형식을 취하고 있지만 사실상 강서경은 그가 통행증을 내어주지 않으면 서울로 되돌아갈 수 없기에 그의 야간 호출에 순응하고 청혼을 거부하지 못한다. 성매매와 결혼의 거리 역시 멀지 않다. 서경은 결혼을 권력을 가진 남성이 여성을 소유하는 것을 대가로 여성에게 안전과 지위를 제공해주는 교환으

----

18 리즈 켈리는 레기나 뮐호이저와 메리 루어즈 로버츠가 전시하에서 성폭력의 연속성과 그 분단을 구별짓기 어렵다는 논의를 가져와 성폭력 연속체 개념을 만들었다. 우에노 지즈코 외, 앞의 책, 27쪽.

제노사이드 너머

로 받아들인다. 고릴라가 제공하는 안전과 보호를 받기 위해 고릴라와
그의 늙은 어머니 그리고 전실 자식을 돌보기를 결심한다. 박옥순의 연
애와 결혼은 강간/매매춘/연애/결혼의 경계를 짓는 일이 거의 불가능하
다는 것을 극적으로 보여준다. 서경의 제자인 옥순은 군기사령부의 소
위 한상철과 데이트를 하던 중 야산에서 강간을 당하는데, 옥순은 강간
을 한상철을 이용해 공산주의자로 몰려 고문 수사를 받고 있는 원동휘
를 구출해내고자 하며, 늙은 남자와의 결혼으로 가난을 면하지 못하는
어머니의 운명을 벗어나고자 한다. 옥순은 성녀/악녀 이분법에 기반한
남성중심서사에서와 달리 전형적인 악녀라기보다 군인과의 결혼으로
안전과 부를 얻고자 하는 '명민한' 여자로 재현된다. 전쟁은 여성 멸시를
제도화하고 남성에게 더 많은 권력을 주는 가부장제이기에 작가는 옥
순의 선택에 대해 엄격한 도덕적 잣대를 들이밀지 않는 것이다.

　　수전 브라운밀러는 계급, 사유재산, 생산수단의 형성 과정에서 강간
이 갖는 역사적 중요성을 주목한 아우구스트 베벨의 분석을 바탕으로
"강간은 남성의 특권일 뿐 아니라, 남성이 여성에게 힘을 과시하는 기본
무기이자 여성에게 두려움을 일으키며 남성의 의지를 관철하는 주요 동
인"(25쪽)이라고 설명한다. "언제든 강간당할 수 있다는 공포야말로 여성
이 남성에게 종속되도록 만든 최초의 원인이며, 역사적으로 여성이 어
떻게 의존적 존재가 되었고 보호를 대가로 한 짝짓기에 의해 가축화되
었는지 설명해주는 가장 중요한 열쇠"라는 것이다. 이러한 분석을 참조
하면 남성에게 전쟁은 희생으로만 설명될 수 없는 기회이자 특권이다.
특히, 여성에 대한 지배와 성적 쾌락은 지위고하를 막론하고 전쟁과 냉
전체제가 남성에게 주는 확실한 기득권이다. 전쟁은 남성에게 허락된 암
묵적인 강간 면허로 군인은 여성을 육체적으로 굴복시키고, 특정한 여
성을 선택해 보호자를 자처하면서 사실성 여성에 대한 지배권을 확립
한다. 한상철은 전시 하의 군인이라는 우월적 권력을 이용해 옥순을 강

간하고, 가장이라는 권위를 쉽게 얻는다. 그는 "전투에서 승리한 집단은 민간인일 때는 꿈도 꿔보지 못한 힘을 손에 쥐게 된다. 그리고 그 힘은 남성에게만 허용된 힘"(수전 브라운밀러, 54쪽)이라는 것을 잘 보여주는 인물이다. 그는 저학력자로 이렇다 할 사회자본이 없는 '주변부 남성'이 지만 전쟁은 군대라는 소속을 제공함으로써 그에게 권력을 부여하고,[19] 커다란 성적 편의를 누리는 것이다.

따라서 결혼은 여성에게 행복이나 구원과는 거리가 먼 상실의 경험이 되기도 한다. 서경은 결혼 이후 현실에 안착하지 못하고 부유한다. 그는 이미 혜련의 남편이 된 원동휘에 대한 애착을 내려놓지 못한 채 그와 위태로운 만남을 이어가고, 군인의 적은 월급으로는 생활이 어렵다는 것을 깨닫자 사치하는 친구들을 부러워하며 한상철의 밀수를 돕는 등 윤리적 위기를 겪는다. 서경을 괴롭히는 것은 여순사건부터 6·25 전쟁까지 자신이 겪은 수난이 무의미하다는 절망감이다. 처형장에 끌려가 죽을 위기를 겪고, 원동휘와 사랑을 이루지 못하고, 언 땅에 남동생을 묻어야만 했던 수난과 고통의 무의미가 절망감으로 서경을 사로잡는다. 결혼 후 고릴라가 전투에서 한쪽 다리를 잃어 장애를 얻게 되자, 서경이 "불구의 남편과 무능한 가족들. 그 모두가 꼭 자신에게 내려진 죄의 대가"(387쪽) 같다고 죄책감에 사로잡히는 것은, 군인과 전쟁이 그를 구원한 게 아니라 삶을 짓밟았다는 절규와 항의를 역설적으로 보여준다. 고릴라의 사고 이후 서경은 "살아야 한다. 오로지 내 힘으로"(390쪽)라고 삶의 의지를 다지며 착한 아내가 되겠다고 다짐하지만, 사실 서경은 자신을 강간하려 했던 남자와 그의 노모와 어린 딸을 돌보는 역할을 떠안게 된다. 서경이 새롭게 짊어진 짐은 전쟁과 반공냉전체제가 남성을 여성의 성, 노

---

19 '악의 평범성'으로 잘 알려진 아돌프 아이히만이 대공황으로 실직자가 된 후 생계 해결책으로 군인이 되어 장교로 진급하는 등 평상시라면 꿈도 꾸지 못할 권력을 얻을 수 있었다.

   제노사이드 너머

동, 감정의 '보호세 갈취자'로 지원하면서 여성에게는 보호의 대가로 정치적, 개인적 자율을 단념하도록 하는 가부장제임을 상징화한다.[20]

소설 후반부에 이르면, Y시에서 겪은 수난의 무의미성으로 인한 공허에 시달리던 서경과 원동휘는 위로와 구원을 갈망하듯이 '민족주의'라는 대타자에 매달린다. 자신들이 겪은 수난을 사소한 것으로 만들어줄 큰 이념이나 가치를 통해 봇물처럼 터져나오는 분노와 슬픔을 달래고자 하는 것이다. 원동휘는 고릴라가 불구의 몸이 되었다는 소식을 듣고 "Y시에서부터 우리를 얼마나 많은 학대를 받아왔습니까? 그러나 우리는 이 민족 이 땅을 등지고는 살 수 없어요. 모두가 제각기의 이득만을 노리고 날뛸망정 나 혼자만이라도 옳은 길을 찾아 살아나가야 하지 않겠습니까?"(389쪽)라는 골자의 편지를 서경에게 보낸다. 여순사건으로 사랑이 좌절당함으로써 오히려 강렬해진 서로를 향한 애착을 그만 내려놓자고 이별을 고한 것이다. 젊음의 상흔을 묻어둔 채 사회주의적 성향을 가진 냉소적 지식인인 원동휘는 애국적 민족주의로 무장한 군인이, 당찬 신여성이었던 서경은 착한 아내이자 주부가 되는 것으로 입사(入社)를 시도하는 것이다. 이러한 결말은 해방과 전쟁을 거치며 남한사회에 반공냉전체제가 수립됨으로써 냉소적 지식인과 당찬 신여성이리는 주체가 사실상 허용가능하지 않음을 뜻한다. 따라서 두 사람의 선택은 표면적으로는 반공냉전권력에 순응하는 형식을 취하고 있지만, 이 소설의 제목은 두 사람이 영원히 치유될 수 없는 '절망'을 안고 살게 될 것임을 암시한다.

----

20 보호세 갈취에 관한 논의는 『전쟁과 성폭력의 비교사-가려진 피해자들의 역사를 말하다』를 참조.

4. 결론을 대신하며

　전병순의 『절망 뒤에』는 '여순사건'을 다룬 작품으로 그간 주목받았지만, 정작 제대로 읽혀지거나 평가받지 못했다. 사회소설도 연애소설도 되지 못한 어정쩡한 이야기로 취급되어 온 것이다. 이는 민주화 이후 '기억의 정치'가 시작된 이후 한국문학이 국가폭력에 대한 발굴과 희생자에 대한 애도를 통해 탈냉전의 시대로 도약하고자 했지만, 공론장에서 친미와 반미, 좌익과 우익 같은 진영론적 주제에 의해 페미니즘 의제가 부차화되어 왔듯이 전쟁과 냉전체제가 여성의 삶에 어떻게 작용하며 여성의 인간화를 제약해왔는가에 대해 상당히 무관심하고 또 무지하다는 것을 보여준다. 여성문학 연구 역시 크게는 다르지 않아 냉전기 여성문학 연구는 상대적으로 빈약한데, 1950-60년대 여성문학의 문학성과 정치성에 대한 불신은 이러한 사태를 더욱 악화시켜왔던 듯하다.

　『절망 뒤에』는 1960년 4·19 혁명이 기폭제가 되어 학문·사상·예술의 자유가 주창되는 시대적 분위기에 올라타 해방과 6·25 전쟁을 냉전 가부장제가 뿌리내리는 과정으로 재현한 1960년대 여성문학의 성과작이다. 전병순은 전쟁에 대한 3인칭이 아니라 1인칭적 목소리를 통해 지금까지 한국문학 정전에서도 거의 조명되지 않았던 여성의 전쟁을 이야기한다. 산문 「『절망 뒤에 오는 것』을 잉태할 무렵」은 매우 흥미로운데, 작가가 자신이 여순사건과 6·25 전쟁에서 큰 피해를 입지 않았기 때문에 기억과 증언의 주체가 될 수 없는 것 아닌가 회의하면서 "아니, 나도 고생은 실컷 했다…. 인생관이 변해 버리고, 지표를 잃고, 모든 의욕을 버리게 된 것만도 크나큰 피해가 아니고 무엇일까."라고 항변함으로써 지금까지 거의 주목되지 않았던 여성의 해방과 전쟁을 이야기함으로써 다양한 해석의 틈을 열어놓았기 때문이다. 이 소설은 해방과 전쟁을 남성들의 상처이자 훈장이 아니라 반공가부장제가 형성됨으로 여성해방의 전망이

닫히고 여성의 종속이 심화되는 과정으로 새롭게 서사화한다. 강서경의 이야기는 전쟁과 냉전체제가 여성과 남성의 관계, 섹스, 힘, 권력을 보는 방식에 상당한 영향을 미쳐왔음을 매우 상세하게 보여준다. 『절망 뒤에』는 사회소설과 여성소설을 분리하지 않고서 1950-60년대 여성문학을 새롭게 읽고 재평가할 수 있는 실마리를 던져주는 작품이다. ■▮

감정의 상품화와 재현의 윤리

이주영

이주영 : 문화칼럼니스트. 『주간경향』 연재

폭력의 재현은 양날의 검이다. 은폐 왜곡되어 온 국가폭력과 제노사이드를 세상에 알리고 가해자의 만행을 공론화 해 피해자들을 위무하는 노력들은 동시에 또 다른 층위의 폭력으로 수용될 수 있다. 사실을 그대로 알리는 것도, 사실을 재해석해 간접적으로 재현하는 것도 트라우마에 시달리는 피해자들에게는 고통의 활성화이기 때문이다. 제노사이드를 직접 보고 경험한 이들의 기억을 전유하는 포스트 메모리 세대[1] 역시 그러하다. 오늘날 수많은 매체들이 끊임없이 재가공하고 감정화하며 소비하는 서사의 다양한 형태들을 돌아보면 이를 의식해서인지 최대한 우회하는 간접화법을 사용한다. 예를 들면 2025년 3월 넷플릭스 공개 이후 바로 글로벌 흥행지수 1위를 기록했던 드라마 〈폭싹 속았수다〉(임상춘 작가, 김원석 연출, 2025)[2]가 대표적인 사례이다. 1960년 제주가 배경이라는 측면에서 이 드라마는 제주4·3을 다루는지 여부로 궁금증을 자아내기도 했다. 그러나 제작 발표회에서 김원석 연출은 "'4·3'은 등장하지 않는다, 극이 딱 60년부터 시작하기 때문에 시기적으로 다르다, 물론 그 일의 아픔이 있겠지만 직접적으로 표현되지는 않는다"라고 밝힌 바 있다.[3]

---

1   마리안느 허쉬(Marianne Hirsch)가 개념화한 '포스트메모리(postmemory) 세대'는 전쟁을 직접 겪지 않은, 구전된 이야기와 사진, 사료 등으로 접한 세대를 의미한다. 직접 체험한 세대의 기억이 아닌 전해진 기억을 갖고 있는 세대이므로 오래된 국가폭력에 대한 문제의식은 직접적 피해자들과 결을 달리한다. Marianne Hirsch, The Generation of Postmemory: Writing and Visual Culture After the Holocaust, (Columbia University Press: New York, 2012)

2   2025년 3월 7일 넷플릭스로 방영된 이후 16회 전편을 공개한 3월28일이 지나서도 넷플릭스 글로벌 비영어권 순위 1위를 차지했다. 두달 넘게 글로벌 비영어권 순위 10위 안에 들었고 국내 넷플릭스 1위는 물론이고 백상예술대상 작품상을 비롯한 유수의 상을 수상한 2025년 최고 흥행 드라마이다.

3   윤효정. "'폭싹 속았수다' 감독 제작비 600억원? 시대극 미술에 공 들여",《뉴스1》, 2025. 3.5. https://www.news1.kr/entertain/broadcast-tv/5709051

여기서 주의 깊게 들여보아야할 언급은 '직접적으로 표현되지는 않는다'는 전제이다. 이는 연출이 직접적으로 강조한, 제노사이드를 직접 다루지 않았으나 '비극의 정서'를 상업적으로 재전유한 간접적 제노사이드 드라마로도 읽힐 여지를 준다. 반면, 제주4·3 피해자 할머니들의 인터뷰 중심으로 구성된 다큐멘터리 영화 〈돌들이 말할 때까지〉(김경만 감독, 2023)는 폭력적 이미지의 재현을 거부한다. 피해 당사자가 직접적으로 당시의 고통스러운 기억을 꺼내는 과정을 롱테이크와 클로즈업으로 관찰하는 '직접화법'을 지향한다. 이 두 매체는 '제노사이드를 상품화하는 오늘날의 매체 구조' 속에서 윤리와 시장 사이의 경계선을 드러낸다. 이 글은 간략하게나마 〈폭싹 속았수다〉와 〈돌들이 말할 때까지〉를 통해 제노사이드를 재현하는 윤리에 대해 돌아보고자 한다.

상업적인 매체 입장에서 제노사이드의 현대적 의미는 "망각되지 않으나 소비되는 폭력"이다. 매체 자본주의가 죽음·폭력·트라우마를 '감정의 콘텐츠'로 전환하는 구조는 영화와 드라마의 홍수 속에 사는 현대인들에게 이미 익숙하다. 제노사이드의 재현과 감정의 상품화에 대해 수잔 손탁은 『타인의 고통』에서 타인의 고통이 시각적 쾌락으로 소비되는 구조를 언급한 바 있다. 에바 일루즈는 『감정 자본주의』에서 감정이 시장 가치로 전환되는 과정을 자세히 부석했다. 결론적으로 현대사회에서 제노사이드의 기억은 뉴스, 드라마, 다큐멘터리, SNS 등 다양한 매체를 통해 '기억의 상품'으로 소비된다. 따라서 예술은 재현의 윤리를 넘어, 감정의 상품화 자체를 성찰해야 한다.

〈폭싹 속았수다〉의 제노사이드의 간접 상품화는 '4·3을 말하지 않는 4·3 배경 드라마'라는 역설에서 시작한다. 침묵의 윤리가 감정의 상품화로 전환되는 지점이다. 마치 광례가 해녀가 되기위해 '숨 참는 법부터 배우는 것'과 같다. 말하지 않음의 미학이 감동 서사로 소비되는 것은 1회의 오프닝 시퀀스에 등장하는 제주의 자연풍광으로 은유된다. 바다

의 파도와 이어지는 미로같은 돌담, 몰아치는 바람은 제주를 상징하면
서 제주4·3의 기억을 직간접으로 갖고 있는 이들에게 폭력을 소환하는
매개가 된다. 트라우마의 정서를 심미화하는 과정이며 고통을 은유로
포장하는 방식이다. 제노사이드를 구체적으로 재현하지 않아도 이 시각
적 요소만으로도 수많은 이들에게는 당시의 기억들이 여러 형태로 활성
화될 수 있다.

　　상대적으로 제주 4·3을 한복판에서 겪은 할머니들의 증언을 담아낸
다큐멘터리 영화 〈돌들이 말할 때까지는〉 '재현 불가능한 재현'을 '재현
하지 않는 재현'으로 드러낸다. 다큐멘터리적 발화의 윤리에 있어서 말
함의 고통과 듣기의 책임을 시각화 한 사례이다. 충격을 거부하는 '윤리
적 시선'은 생존자의 얼굴을 클로즈업하고 손과 발을, 그만의 공간을 셔
레이드기법으로 자세히, 느리게 클로즈업하면서 잔잔히 당시의 고통을
일깨운다. 바로 '감동'이 아니라 '견디기'의 미학이다. 감정에 대한 비소비
적 미학이기도 하다. 제노사이드 재현에 흔히 사용하는 아카이브조차
전무한 이 다큐멘터리 영화의 유일한 재현은 당시 토벌대들이 폭력 수
단중 하나였던 방화를 연상케 하는 모닥불 클로즈업 정도였다. 고정된
카메라와 사운드 트랙을 거의 사용하지 않고 현장음을 실린 김경남 감
독의 연출은 폭력을 재현하지 않음으로써 폭력을 재현하는 윤리이다.

　　물론 상업적인 매체의 정점에 있는 넷플릭스 드라마 〈폭싹 속았수
다〉와 독립 다큐멘터리 영화 〈돌들이 말할 때까지〉는 드라마와 다큐멘
터리 영화 라는 장르적 차별점을 갖고 있다. 또한 제작 환경과 자본의 극
명한 차이도 감안해야 한다. 따라서 제노사이드 이후 예술의 길을 돌아
보고 상업매체의 일반화된 폭력의 재현 윤리를 돌아보는데 있어서 좋
은 비교사례이다. 상업적인 매체는 대중의 접근성을 위해 제노사이드를
'말하지 않으면서도 소비하는' 구조를 기본으로 내장하고 있다. 대중성
과 흥행성을 위한 상업적 윤리이기도 하다. 예술이 윤리적이기 위해서

는 '폭력을 재현하지 않는 것'이 아니라 '폭력이 상품이 되는 구조를 의식하는 것'이 중요하다. 제노사이드 다큐멘터리 연구자인 필자 입장에서는 단순히 '무엇을 보여줄 것인가'가 아니라 '무엇이 소비되고 있는가'를 해부하는 자세가 필요하다. 〈돌들이 말할 때까지〉는 비소비적 예술의 가능성, 〈폭싹 속았수다〉는 그 불가능성의 현실을 보여준 사례로 볼수 있다. 결국 예술은 제노사이드를 다시 상품화하지 않기 위해, 스스로의 감동마저 의심해야 한다는 결론에 이르지만 무엇보다 이를 의식하기 시작했다는 것 자체가 중요하다. 필자는 이 글을 통해 기존의 예술윤리 담론을 넘어, 매체자본주의와 감정의 정치, 트라우마의 소비라는 현대적 매체 관점을 결합해보고자 한다. 다큐멘터리 연구와 동시대 무의식을 문화예술 현장에서 추출하는 필자의 시선으로 폭력의 재현이 어떻게 상품화되는지 정리해보고자 한다. 〈폭싹 속았수다〉와 〈돌들이 말할 때까지〉를 통해 '제노사이드를 상품화하는 오늘날의 매체 구조'를 분석하고, 그 속에서 예술이 어떻게 윤리적 저항의 언어를 새롭게 구성하는지 찾아보자.

1. 감정의 상품화, 말하지 않음으로써 말하는 방법

제노사이드는 인간이 인간에게 가한 폭력의 극한이다. 예술과 매체가 언제나 '말할 수 없는 것'으로 인식해온 대상이면서도 '어떻게 극적으로 표현할 수 있을까' 고민하는 대상이기도 하다. 한나 아렌트가 『예루살렘의 아이히만』에서 개념화한 '악의 평범성'은 제노사이드의 근간이다. 괴물이 아닌 인간의 손으로 이루어지는 일상적 폭력의 제도화이자 인류 역사에서 빼놓을 수 없는 동반자가 제노사이드이기 때문이다. 당장 지금 가자지구에서 팔레스타인 민간인들에게 행하는 이스라엘군의 행위 역시 2025년 동시대의 현재진행형 제노사이드이다. 따라서 제노사이드를 재현하는 문제는 단순히 역사적 사건의 기록이 아니라, 인간성과 폭력의 경계를 되묻는 윤리적 행위가 된다. 그러나 이는 언제나 모순을 내포한다. 테오도르 아도르노의 "아우슈비츠 이후 시를 쓰는 것은 야만적이다."[4]라는 인식은 예술의 불가능성에 대한 선언이 아니라, 폭력을 미적 대상으로 삼는 모든 재현 행위가 필연적으로 윤리적 실패의 위험을 안고 있음을 경고한다. 이후의 예술과 다큐멘터리는 바로 이 모순 속에서 '재현해야 하지만, 재현할 수 없는 것'을 반복적으로 시도해왔다.

20세기 후반 이후, 제노사이드의 재현은 정치적 고발에서 감정적 체험으로 변모했다. 수잔 손탁은 『타인의 고통(Regarding the Pain of Others)』에서 "타인의 고통은 쉽게 시각적 쾌락의 형태로 소비된다"고 지적했다. 그녀는 전쟁 사진이나 인권 다큐멘터리가 진실을 알리는 수단이 되기도 하지만, 동시에 "고통의 이미지가 아름다움과 감동의 대상으로 변질되는" 현상을 비판했다. 오늘날의 매체 환경은 이러한 감정의 소비 구조를 더욱 강화한다. 사회학자 에바 일루즈가 『감정 자본주의(Emotional Capitalism)』에서 지적했듯, 현대 자본주의는 감정 그 자체를 시장 가치로 전환하는 체계다. 폭력과 트라우마는 이제 뉴스·영화·드라마·SNS 콘텐츠 속에서 슬픔과 감동, 연민, 위로 등으로 포장되어 판매된다. 즉, 제노사이드의 재현은 더 이상 도덕적 경고가 아니라, 감정적 체험의 상품으로 기능하게 된 것이다. 문제는 재현의 방식이 아니라 감정의 구조에 있다. 고통을 직접 보여주지 않아도, 그 부재의 정서를 미적 감동으로 전환하는 순간 폭력은 다시 시장의 논리 속으로 흡수된다.

〈폭싹 속았수다〉가 제주 4·3을 직접 언급하지 않으면서도 그 비극의 감정을 전면에 내세우는 이유가 바로 여기에 있다. 말하지 않아도 '고통

---

4   아도르노는 「문화 비평과 사회」에서 "아우슈비츠 이후에 시를 쓰는 것은 야만적"이라고 선언하며 문명과 야만의 변증법적 귀결을 비판했다.(Adorno, 1955: 34; 아도르노, 2005: 57).

의 분위기(aura)'를 팔 수 있는 사회, 이것이 오늘날 매체 자본주의가 제노사이드를 다루는 방식이다. 바로 '감정의 정치(politics of affect)'이다. 슬라보예 지젝은 "자본주의는 인간의 감정마저 착취한다"고 비판했다. 그에 따르면 현대의 미디어는 인간의 공감 능력을 끊임없이 동원하여, "타인의 고통에 슬퍼하는 자신"이라는 정체성을 상품화한다. 이때 감정은 더 이상 윤리적 행위가 아니라, 자기 위안을 위한 미학적 경험이 된다. 전쟁·난민·학살을 다룬 뉴스나 드라마, 혹은 실제 사건의 피해자를 소재로 한 영화들이 '공감', '치유', '감동'이라는 이름으로 홍보되는 현상은 제노사이드의 윤리적 비극을 감정의 소비재로 대체하는 전형적인 예다. 2010년 이후 쏟아지듯 등장한 시리아 난민 다큐멘터리 영화들이 대표적인 사례이다. SNS에 공유된 폭력적 이미지들이 무분별하게 방출되었다. 어린이들을 대량 학살하는 이미지들, 저항하는 민간인들의 시신들이 겹겹이 쌓여있는 자료들을 그대로 노출한 이 다큐멘터리 영화들은 전세계 각지의 분노와 공포를 활성화했으며 후원금을 대거 모아 더 많은 관련 작품들이 제작될 수 있는 믿거름이 되었다. 가해자의 폭력을 세상에 알리고 폭력의 악순환을 막아서는 공공의 목표를 향한 피해자들, 주변 협력자들의 노력은 감정의 시장화로 확장된다. 어느 순간 인간의 고통은 사유의 대상이 아닌 체험의 이벤트로 전락한다. 관객은 더 이상 목격자가 아니라, 감동과 공포의 소비자가 된다.

　이러한 매체적 현실 속에서, 예술은 제노사이드를 어떻게 다뤄야 하는가. 에티엔 발리바르는 『폭력과 시민다움: 폭력의 정치를 위하여』에서 '윤리란 폭력 이후의 인간이 인간으로 남기 위한 마지막 저항'임을 강조했다. 즉, 예술의 윤리란 폭력을 '어떻게 보여주는가'보다 '어디서 침묵해야 하는가'를 스스로 결정하는 행위다. 이때 '재현하지 않음의 재현'이라는 패러독스가 등장한다. 다큐멘터리 〈돌들이 말할 때까지〉의 김경만 감독은 바로 이 '재현하지 않음'의 윤리를 실천한다. 그의 카메라는 폭력의 현장을 보여주지 않고, 오로지 생존자의 얼굴만을 보여준다. 침묵, 숨, 눈빛, 주름은 언어 이전의 기억이자 비소비적 이미지다. 이 방식은 수잔 손탁이 말한 "고통의 이미지가 감상으로 변질되는 위험"을 피하는 대안적 윤리로 작동한다. 반면 〈폭싹 속았수다〉는 그 반대편에 위치 지울 수 있다. 제노사이드를 직접 재현하지 않지만 그 부재의 정서를 품고 있다는 것만으로도 '비극의 분위기'를 상품화하게 된다. 이 모순이 바로 오늘날 매체 자본주의가 예술을 통해 제노사이드를 재생산하는 가장 교묘한 방식이다.

결국 다양한 매체에서 다뤄지는 제노사이드는 더 이상 역사적 사건에 머물러있지 않다. 매체 산업은 감정을 끊임없이 재가공하는 정서적 상품이다. 폭력을 직접 재현하지 않아도, 그 부재의 감정적 여운이 감동의 상품으로 유통되는 것을 우리는 수차례 경험하고 체험해왔다. 예술의 윤리는 폭력의 재현을 피하는 것이 아니라 그 '감동의 상품화'를 인식하는 데 있다.

2. 폭력을 '감동'으로 번역하는 메커니즘

제노사이드는 대량학살이자 인간 존엄의 근원적 파괴지만, 매체는 종종 이를 감정적 카타르시스의 장치로 재구성한다. 현대 자본주의 미디어 체제 속에서 폭력은 '비극적 현실'이 아니라, 관객 감정의 경험 장르로 소비된다. 이 구조는 다음 세 가지 전략으로 구체화된다. 첫 번째로 고통의 서사화이다. 피해자 개인의 고통을 드라마틱 플롯으로 전환하여 집단적 감정을 동원 한다. 두 번째. 슬픔·분노·희생의 정서를 공감 서사로 확장해 미학적 감동으로 포장한다. 세 번째로는 잔혹한 폭력 대신 '아름다운 슬픔'을 전면화한다. 이런 전략은 폭력의 이미지를 정치적 사유의 대상을 스쳐지나가 정서적 쾌감의 매개체로 소비하도록 이끈다.

대중적으로 흥행에 성공한 대부분 영화들의 전략이기도 하다.

영화 <화려한 휴가>(2007, 김지훈 감독)은 1980년 5월 광주민주화운동을 '시민의 영웅적 저항'으로 형상화한 대표적 상업영화다. 이 작품은 실제 학살의 참혹함을 전면에 내세우기보다는 희생의 서사적 감동을 강조한다. 계엄군의 총격은 분노의 대상이 아니라 '비극의 장식'으로 소비되고 시민군의 죽음과 이별 장면은 슬로모션과 처연한 사운드트랙을 배경으로 하면서 드라마적인 미학으로 표현한다. 광주항쟁을 '민주주의의 성전'으로 미화하면서도 그 학살의 구조적 책임에는 침묵하는 전형적 드라마이다. 이 영화 안에서 제노사이드는 현실의 폭력이 아니라 감동의 서사 장르를 표현하는 배경이 된다. 영화 <택시운전사>(2017, 장훈 감독) 역시 같은 맥락으로 들여다볼 수 있다. 실제 독일 기자 힌츠 페터의 광주 취재를 모티브로 하였으니 다큐멘터리적으로 수용되지만 작품은 환타지 요소를 다분히 갖고 있다. 우선 영화의 시점부터 그러하다. 광주에 거주하는 직접적 피해자가 아닌 외부인으로서 우연히 그 폭력의 현장을 목격한 서울 택시운전사 만섭(송강호 분)이 주인공이라는 점이다. 이 선택은 폭력의 직접성을 희석시키는 동시에, 관객의 감정 몰입을 극대화한다. 대다수의 관객 역시 만섭의 시선과 크게 다르지 않아서다. 광주 민주화운동 과정에서 가해진 가해자들의 폭력적 실상은 제한적으로, 혹은 배경으로 자리한다. 대신 만섭의 인간적 각성과 연민의 여정이 중심 플롯이 된다. 광주의 참혹함은 결국 외부인의 감동적인 경험으로 치환되는데 이는 힌츠 페터의 시선과도 평행을 이룬다. 특히 마지막 택시들의 연대는 전형적인 디즈니스타일의 환타지로 수용되어 폭력의 재현이라기 보다는 폭력을 배경으로 한 어드밴처물로 작동한다. '타인의 고통을 통해 나의 윤리성을 확인하는 서사'에 히어로물의 박진감을 가미한 전형적 상업영화이다. 즉, <택시운전사>는 제노사이드의 목격을 상업적으로 '재현 가능'하게 만든 감동의 매체적 틀의 완성형이라 할 수 있다.

이들 영화의 공통점은 폭력을 직접 재현하지 않아도, 그 부재의 감정을 통해 정서적 상품을 생산한다는 점이다. 즉, 폭력의 장면은 사라지고, 감정의 잔향만 남는다. 결국 제노사이드의 기억은 정치적 사건이 아니라 '감동적인 서사'로 대체된다. 이것이 바로 매체가 폭력을 상품화하는 가장 교묘한 형태다. 이런 맥락에서 보면, 〈폭싹 속았수다〉는 폭력을 드러내지 않는 방식으로 폭력의 감정을 소비하게 만드는 '비켜간 제노사이드 상품화'의 전형이다. 4·3은 전혀 언급되지 않지만, 그 부재의 정서는 감동과 향수의 형태로 소비된다. 이로써 드라마는 고통의 직접 재현을 피하면서도, 침묵을 미학화하여 상품화하는 제노사이드적 감정 구조에 편입된다. 반대로, 〈돌들이 말할 때까지〉는 감정 소비를 허락하지 않는 다큐멘터리의 윤리를 통해 이 감정 상품화의 구조를 정면으로 거부한다.

3. 〈폭싹 속았수다〉의 비켜간 폭력과 감정의 상품화

〈폭싹 속았수다〉는 1960년대 제주를 배경으로 한다. 제주 4·3사건의 길고 지난한 학살과 폭력이 끝난 직후이다. 피해자와 유가족들이 여전히 침묵의 구조 속에서 살아가던 시대다. 전쟁 직후 제주에는 14만 명이 넘는 피난민이 몰려들었고, 아사자와 고아가 속출하던 극단적 상황이 지속되던 난국이었다. 그럼에도 불구하고 드라마는 이 참혹한 시대적 배경을 직접적으로 언급하지 않는다. 드라마를 보는 시청자들의 기억을 통해 '존재하나 존재하지 않는 폭력'을 형상화할 뿐이다. 이 비켜감은 윤리적 거리두기이자 동시에 감정의 상품화 전략이다. 제노사이드를 다루지 않음으로써 관객은 고통의 직접적 불편함 대신, 향수와 감동의 정서를 소비할 수 있게 된다. 만약 1960년 남한의 혼돈과 4·19 시민혁명

및 1961년 5·16 군사정변이 드라마 안에서 언급되었다면 오히려 활성화
되지 않았을지도 모르는 트라우마의 극대화이다.

　　드라마 서사를 통해 예측할 수 있는 1932년 전후 출생인 광례(염혜
란 분)는 피난민 출신이다. 한국전쟁기인 1952년 전후 남한 어딘가에서
(서울 경기지역이라는 언급도 있다)에서 제주도로 피난온 이주민이다.
한국전쟁은 톱질전쟁이라고 불리울정도로 전후방 없이 한반도 전역이
전화 속에 있었고 점령군도 전황에 따라 수시로 바뀌었다. 광례와 친구
경자(백지원 분)은 이런 공포의 전쟁통을 횡단해 생존한 이들 특유의
강인함과 근성을 갖고있다. 광례의 태도와 성격에서, 엄마가 보고싶어
매일 찾아오는 친딸 애순이를 밀쳐내는 그녀의 고단한 삶에서 관객들
은 거대한 전쟁의 상흔과 피난민들과 제주4·3 피해자들의 고통과 생존
의 몸부림을 읽게 된다. '폭력 이후의 세대'이자, 제노사이드의 잔향 속
에서 살아가는 세대인 동시대 중장년 세대에게 더 선명하게 와닿는 정
서이다. 광례의 서사는 바로 이 '기억의 공백'을 중심으로 구성된다. 그
의 언어는 단정하고, 감정 표현은 절제되어 있다. 그는 과거를 말하지 않
는다. 그러나 그 침묵은 단순한 무지가 아니라 억압된 기억의 구조다. 말
하지 않음으로써, 그는 살아남지만, 그의 침묵 속에는 공동체 전체의 트
라우마가 잠재한다. 이 인물 구조는 다큐멘터리 영화 〈돌들이 말할 때
까지〉 속 생존자 할머니들의 침묵과 연결된다. 다큐멘터리 영화의 침묵
이 증언을 향한 윤리적 절제라면, 드라마의 침묵은 상품화된 감정의 연
출 장치다. 이 차이가 두 매체의 윤리적 간극이다.

　　〈폭싹 속았수다〉의 연출은 폭력을 재현하지 않는다. 대신 제주 자연
의 아름다움, 청춘의 순수함, 사투리의 따뜻함, 유채꽃밭의 진한 향, 그
리고 해녀들의 연대를 전면화한다. 바로 '제주도다운 것'이며 제주4·3의
그림자가 덧대어진 망각 불가능성의 트라우마이기도 하다. 잔향처럼 멤
도는 폭력의 흔적은 감동적인 미장센으로 전치된다. 김원석 연출이 제

　　　　　　　　　　　　　　　　　　　　　　제노사이드 너머

작 발표회에서 600억 제작비 대부분이 당시를 고증하는 데 쓰였다고 강조한만큼 무너진 마을의 폐허, 텅 빈 오름의 풍경은 폭력의 잔재를 그림자처럼 내포한다. 아름다운 슬픔으로 포장된 감정의 소품들이다. 이는 영화 <화려한 휴가>와 <택시운전사>를 떠올리게 한다. 폭력을 감동의 프레임으로 번역하는 방식, 즉 '비극의 분위기를 상품화하는 매체 문법'이 작동하기 때문이다. 〈폭싹 속았수다〉는 직접적인 학살 장면이 없음에도 불구하고, 그 결핍 자체를 감동의 장치로 활용한다. 당시를 겪었거나 듣고 자란 제주도민들, 관련 연구자들이 이 작품을 차마 시청할 수 없었던 이유다.

　　제목 '폭싹 속았수다'는 '매우 수고하셨습니다'라는 의미의 제주어이다. 제주의 일상적 인사이자, 이중적 의미를 지닌 언어다. 표면적으로는 삶의 고단함에 대한 따뜻한 위로지만, 그 속에 '살아남은 자들의 죄책감과 체념'이 숨어 있다. 제주 4·3을 기억하는 모든이들에게 이 언어적 흔적은 우회적인 폭력에서 살아남은 안도이기도 하다. 제주에서 '속았수다'는 단순히 "수고했다"가 아니라, "죽을 고비를 넘기며 살아남았다"는 집단적 생존의 언어로도 해석할 수 있기 때문이다. 드라마의 제목 자체가 '비극을 감동의 언어로 포장한 상품명'이 되어버린 셈이다. 이 지점에서 드라마는 제노사이드를 직접 재현하지 않고도 그 고통을 감동의 언어로 소비시키는 매체적 장치로 작동한다. 〈폭싹 속았수다〉의 정서적 리듬은 앞서 언급한 <화려한 휴가>나 <택시운전사>처럼 '슬픔-연민-치유'의 삼단 구조 안에서 순환한다. 한국형 상업드라마의 전형적 감정 메커니즘이기도 한 이 구조는 제주라는 장소성, 1960년이라는 시간성과 결합하면서 제노사이드의 여운을 감상적 위로로 소비하게 만드는 미학적 장치가 된다. 관객은 4·3의 실상을 몰라도, '제주의 한', 혹은 '제주의 슬픔'이라는 감정에 동참함으로써 스스로를 윤리적 소비자로 인식한다. 이 과정에서 제노사이드의 구체적 책임 구조는 사라지고, 감정의 상품만이 남는다.

상대적으로 〈돌들이 말할 때까지〉의 김경만 감독은 폭력을 재현하지 않으면서 침묵 속에서 '증언의 윤리'를 완성한다. 〈폭싹 속았수다〉가 폭력을 말하지 않으면서도 그 침묵을 감동의 서사로 전환하는 것과 대비되는 전략이다. 전자는 침묵을 윤리로 사용하지만, 후자는 침묵을 상품으로 사용한다. 이 차이는 단순히 장르적 차이가 아니라, 매체의 윤리 구조 자체의 차이이다. 〈돌들이 말할 때까지〉의 침묵은 고통의 목격자에게 생각할 공간을 남기지만, 〈폭싹 속았수다〉의 침묵은 관객에게 감정의 여운만을 남긴다. 하나는 질문을 던지고, 다른 하나는 감정을 극대화한다. 고통을 팔지 않지만, 고통의 그림자를 파는 방식이다. 그 부재의 아름다움 속에 내재된 것은, 제노사이드의 현실을 지워버린 자본주의적 매체의 냉정한 논리라고 해석할 수 있다.

4. 〈돌들이 말할 때까지〉 침묵의 윤리와 비소비적 이미지

김경만 감독의 〈돌들이 말할 때까지〉(2022)는 제주 4·3 당시 수형인으로 살아남은 다섯 여성의 증언을 통해 국가폭력의 실체를 복원하는 다큐멘터리다. 그러나 이 영화는 폭력의 직접적 재현이나 자료 영상의 삽입을 철저히 배제한다. 오히려 '이미지를 통해 재현하지 않음'이라는 윤리적 전략으로 관객의 시선을 끊임없이 제어한다. 김경만의 카메라는 피학적 현실 대신 인물의 얼굴을 응시한다. 그 얼굴은 언어 이전의 기억이며, 세월의 주름 속에서 시간과 고통이 겹쳐진 살아 있는 증언이다. 이 얼굴을 응시하는 순간, 관객은 감정의 소비자가 아니라 '역사의 목격자이자 청자(listener)'로 전환된다. 이는 수잔 손탁이 『타인의 고통』에서 제시한 '보는 행위의 윤리'를 충실히 확장한 실천이다. 폭력을 감상하거나 미화하지 않고, 그 부재의 공간에 사유의 침묵을 남겨두는 방식이다.

영화의 오프닝 시퀀스는 동굴 내부에서 열쇠구멍같은 프레임을 통해 바다를 바라보는 시선이다. 이 '동굴의 시점'은 곧 피해자들의 시선이다.[5] 그들은 세상을 볼 수 있지만, 세상이 그들을 보지 못한다. 곧이어 카메라는 밝은 해안가로 나와 거센 파도를 비춘다. 이 전환은 70여 년간의 침묵이 '이제는 말해도 되는 시대'로 이동했음을 시각적으로 상징한다. 그러나 김경만은 이 순간조차 감정의 환희로 처리하지 않는다. 카메라는 여전히 멀찍이 떨어져, 파도의 리듬과 함께 자연의 증언을 듣는 듯 멈춰 선다. 제목 그대로, '돌들이 말할 때까지' 인내하고 기다리겠다는 미학적 실천이다. 인간이 침묵할 때조차 자연은 꾸준히 대신 증언하며 아우성대고 있음을 드러내는 미장센이자 영화적 선언이다.

이 영화의 중심은 다섯 할머니의 얼굴이다. 양농옥, 박순석, 박춘옥, 송순희, 김묘생 등 5명 할머니들은 각자의 언어로 4·3의 기억을 이야기한다. 그들의 증언은 단순한 '정보'가 아니라 감정 이전의 몸의 언어다. 카메라는 이들의 얼굴을 클로즈업 상태에서 롱테이크로 고정한다. 할머니들이 숨을 고르고, 기억을 더듬고, 눈을 감는 순간들이 긴 정적 속에 지속된다. 이 정적이 바로 이 영화의 리듬이다. 감독은 그 리듬을 길게 유지한다. 그 침묵 속에서 관객은 폭력의 구체적 장면 대신 시간의 무게를 느낀다. 다큐멘터리의 윤리적 핵심인 '증언의 거리두기'이다. 감독은 피해자의 고통을 대신 말하지 않으며, 관객에게 그 고통을 상상할 자유와 책임을, 그리서 공백을 동시에 부여한다.

김경만 감독은 4·3을 설명하지 않는다. 대신 상징적 이미지들을 사용한다. 가장 빈번히 등장하는 이미지는 불, 파도, 돌이다. 피해자들의

----

5 이주영, "제노사이드 다큐멘터리 영화 두번째 이야기, 제주4·3 다큐멘터리 <돌들이 말할 때까지>, <레드헌트>", 씨네포커스. 2025.4.21. https://www.youtube.com/watch?v=4LhFhWFSipY&t=102s

육화된 기억이자 '기억의 물질화'로 특히 돌의 클로즈업은 단순한 자연 이미지가 아닌 제주 4·3의 침묵을 시각화한 '비언어적 증언'이다. 돌은 무겁고 말이 없지만, 그 표면에는 시간의 층위가 새겨져 있다. 김경만은 이 돌의 표면을 통해 '기억이 비가시적이더라도 사라지지 않는다'는 이미지의 윤리를 제시한다. 〈돌들이 말할 때까지〉의 인터뷰는 '고통의 재연'을 배제한다. 카메라는 피해자의 눈물에 줌인하지 않으며, 배경음악으로 감정을 유도하지 않는다. 대신 감정이 절정에 달할 때 컷을 멈춘다. 이는 감동의 폭발을 억제하고, 감정이 상업적으로 소비되는 순간을 차단하는 윤리적 선택이다. 이 절제된 연출은 보여주지 않음으로써 더 강력하게 말하는 방식이다. 감독은 관객이 감동을 느끼는 대신 '우리는 이 이야기를 왜 이제야 듣는가'라는 윤리적 불편함을 느끼게 만든다. 이 불편함이 바로 이 영화의 목적이다.

김경만은 기존의 4·3 관련 뉴스릴이나 자료 영상을 거의 사용하지 않는다. 다만 과거 인터뷰와 현재 인터뷰를 병치하여 시간의 층위 속에서 재현의 불가능성을 드러낸다. 20년 전의 젊은 목소리와 현재 노년의 목소리가 서로 다른 감정의 밀도로 공명한다. 이 병치는 단순한 정보 제공이 아니라, 기억의 생존 조건을 시각화하는 미학이다. 그 결과, 〈돌들이 말할 때까지〉는 제노사이드를 '설명하는 다큐멘터리'가 아니라 '기억의 시간성을 기록하는 다큐멘터리'로 자리매김한다. 시간이 흘러도 돌처럼 남는 증언, 그것이 김경만의 윤리다. 이 작품은 감정의 소비를 허락하지 않는다. 카메라는 눈물을 포착하지만, 그것을 감상하게 두지 않고 예의바르게 거리두기를 한다. 침묵을 상품화하지 않기위해 예술적 거리두기를 실천한 것이다. 〈폭싹 속았수다〉가 '비켜간 폭력의 감정을 상품화'한 경우라면, 〈돌들이 말할 때까지〉는 정면으로 마주한 '폭력의 감정해체'다. 전자가 침묵을 감동으로 전환했다면, 후자는 침묵을 윤리적 사유의 공간으로 남긴다. 이 영화에서 제노사이드는 더 이상 이야기의 소재가 아니라, 이미지와 침묵의 윤리적 실험장이다. 관객은 감동하지 않고, 대신 생각한다. 할머니들이 증언하는 시대로 몰입해 들어가 그 당시를 직접화법으로 목격하면서 할머니들의 분노와 공포를 서서히 전유하게된다. 이 차이가 제노사이드 재현의 윤리적 분기점이다.

〈돌들이 말할 때까지〉는 폭력을 재현하지 않으면서도 폭력을 증언하는 '재현 불가능한 재현'의 가능성을 보여준다. 제노사이드를 감정의 소비로 전환하지 않고, 기억의 윤리로 환원시킨다. 따라서 김경만의 다큐멘터리는 보여주지 않음으로써 말하는 예술, 감동을 유발하지 않음으로써 사유를 촉발하는 매체의 윤리를 구현한다. 자본주의 매체가 구축한 감정의 시장 구조에 대한 가장 근본적인 저항으로 읽을 수 있다.

5. 감정의 경제를 넘어, 기억의 윤리로

제노사이드 이후의 예술은 언제나 두 가지 상반된 욕망 사이에서 흔들려왔다. 하나는 기억하고 은폐와 왜곡을 바로잡아보려는 욕망, 다른 하나는 피해자들의 고통을 인정하고 위무하여 감동시키려는 욕망이다. 전자는 윤리의 차원에서, 후자는 자본의 차원에서 작동한다. 현대의 매체는 이러한 욕망의 대립을 완전히 감춰버렸다. 국가폭력과 집단학살은 이제 고발의 언어가 아니라 감정의 서사, 감동의 장르, 위로의 콘텐츠로 재구성된다. 이는 매체가 기억을 상품의 언어로 번역하기 시작한 이후의 변화이다. 〈폭싹 속았수다〉가 보여준 것은 바로 이 감정경제의 구조다. 폭력을 드러내지 않고도, 그 부재의 정서를 감동으로 포장할 수 있는 사회. 즉, 고통을 말하지 않아도 '슬픔의 분위기'가 상품이되는 매체 체계가 온전히 구축된 사회이다. 이것은 오늘날 제노사이드가 매체 속에서 살아남는 방식이며 동시에 망각되는 방식이기도 하다.

제노사이드의 피해자들이 말할 때, 그들의 고통은 곧바로 매체적 형식에 의해 번역되고 감정의 상품으로 전환된다. 〈폭싹 속았수다〉는 바로 이런 번역된 언어를 적극 수용한다. 제주4·3에 대한 인식이 확장되고 유가족들이 세대를 거듭하면서 제주는 4·3을 말하지 않아도, '가슴아픈 사연을 간직한 슬픈 섬'으로 소비되는 위치에 놓여있다. 이는 수잔 손탁이 비판했던 '타인의 고통을 감상하는 시대'의 한국적 변형이다. 감동은 윤리를 대체하고, 위로는 사유를 마비시킨다. 상업적이고 대중적인 예술제작환경은 사유을 건너 뛰고 경제적 교환 가치로 순환된다. 이 구조 속에서 제노사이드는 역사적 비극이 아니라, 감정 체험의 상품으로 퇴화한다.

이에 반해 〈돌들이 말할 때까지〉는 제노사이드의 매체화에 저항하는 새로운 윤리적 언어를 보여준다. 김경만의 카메라는 고통을 재현하지 않고, 침묵과 정적을 통해 사유의 공간을 남긴다. 이 영화의 윤리는 '보여주지 않음'의 미학이다. 폭력을 말하지 않음으로써, 감정의 소비를 막고 기억의 책임을 관객에게 돌린다. 감동의 경제가 아니라 기억의 윤리를 작동시키는 대표적 작품이다. 침묵은 여기서 회피가 아니라 증언이다. '돌들이 말할 때까지'라는 제목이 말하듯, 언어가 부재한 자리에서조차 기억은 살아 있다. 그 기억은 자본화될 수 없고, 상품화될 수 없으며, 오직 공유될 수 있는 윤리적 관계성으로만 지속된다.

〈폭싹 속았수다〉와 〈돌들이 말할 때까지〉는 모두 4·3을 직접적으로 다루지 않거나, 혹은 직접적으로 다룬다. 그러나 두 작품의 차이는 단순한 '다룸의 여부'가 아니다. 그 차이는 매체가 폭력과 감정을 다루는 방식에서 비롯된다. "아우슈비츠 이후 시를 쓰는 것은 야만이다"라는 아도르노의 성찰은 '예술이 스스로의 윤리를 되묻지 않으면 또 다른 폭력의 공범이 된다'는 사실을 경고한 것이다. 〈폭싹 속았수다〉와 〈돌들이 말할 때까지〉의 비교는 바로 이 경고의 현대적 재해석으로 볼 수 있다. 매체가 감동을 만들기 위해 폭력을 비켜간다면, 그 감동은 결국 윤리의 부재를 미학으로 포장하는 일이 된다. 따라서 예술의 윤리는 감동을 만들어내는 것이 아니라, 감동을 멈추는 용기에서 비롯된다. 이 멈춤의 순간에 기억은 감정의 상품이 아니라 사유의 책임으로 변모한다. 이것이 제노사이드 이후 예술이 도달해야 할 윤리의 자리이다.

이 글은 〈폭싹 속았수다〉와 〈돌들이 말할 때까지〉를 중심으로 오늘날 매체가 제노사이드를 다루는 두 가지 상반된 경향을 분석했다. 하나는 폭력의 부재 속에서 '감정의 소비를 유도'하는 비켜간 재현의 매체, 다른 하나는 '감정의 소비를 거부하며 침묵으로 증언'하는 비소비적 다큐멘터리이다. 이 두 경향의 간극은 단순한 형식의 차이가 아니라 예술의 윤리와 자본의 논리 사이의 균열이다. 따라서 제노사이드 이후의 매체는 더 이상 "얼마나 감동적인가"로 평가받아서는 안 된다. 그것이 얼마나 윤리적으로 침묵할 수 있는가, 얼마나 폭력을 감상 대신 사유의 언어로 전환할 수 있는가가 새로운 미학의 기준이 되어야 한다. '감정의 경제를 넘어, 기억의 윤리로'라는 이 짧지 않은 글의 결론은 제노사이드를 다루는 모든 예술과 매체에 대한 요청이기도 하다. 말하지 않음으로써 말하고, 감동시키지 않음으로써 사유하게 하며, 기억을 상품이 아닌 공존의 언어로 되살리는 것, 그것이 이 시대 예술의 윤리적 과제이다. ▫▪

소설 : 이것은 전쟁이 아니다

-후삼 마루프에게

김이정

김이정 : 소설가. 장편소설 『유령의 시간』 등

　　당신의 글을 읽은 것은 능소화가 흐드러진 여름밤이었다. 저녁을 먹고 나온 밤, 나는 천변을 걷고 있었다. 매일 밤 천변길을 걷는 게 내겐 매우 중요한 일이었다. 당뇨가 경계에 와 있다고, 무엇보다 운동을 하라는 의사의 소견에 따라 나는 매일 저녁식사 후 한 시간 넘게 걷곤 했다. 그 정도의 처방으로 당뇨약을 피할 수 있다면 어려운 일이 아니었다. 하지만 낮 기온 36도, 밤에도 28도의 습한 여름에 한 시간 이상 걷는 일은 제법 인내심이 필요했다. 레지던스로 한 달 째 머물고 있는 도시 전주는 그런 면에서 맞춤한 조건이었다. 오래된 도시가 갖고 있는 정취와 처음 머물게 된 곳에 대한 호기심이 더해 지루함을 덜어주었다.

　　전주천변 한옥마을 옆길을 따라 걷다 보면 능소화가 만발한 한옥이 나왔다. 기와를 올린 담장과 대문 위로 능소화가 샹들리에처럼 매달려 있는 집이었다. 기와담장을 따라 켜진 낮은 조도의 불빛과 주황빛 가로등이 한데 어우러져 핀조명처럼 꽃을 비추게 한 주인의 감각이 빼어났다. 긴 전주천을 따라 뻗은 천변길은 시장과 한옥식당, 공연장과 고목들까지, 풍경이 다양했지만 나는 언제나 그 집 앞을 빼놓지 않고 내 안의 호사 취미를 즐기곤 했다.

　　능소화에서 눈을 떼지 못한 채 한참을 서성이고 있을 때였다. P의 톡이 왔다는 알람이 떴다. 아시아의 문학을 함께 읽는 모임 단톡방이었다. 인스타에서 본 글이라며 링크가 걸려 있었다. 나중에 숙소에 가서 봐야지, 하다가 나는 핑계김에 잠시 쉬며 땀을 식히기로 했다. 그 순간에도 능소화가 잘 보이는 벤치를 골라 앉았다. 전날만 해도 빼곡히 매달렸던 꽃들이 제법 떨어져 바닥이 붉었다. 모가지째 툭툭 떨어지는 능소화는 볼 때마다 투신의 장면이 떠올랐다.

　　P의 톡은 한 번역가가 직접 번역해 올렸다는 글이었다. 안경이 없어 불편했지만 눈을 찡그리고 한글파일을 열었다. 팔레스타인 작가의 글이라는 코멘트가 달려 있다. 순간 온몸이 긴장된다. 며칠 전 본 뉴스가 떠

올랐기 때문이다. H가 보내온 뉴스였다. 거대한 우리에 갇힌 듯 도시 한쪽에 고립된 팔레스타인 사람들이 구호식량을 실은 차로 몰려들었는데 이스라엘이 그곳에 폭격을 가해 백여 명이 넘게 죽었다는 기사였다. H는 악마들이란 댓글을 붙여서 보내왔다. 전쟁이 시작된 후 처음엔 폭격을 피해 줄지어 떠나는 피난민들의 행렬을 보았다. 몇 달 전부터는 환자들과 피난민들이 몰려있는 병원이 공격을 받았다는 소식과 함께 가자 바깥으로 나갈 수도 없이 고립돼 있다는 뉴스가 전해졌다. 언젠가부터는 구호품을 실은 차마저 막아버려 먹을 게 없다는 소식도 들려왔다. 처음엔 뉴스와 영상을 일일이 찾아보다가 빈도가 뜸해지기 시작했다. 아니 가능하면 외면하고 싶었다. 피난민 행렬을 향해 폭격을 퍼붓고, 굉음을 내며 부서지는 건물들과 사람들이 피 흘리는 장면을 더는 보고 싶지 않았다. 나이가 드니 고통을 견디는 힘도 점점 약해졌다. 국내 상황도 만만치 않았던 터라 먼곳의 소식까지 신경 쓸 겨를이 없었다. 난데없이 계엄을 선포한 대통령 때문에 몇 달째 긴장과 불안을 멈추지 못한 채 지내는 나날이었다. 나는 H에게 '악마 맞아', 간단히 답글을 보냈다.

언젠가부터 SNS에 들어갈 때마다 뜨는 사진들이 있었다. 씻기는커녕 먹을 물도 모자란 곳에서 헝클어진 머리로 냄비를 들고 절규하는 사람들. 그러나 난 그때마다 한번 훑어보곤 곧 외면했다. 세상에 굶는 사람들은 팔레스타인 말고도 아프리카에도 많지 않던가. 아니 전쟁은 우크라이나에서도 여전히 지속되고 있지 않던가. 무력한 내가 세계 각처에서 일어나는 모든 전쟁과 기아에 대해 도대체 무엇을 할 수 있단 말인가. 냉소가 아니면 자신을 지키기도 쉽지 않은 시절이란 게 핑계가 돼 주었다.

나는 냉소를 갑옷처럼 입은 채 당신의 글을 읽기 시작했다. 팔레스타인 작가, 후삼 마루프의 글이라 했다. 후삼 마루프, 처음 듣는 작가였다. 아니 겨우 대여섯 편의 팔레스타인 시와 소설을 읽어본 내가 당신의 이름을 처음 듣는 것은 당연한 일이었다. 당신 역시 내 이름은커녕 대한 민국이란 나라가 정확히 어디에 있는지도 모를 수도 있는 일이었다. 아니 팔레스타인에 대한 나의 관심은 조금 다르긴 했다. 15년 전 몇몇 작가들과 함께 팔레스타인에 가 볼 기회가 있었는데 나는 결국 가지 못했다. 남편의 사업이 파산을 선고한 직후여서 포기할 수밖에 없었던 게 두고 두고 아쉬웠다. 하여 내 관심은 좀더 각별할 수밖에 없었다.

후삼 마루프, 당신의 이름을 낮게 중얼거리며 파일을 읽기 시작했다. 그때 내가 앉은 벤치 앞으로 독일어를 쓰는 젊은 남녀가 커다란 배낭을 메고 지나갔다. 한옥마을 덕에 외국인 관광객들이 많은 도시다보니 낯설지 않은 풍경이었다. 밤늦게 도착한 여행자들인 모양이었다. 숙소를 찾는지 그들은 휴대폰에서 눈을 떼지 못한 채 걸었다. 순간 당신이 있다는 가자도 저들이 떠나온 독일의 어느 곳과 다르지 않은 한 도시로 느껴졌다. 베를린이나 암스테르담 혹은 이스탄불처럼 언젠가 비행기표를 사서 훌쩍 날아갈 수도 있는 곳. 아니 가 보지 못한 곳이어서 더 호기심이 큰 도시였다. 나는 당신의 이름을 머릿속에서 그리며 작은 폰화면 속 당신의 글을 읽기 시작했다.

당신은 자신에게 글쓰기는 세상을 향한 창이 아니라 자신을 향한 창이라는 문장으로 시작했다. 유일하게 숨 쉴 수 있는 공기 같은 것이라고. 공감이 갔다. 나 역시 자신이 누구인지, 아니 내 안에 차오른 말들을 정리하기 위해 독백과 같은 숨들을 내뱉으며 글쓰기를 시작하지 않았던가. 타인과의 소통 이전에 자신 속에서 엉켜버린 말들이 다급하여 시작한 글쓰기. 내 생각과 다르지 않은 문장에 공명했다. 자신의 언어는 세상을 향한 창이라고 자신있게 말하는 사람들을 나는 경계하고 의심했다. 때론 과장이거나 위선일 수도 있다는 의심이 먼저 들었다. 무엇보다 자신을 향해 진실할 때 세계와 만나는 지점도 생기지 않던가. 나는 내

맘대로 당신의 글을 받아들였다.

당신은 이어서 말했다. 그런데 어느 날부터 그 목소리를 잃어버렸다고. 그것은 전혀 예상치 못한 일이었다고. 그 역시 충분히 이해가 됐다. 언젠가부터 소설 쓰기가 점점 어렵다는 생각이 들기 시작해 때론 두렵기도 했다. 내 목소리가 진심일까, 모두 인정한 당위를 편안히 내 것이라고 믿는 건 아닐까. 자주 회의와 의심, 자괴감에 휩싸였다. 내 안의 진실한 목소리는 점점 사라지고 타인들의 시선에 더 신경을 쓰고 있는 것은 아닐까, 자신을 의심하고 또 의심하고 있었다. 점점 입을 다물었고 급기야는 내 목소리가 전부 가짜처럼 생각될 때도 있었다. 바람에 능소화 송이가 흔들리듯 고개를 끄덕이며 다음 문장을 읽었다.

그런데 당신은 목소리를 잃어버렸다는 문장에 이어서 갑자기 되물었다.

왜냐고? 배가 고파서.

단 한 줄이었다. 당황스러웠다. 뭔가 그럴듯한 이유가 나올 줄 알고 읽다가 무방비상태로 크게 얻어맞은 기분이었다. 이토록 단순하면서도 직접적인 문장이라니. 헤머로 뒷머리라도 맞은 듯 둔중한 울림이 전신으로 번졌다.

배가 고파서.

다시 한번 속으로 되뇌어보았다.

배가 고파서.

당신에게 닥친 위기란 결코 관념적인 문제가 아님을 그제야 깨달았다. 허기나 공복감이라 말하기도 적절치 않은, 배가 고파서. 그 짧은 문장은 방금 전 한옥 담장의 능소화를 보며 내뱉은 내 감탄을 무색하게 했다. 아니 능소화에 마음을 빼앗겼던 내 눈길조차 참담하게 했다. 나는 허리를 곧추세우고 자세를 고쳐 앉았다.

당신은 2025년 3월부터 굶주리기 시작했다고 고백했다. 글을 쓴 게 언제인지 정확히 알 수 없지만 내겐 이미 5개월 전이었다. 온몸이 조여오는 기분이었다. 굶주림, 나는 당신이 말한 그 굶주림이 어떤 것인지 모른다. 당신이 말한 '내장에서 시작되어 뇌까지 기어올라가는 압도적인 마비의 감각'이라는 것이 무엇인지 나는 한 번도 경험해 본 적이 없었다. 기껏 한 끼 혹은 두 끼, 어쩌다 장염이나 위염이 걸렸을 때 하루 정도 굶어본 적은 있었다. 아니 언제가 내 인생이 쓰레기통에 처박혀 버렸다고 느낀 저녁부터 한 사흘 누워서 물만 마시며 보낸 적도 있었다. 그때 나는 기력을 다 잃은 채 누워 있었지만 뱃속이 텅 빈 느낌보다 내 안의 패배감과 자학 때문에 몸의 허기에는 집중할 수가 없었다. 나의 굶주림은 어떤 감정이나 관념 혹은 시위의 수단일 뿐이었다. 그런 내가 당신의 굶주림에 대해 어찌 안다고 할 수 있겠는가. 한 끼만 굶어도 큰일이 날까봐 허겁지겁 먹을 것을 처넣을 줄만 아는 내가 어찌 내장에서 시작되어 뇌까지 기어올라가는 압도적인 마비의 감각을 경험할 수 있었겠는가. 하루종일 거리를 헤매서 운 좋게 구한 렌틸콩 통조림이나 참치캔 하나를 품에 넣고 와서 가족들과 나눠 먹어야 하는 당신의 굶주림을 어찌 안다고 할 수 있겠는가. 단백질이 필요하다는 생각에 무더위에도 순대국집에 가서 뜨거운 국을 한 그릇 남김없이 비우고, 부른 배를 다스리기 위해 양팔까지 휘저으며 걷기에 열중했던 내가 어찌 당신의 굶주림을 짐작이나 하겠는가.

아니 나는 낮에도 농협 하나로마트에 가서 유기농 토마토와, 무농약 오이, 저농약 복숭아를 한 봉지씩 골라 담으며 그 싱싱한 야채와 과일들이 풍기는 상큼하고 달큰한 향을 얼마나 즐겼던가. 100% 국산콩으로 만들었다는 두부와 무항생제 닭고기, 방목해 키운 닭이 낳았다는 난각번호 1번의, 노른자가 탱글탱글한 계란을 사들고 오며 자신의 건강한 소비가 얼마나 만족스러웠던가.

그런 내가 당신이 언제 어디서 날아올지 모르는 총구를 피해 가자의 부서진 잔해들을 헤치고 걸었던 골목과 종일 헤매고 다녀도 밀가루 한 봉지를 구하지 못해 낙담한 채 돌아갔을 그 발길을 어찌 짐작이나 할 수 있겠는가. 다섯 달 넘게 하루 한 끼, 그것도 렌틸콩 하나로 떼운 몸으로 부서진 도시의 구석구석을 뒤져 겨우 구한 물을 가슴에 품고 돌아오는 당신의 텅 빈 가슴을 상상이나 할 수 있겠는가.

갑자기 한 시간 전에 먹은 순댓국이 역한 냄새를 풍기며 속에서 거품이 일어났다. 피순대의 짙은 암적색 거품이 부글거리며 역류하는 기분이었다. 나는 벤치 주변을 서성이며 부글거리는 속을 가라앉혔다.

속은 쉽게 가라앉지 않았다. 난데없이 어디선가 음식냄새가 몰려왔다. 늦은 밤이어서 음식점들은 이미 문을 닫았고 남천교 중간에 들어선 커다란 누각 청연루엔 젊은 친구들 몇이 마룻바닥에 앉아 맥주캔을 나누고 있었다. 내가 지나올 때만 해도 음식 냄새는 나지 않았다. 어디서 나는 걸까. 나는 갑자기 몰려오는 온갖 음식 냄새에 질식이라도 할 것 같다. 한 주 전에 먹은 양고기 냄새까지 역류하듯 올라왔다.

모처럼의 가족외식이었다. 취직하자마자 독립한 아들이 밥을 사주겠다고 했다. 노모까지 모시고 간 곳은 양고기 식당이었다. 내가 사는 지역에선 제법 고급 레스토랑이었다. 구순이 넘은 노모는 한번 가 본 적이 있는 곳인지라 식당 분위기에 맞춰 검정 원피스에 진주목걸이까지 걸치고 나섰다.

고기를 구워주는 종업원은 유난히 친절했다. 대학생이거나 그 또래의 젊은 여성이었다. 이건 늑간살입니다. 청년이 익은 고기를 잘라 불판 위에 올려주었다. 노모를 위해서는 더 잘게 잘랐다. 시즈닝을 어떻게 한 것인지 고기는 소고기 안심만큼 부드럽고 냄새 하나 나지 않았다. 이건 프렌치렉입니다. 그녀가 뼈에 붙은 고기를 하나씩 건네주었다. 뼈의 끝부분을 갈색 휴지로 감싸 건네는 디테일한 서비스가 돋보였다. 고기는 가슴 쪽 갈비로 육질이 부드럽고 풍미가 깊은 최고급 부위라고 했다. 겉은 바싹 구웠으나 속은 촉촉한 갈비살을 씹자 육즙이 입 안 가득 퍼지며 육향이 온몸으로 번졌다. 고기를 다 먹자 디저트로 우유튀김이 나왔다. 부드럽고 고소한 맛이 뇌 속의 세로토닌을 폭발시켰다. 유난히 큰 창으로 보이는 짙푸른 숲이 정서적 포만감까지 주었다.

당신, 한 주전에 먹은 양고기의 육즙이 흡수가 끝난 몸의 근육을 빠져나와 식도를 타고 역류하는 느낌을 아는가. 모처럼 아들이 사준 식사 한 끼를 이토록 죄책감에 휩싸여 고백할 수밖에 없는 나의 교활함을 당신, 혹 눈치채진 않았는가. 하지만 당신의 말라붙은 장기가 내 몸의 근육들까지 저미는 이 혼란은 또 어찌해야 하는지, 뒤죽박죽이 돼 버린 감정들이 소용돌이쳤다. 능소화는 이미 빛을 잃었고 나는 망연자실 주저앉아버렸다.

'배가 고픈데 어떻게 글을 쓰지?'
당신의 목소리가 환청처럼 반복해 들려왔다.

의자에 앉아 당신의 글을 계속 읽었다. 당신은 또 물었다. 건물 잔해 밑에 시신들이 누워있는데 문장들을 쌓아 올리는 일이 무슨 의미가 있냐고? 아니 당신을 계속 굶겨 죽이려는 이 세상에서 아름다움과 사랑에 대해 쓰는 게 무슨 의미가 있냐고. 어깨가 풀썩 내려앉고 깊은 한숨이 새나왔다. 방금 전까지 능소화를 쳐다보던 탐욕스런 내 눈길을 당신이 지켜보고 있기라도 한 기분이었다. 나는 글을 읽다말고 주위를 두리번거렸다. 세상은 무심하기 짝이 없는 표정으로 저마다 분주했다. 나는 당신의 글을 계속 읽을 수밖에 없었다. 작은 휴대폰 안에서 당신이 비명을 지르고 있었기 때문이다. 당신은 지금까지 '추방된 삶의 한가운데서, 굉음을 내는 폭탄들 아래서, 잃어버린 아이들에 대해, 수의도 없이 죽은 사람들에 대해, 먼지로 변해버린 집들에 대해' 썼다고 고백했다.

얼마 전, 폐허가 된 가자를 찾아본 적이 있었다. 가자의 부서진 건물

들 사이를 날 듯이 뛰어다니는 아이들이 나오는 다큐영화를 보고 돌아
온 밤이었다. 10대 아이들이 폭격으로 부서진 건물들 사이를 고양이처
럼 뛰어다니고 있었다. 파쿠르라고 했다. 아무런 장비 없이 건물을 기어
오르거나 건물과 건물 사이를 뛰어다니는 익스트림 스포츠. 아이들은
부서진 쇼핑센터와 공항건물들 위에서 뛰어내리고 부서진 기둥 사이를
건너다녔다. 한때 사람들이 몰려 계단을 오르기 힘들었을 화려한 건물
로비에 새끼 고양이처럼 사뿐히 내려앉았다. 마치 파쿠르를 위해 건물이
부서지기라도 한 것처럼 그들은 폐허가 된 건물들 사이를 춤추듯 건너
뛰었다. 영화가 끝날 즈음, 건물 사이를 뛰어다니는 아이들을 보며 파쿠
르는 부서진 건물에 대한 애도의 의식 같다는 생각이 들었다. 한때 바나
나와 올리브, 빵과 계란을 산처럼 쌓아놓았던 쇼핑센터와 먼곳에서 날
아온 비행기가 내려앉고 사람들이 여행가방을 들고 게이트를 찾던 공항
의 기억을 어루만지는 춤 같았다, 파쿠르는.

하지만 그날 밤 찾아본 가자는 파쿠르마저 불가능한 곳이 돼 있었
다. 파쿠르는 적어도 기둥과 벽, 바닥이 남아 있어야 할 수 있는 스포츠였
다. 그런데 현재 가자라고 올라온 영상은 기둥 하나 남지 않고 산산이 부
서져 내린 건물들의 잔해가 무덤처럼 쌓여 있었다. 무너진 건물들 사이
로 원래의 도로였을 길이 사막처럼 하얗게 보였다. 부서진 건물들 사이
를 한 남자가 휘적휘적 걸어가고 있었다. 튀어나온 철근들이 어쩌다 보
일 뿐 벽돌 크기로 산산이 부서진 건물들은 잔해조차 찾기 어려웠다. 사
람이 살고 있었다는 흔적조차 찾기 어려운 재의 도시였다. 나무나 풀조
차 보이지 않았다. 잠시 후 한 아이가 각목 하나를 어깨에 얹은 채 어디
론가 바삐 걸어갔다. 파쿠르를 하던 아이들은 모두 어디로 갔을까. 그 아
이들은 모두 무사할까. 아이들의 소식이 참을 수 없이 궁금했다.

그날 밤 나는 기어이 그 아이들을 찾아내기라도 하겠다는 듯 2년 전
의 가자를 검색해 보았다. 누군가 2년 전과 전쟁 후의 같은 거리를 나란

히 비교해 올려놓았다. 전쟁 전, 도시의 로터리와 양쪽 차선 한가운데에 길게 조성된 공원엔 초록색 나무들이 무성했다. 유난히 흰 색이 많은 높고 낮은 건물들 너머로 바다가 보였다. 지중해였다. 지금은 바다마저 그들에 의해 막혀버렸다는 소식이 들려왔다. 2년 전의 풍경이라고 믿을 수 없을 만큼 평화로워 보였다. 신화처럼 아득했다. 그곳에 사람들이 살고 있었다는 걸 믿을 수 없을 정도로, 폐허라는 말조차 사치스러울 정도로 부서진 도시. 당신이 말한 '수의도 없이 죽은 사람들'이 살던 집을 무덤삼아 잠들어 있었다. '먼지로 변해버린 집들'은 수사가 아니라 생생한 현실들이었다. 그때 무게가 느껴지지 않던 걸음걸이의 그 남자가 혹시 당신은 아니었는가, 후삼 마루프.

굶주림은 당신의 기본적인 능력들을 박탈해 나간다고 했다. 집중력, 인내심, 감정 그리고 말하고자 하는 욕망 같은 것들을. 생각은 사치가 되고 말들은 품고 있기에는 너무 무거운 짐으로 변해버린다고. 그리하여 당신은 인간의 이 연약함을, 머릿속이 어떻게 무너져가는지를 글로 써보기로 했다고.

인간이 얼마나 연약한 존재인지는 나 역시 모르지 않았다. 한때 세상의 모든 짐을 떠맡을 수 있을 것처럼 자신만만하던 사람들이 얼마나 힘없이 무너져내리는지 나 역시 수없이 보아오지 않았던가. 그러나 그 무너지는 지반이 생존의 최소 조건인 먹을 것이라면, 그것도 타의에 의해 강제로 굶겨죽임을 당하는 것이라면 그것은 다른 문제가 아닌가.

언젠가 여행 프로그램에서 당신들을 가두고 있는 벽들을 본 적이 있었다. 어떤 사람도 기어오르기 어려운 견고하고 드높은 벽. 그 벽은 당신들을 지붕이 없는 거대한 감옥의 수인으로 만들어버렸다. 당신의 조상들이 오랜 세월 살아온 땅을 빼앗은 그들은 서안과 가자, 두 도시로 당신들을 우리의 짐승처럼 몰아넣은 후 그것도 모자라 거대한 벽을 쌓았다. 그들의 허락이 없이는 어디로도 갈 수 없는 사람들이 돼 버린 당신들은 세계 최대의 감옥에 갇힌 수인들이었다. 그것도 굶겨죽임을 당하고 있는 수인들이라니, 나는 벌떡 일어나 바닥에 떨어진 능소화 한 송이를 발로 짓뭉게버렸다. 치솟는 분노를 가라앉히기엔 역부족이지만.

후삼 마루프, 나는 이쯤에서 다시 물을 수밖에 없다. 도대체 누가 그들에게 당신들을 쫓아내고, 가두고, 심지어 굶겨죽일 권리를 주었단 말인가? 당신들을 생각할 때마다 맞닥뜨리는 질문이다. 왜 그들은 2천년 만에 찾아와 여긴 내 땅이니 내놓으라고 요구했단 말인가? 2천년 동안 평화롭게 올리브나무를 키우고 살던 사람들에게 왜 총부리를 겨누고, 탱크를 몰고 와 집을 부수고, 미사일을 쏘아 학교와 병원을 부순단 말인가? 왜 당신들의 올리브농장으로 가는 길을 막고 그 농장을 차지해 버린단 말인가. 아니 조상 대대로 내려온 올리브농장에 포크레인을 몰고 와 나무를 뿌리까지 다 뽑아놓는단 말인가. 갑작스런 침공에 보따리조차 챙기지 못한 채 집을 떠나온 사람들은 겨우 들고나온 열쇠의 녹이 더께가 지도록 난민촌에서 평생을 살아가야 한단 말인가. 난민촌에서 늙어버린 부모들은 떠나올 때 잠그고 온 녹슨 열쇠를 자식들에게 물려주고 죽을 수밖에 없단 말인가. 왜 그들은 당신들의 마을 한가운데까지 쳐들어와 당신들의 이웃과 사촌들이 모여 있던 마을을 갈라놓고 소위 정착촌을 만들어 당신들을 고립시킨단 말인가. 아 정착촌이라니, 마치 당신들을 위한 마을 같은 그 이름의 정체를 나는 최근에야 알고 말았다. 당신들의 남루한 집들을 비웃고, 고립시키기 위해 마을을 가로지르며 교묘하게 파고든 그들의 호화스런 집들. 그들은 새로 점령한 그 땅에서 빼앗은 올리브 열매를 먹고 그것으로 짠 오일로 향기로운 음식을 즐기고 있으리라.

언젠가 당신의 동료 작가 한 사람이 서울을 방문한 적이 있었다. 그

때도 팔레스타인은 늘 전쟁 중이라고 생각할 만큼 불안한 곳이었지만 지금 생각하면 평화롭기 짝이 없는 시절이었다. 뜻밖에도 그가 올리브 오일과 화덕에 구운 빵을 가져왔다. 홍대 근처 작은 술집에 모여 앉은 우리는 그가 가져온, 구수한 향이 나는 빵을 뜯어 갓 짠 올리브오일에 찍어 먹었다. 혹시 내가 많이 떼어 다른 사람이 먹을 게 모자라지 않을까 서로 눈치껏 조심스럽게 빵을 뜯어 술집 주인이 갖다준 작은 접시에 덜어낸 올리브오일을 듬뿍 찍어 먹었다. 당신의 혀는 기억할 것이다. 금방 짠 올리브오일이 입안을 코팅하듯 감싸며 번지는 부드럽고도 고소한 향기를. 처음 먹어본 그 오일은 내가 지금도 바로 떠올릴 수 있을 만큼 강렬한 향으로 남아 있었다. 고급 오일이라고 친구가 이탈리아 여행에서 사다 준 값비싼 올리브오일도 그 향과 빛깔을 따라갈 수는 없었다. 당신의 친구일지도 모를 그 작가는 아버지가 키운 올리브 나무에서 딴 열매로 직접 기름을 짜서 빈 병에 담아 왔다고 했다. 그때 올리브오일이 모두 공장이 아닌 집에서도 짤 수 있는 것이란 걸 새삼 깨달았다. 왜 그렇지 않겠는가, 나의 노모는 지난해에도 내가 구례장에서 사온 참깨를 들고 시장에 가서 참기름을 짜오지 않았던가. 당신들 역시 올리브기름을 짜는 건 2천년 넘게 내려온 전통일 것이다.

후삼 마루프, 당신의 할아버지가 심었던 올리브 나무는 지금 어디에 있는가. 당신의 아버지가 키우던 올리브 나무는 지금 어디에 있는가. 당신이 작은 손으로 열매를 땄던 그 향기로운 나무는 지금 누구의 것이 돼 있는가. 아니 그때 올리브오일과 화덕에 구운 빵을 가지고 왔던 유쾌한 표정의 그 젊은 작가는 지금 어디에 있는가. 이름조차 잊어버린 그 작가의 안부가 궁금해 나는 미칠 것만 같았다. 그는 새벽 2시까지 술을 마시고도 자세가 흐트러지지 않던 사람이었다.

고백하자면 나는 당신들을 생각할 때마다 혼란스럽기만 했다. 아니

인간이란 무엇인가 묻지 않을 수 없었다. 이럴 때마다 내가 읽고 보았던 홀로코스트 문학과 영화들이 먼저 떠올랐다. 『이것이 인간인가』. 홀로코스트 당시 아우슈비츠에서 겨우 살아남은 화학자 프리모 레비의 기록들을 읽으며 파시스트들의 잔혹함에 얼마나 치를 떨었던가. 아니 영화에서 가스실로 끌려가는 마른 몸의 여자들을 보며 얼마나 울었던가. 그런데 아우슈비츠에서 간절히 먹고 싶었던 빵 한조각과 따뜻한 스프를 그들의 아들이, 손자가 당신들의 밥그릇을 빼앗고, 차고, 그것도 모자라 마땅히 입안에 들어가야 할 모든 것들을 차단시키고 있었다. 자신들이 당했던 방식 그대로 게토를 만들어 당신들을 고립시키고 굶겨 죽이고 있었다. 아니 누군가는 인종청소라고도 했다. 이것이 인간이란 말인가, 탄식처럼 그들에게 되묻지 않을 수가 없었다.

드레퓌스 사건을 읽었던 스물세 살의 가을밤이 떠올랐다. 친구를 만난 종로의 한 서점에서 제목만 보고 골랐던 책이었다. 에밀 졸라의 『나는 고발한다』. 은행나무잎이 샛노랗게 물들었던 그날 밤, 나는 세수도 미처 하지 못하고 책을 잡았다가 새벽까지 꼬박 읽을 수밖에 없었다. 새벽 공기라도 마시지 않으면 속에서 무언가 폭발할 것 같아 나간 버스정류장엔 벌써 공단으로 출근하는 내 또래의 여성들이 버스에서 내려 무리를 지어 공단으로 들어가고 있었다. 수출산업공단으로 들어가는 길이 내가 사는 시영아파트 바로 앞이었다. 저 길로 저들과 함께 가는 게 내 자리가 아닐까, 고민하던 시절이었다. 그러나 그 책은 나를 더 그 길과 멀리 떨어뜨리고 있었다. 도대체 인간은 왜 이토록 잔혹한 것인가. 그날 새벽, 그 책은 나로 하여금 공단 대신 공부를 해야겠다는 결심을 하게 만들었다. 인간에 대해 공부를 하고 싶다는 욕망을 일깨워준 책이었다.

그런데 당신들의 집을 부수고 병원을 골라 폭탄을 퍼붓고 언론인들을 겨냥해 총과 폭탄을 터트리고 심지어 어린아이들의 머리를 향해 총을 쏘아대는 그들이 그때 나를 그토록 분노케 했던 사건의 희생자들였

         제노사이드 너머

다는 말인가. 아니 당신이 다섯 달째 먹을 게 없어 비명을 지를 수밖에 없게 만든 이들이 바로 그들이란 말인가. 나는 여전히 당황스럽기만 했다. 영화를 보며 눈물을 쏟고 책을 읽으며 분노했고 인간에 대해 절망케 했던 그들이 바로 얼굴을 바꾸어 가해자가 되어 오늘은 당신들을 굶겨 죽이고 있지 않은가. 도대체 인간은 왜 이토록 나아지지 않는단 말인가. 땀이 식은 얼굴로 열기가 치솟았다. 열이 오르면 유난히 붉어지는 체질인데 밤이어서 다행이었다.

남천교 위에 세워진 청연루의 불빛이 환했다. 버스킹을 하는 청년 둘이 기타를 치며 노래를 부르고 있었다. 너무 아픈 사랑은 사랑이 아니었음을… 흰 원피스를 입은 젊은 여성 세 명이 버스커들에게서 눈을 떼지 못한 채 노래를 듣고 있었다. 자전거를 타고 지나가던 중년 남성도 땀을 식히는지 한쪽 다리를 자전거에 걸친 채 서 있었다. 다리 반대편에서 커플 반바지를 입은 남녀가 손을 잡고 다가왔다. 하천을 훑고 온 바람이 선심을 쓰듯 내 몸을 스쳐 지나갔다. 매일 밤 지나가며 보던 이 평화로운 밤의 풍경이 갑자기 기이하게 보이기 시작했다. 무엇이 잘못된 걸까. 그곳에서 지금도 주린 배를 움켜쥐고 혼미한 정신을 놓지 않기 위해 온힘을 다하고 있을 당신. 나는 이곳의 평화가 가상현실처럼 낯설기만 했다. 나는 앉아있던 벤치에서 일어나 발걸음을 옮겼다. 어긋나버린 세계의 틈 속을 걷는 기분이 들었다. 등 뒤로 능소화가 우수수 지고 있었다. 내 눈은 더 이상 그 꽃들을 바라볼 수가 없었다.

며칠 전 보았던 사진들이 떠올랐다. 아이는 갈비뼈가 남김없이 드러나 있었다. 오직 피부와 뼈만 남은 아이였다. 비쩍 마른 엄마의 품에 안긴 아이에겐 더러운 검정 비닐봉지가 기저귀 대신 채워져 있었다. 나는 그 사진을 몇 번이나 외면했다 다시 보고 다시 외면했다. 튀어나온 아이의 날카로운 뼈가 내 심장을 찔렀다. 나는 눈을 질끈 감고 그 사진을 꺼버렸다. 아이의 사진을 끄자 다른 사진이 폭탄처럼 또 올라왔다. 구호품을 실은 트럭에 올라탄 청년들이었다. 손목뼈가 다 드러나는 청년들이 구호트럭에 송곳 하나 꽂을 틈도 없이 빽빽이 붙어 있었다. 아마도 달리는 트럭일 것이다. 목숨을 건 질주였다. 폐허가 된 지상을 서성이던 사람들이 개미떼처럼 몰려들어 서로 깡통 하나라도 더 차지하기 위해 싸우거나 그마저도 힘 있는 자들이 몰려들어 차지하고 남은 찌꺼기가 운 좋은 사람들에게 부스러기를 줍듯 한 두 개 얻어걸릴 것이다. 아니 난장판 속에서 떨어진 국수 부스러기를 찾기 위해 모래 속을 뒤지게 될 것이다.

문득 서울의 대학원에서 공부하고 있는 한 팔레스타인 여학생의 이야기가 떠올랐다. 2차 인티파다 때 그녀의 이모 이야기라고 했다. 먹을 것이 없어 굶주린 그녀는 패닉 직전이었다. 굶주림이 더 진행되면 신경계까지 모두 망가질 위기에 직면한 그녀는 몸에 뭐라도 넣어줘야 할 상황이었다. 그때 벌레가 생긴 렌틸콩 한 캔이 들어왔다. 이미 상해버린 콩은 시커멓게 변했지만 그녀는 버릴 수가 없었다. 아니 그토록 간절히 찾던 음식에 대한 예의로 상한 콩에 향신료를 듬뿍 넣어 요리했다. 먹으면 배탈이 날 줄 뻔히 알면서도 그녀는 정성껏 요리한 콩을 먹었다. 자신의 뇌가 오래 잊고 있던 음식이 들어오는 걸 인지하는 게 중요했고, 그렇게라도 자신의 생을 지키는 것이 우선이었다. 예상대로 배탈이 났지만 그래도 상한 요리는 패닉을 막아주고 도시의 골목골목까지 번진 시체 태우는 냄새도 희석시켜 주었다고 했다.

저항이란 의미의 인티파다와 나크바라는 말을 배운 것도 그녀에게서였다. 나크바는 길을 가다가 갑자기 자빠지는 걸 말한다고 했다. 아랍어에선 재앙이라는 의미로 쓰인다고. 나크바, 1948년 이스라엘 건국은 당신들에게 대재앙의 시작이었다고.

나 역시 나크바를 당한 적이 있었다. 아니 누구나 살다보면 한두 번은 재앙에 가까운 고난을 당하지 않던가. 나 역시 30대에 한번 50대에 한번 크게 자빠져 오래 힘들었다. 아니 최근에서야 겨우 구덩이를 벗어난 기분이다. 파산을 하고 빚쟁이들에 시달리고 가진 걸 모두 팔고 궁지에 몰렸다. 하지만 그때 내겐 인간적 품위를 잃거나 끝내 갚지 못할 빚에 압사할 지도 모른다는 불안은 있었지만 굶어 죽을 수 있다는 공포는 아니었다. 적어도 21세기의 나크바는 굶어죽는 일은 아니어야 하지 않는가.

금세기 최고의 이데올로기는 다이어트가 아닐까 싶을 정도로 먹을 것이 넘쳐나는 시대였다. 전주 역시 굳이 마트까지 가지 않아도 시장과 동네 사거리의 과일가게, 유기농 마트들이 빈틈없이 들어서 있었다. 아니 유난히 음식문화가 발달한 도시답게 맛집 리스트가 빽빽했다. 한옥마을 역시 비빔밥은 물론 한정식, 파스타, 냉면, 불고기, 일식 등 셀 수도 없는 식당들이 넘쳐났다.

"당화혈색소 6.2%는 위험합니다. 6.5% 이상을 당뇨로 판단하니 오늘부터 밥을 줄이시고 운동하세요."

의사는 내게 밥을 줄이라고 했다. 평생 평균 이하의 몸무게로 살아온 내게 밥을 줄이라는 건 뭔가 억울했다. 하지만 부모 모두 당뇨였으니 절대 그냥 넘어가지 않겠다는 듯 어김없이 찾아온 당뇨였다. 당신을 생각하니 내 당뇨가 몹시도 부끄러웠다. 아니 혈당을 내리겠다고 이 무더위에 내내 목적지도 없이 걷고 있던 내 모습이 무참했다. 굶주림이 모국어가 되었다는 당신과 너무 많이 먹어서 병이 생긴 내가 만날 수 있는 지점은 어디일까. 모래주머니를 두른 듯 무거운 걸음으로 나는 숙소를 향했다.

후삼 마루프.

신호등을 기다리며 나는 당신의 이름을 가만히 불러보았다. 당신의 나이도 얼굴도 짐작조차 할 수 없어 나는 미디어에서 많이 보았던 아랍인 남자의 얼굴들을 상상했다. 문득 한 사람의 얼굴이 떠올랐다. 이스라엘의 예고대로 얼마 전에 가자시티병원 옆에 텐트를 치고 있다가 폭격으로 죽은 알자지라 기자의 얼굴이었다. 그와 동료 기자 5명을 포함 총 7명을 살해한 후 그들은 '암살 완료'라는 트윗을 올렸다. 살해당한 기자가 미리 작성해 두었던 유언이 SNS에 올라왔다. 사랑하는 어린 딸 샴이 자라는 모습을 너무나 지켜보고 싶었지만 나에겐 그럴 기회가 사라졌네요. 그의 유언과 함께 어린 딸과 찍은 사진들이 함께 올려져 있었다. 무감하게 볼 수 없는 사진이었다. 그럼에도 불구하고 내 눈에선 눈물조차 흐르지 않았다. 전쟁이란 상황에선 어쩔 수 없는 일들이 있다는 걸 나 역시 모르지 않았다. 아니 나의 아버지 역시 한국전쟁에서 가족들을 다 잃고 혼자 남지 않았던가. 내 어머니 역시 신혼의 남편을 한방에 있다가 잃지 않았던가.

후삼 마루프.

나는 횡단보도 앞 빌라단지를 보며 5층까지 올라가야 한다는 당신의 집을 생각했다. 당신은 오늘 밀가루를 구했을까. 먹을 게 그것밖에 없어서 물리도록 먹었다는 그 렌틸콩을, 지금은 그 콩 하나가 진수성찬처럼 생각된다는데 당신은 그걸 구했을까. 아니 물이라도 한 병 구해 왔을까. 물병과 땔감을 들고 당신의 집이 있는 5층까지 무사히 올라갔을까.

후삼 마르프.

당신들을 생각하면 총알이, 폭탄이 몹시 도덕적인 전쟁이란 생각마저 든다. 폭탄에 몸이 날아가거나 총에 맞거나 하다못해 불발탄이라도 터져 죽음을 맞이하는 것이 전쟁이 아니던가. 굶겨 죽이는 것은 전쟁이 아니다. 배가 고파서 죽게 만드는 것은 전쟁이 아니다. 이것은 전쟁이 아니다. 오직 학살일 뿐.

숙소 문을 여니 종일 달궈진 더위가 훅하고 몰려온다. 여느 때 같으면 바로 에어컨을 켜고 샤워를 할 것이다. 하지만 뇌혈관 속 실핏줄 하나쯤 끊어져 버린 듯 멍해진 나는 탁자 의자에 앉는다. 무엇을 해야 하나.

아니 무엇을 할 수 있을까. 무력하기 짝이 없는 나는 멍하니 몇 권의 책을 바라본다. 낮에 읽던 소설책이 책상 위에 펼쳐져 있지만 더 이상 읽고 싶은 마음은 들지 않는다. 노트북을 켠다. 빈 페이지가 펼쳐진다. 무얼 쓸 수 있을 것인가. 막막하기만 하다.

　나는 갑자기 일어나 냉동실 문을 연다. 어제 쪄놓은 옥수수를 꺼내어 전자렌지에 돌린다. 그리고 뜨거운 김이 나는 옥수수를 뜯어먹기 시작한다. 탐욕스럽게 옥수수를 물어뜯는다. 자주색 알이 드문드문 박힌 옥수수는 찰지고 달짝지근하다. 어김없이 당신이 떠오른다. 굶주린 당신이. 나는 더 맹렬히 옥수수 알갱이들을 뜯어먹는다. 이해할 수 없는 허기이다. 옥수수 한 자루를 순식간에 다 먹어치웠다. 갑자기 눈물이 비쳐나온다. 바늘구멍이 뚫린 듯 새어 나오기 시작한 눈물이 점점 넘치기 시작한다. 나는 맹수처럼 먹어치운 옥수수자루를 든 채 울기 시작한다. 눈물이 점점 거세진다. 마침내 어깨가 들썩이고 나는 목놓아 울기 시작한다. 한 손에 들린 옥수수자루가 바닥으로 떨어진다.

　나는 노트북 옆에 휴대폰을 켜놓고 한 문장씩 들여다본다. 그리고 한 자 한 자 확인하며 노트북에 타이핑을 시작한다. 당신이 쓴 글이다. 폰으로 보던 당신의 절규를 제목부터 한 문장씩 베끼기 시작한다. 배가 고픈데 어떻게 글을 쓰지? 제목을 옮겨 쓴다. 오타가 나지 않게 자판을 꾹꾹 누르며 첫 문장을 친다. 굶고 굶어서 결국 정신이 스러지는 사람들이 있다는 사실을 누가 신경이라도 쓸까, 외롭게 자조한 당신의 절규에 함께 소리라도 지르는 마음으로 두 번째 문장을 쓴다. 노트북 자판을 두드리는 소리가 적막한 방안을 울린다. 내장에서 시작되어 뇌까지 기어 올라가는 압도적인 마비의 감각을 함께 하고 싶어 세 번째 문장을 베낀다. 당신에게 참치캔 하나 전하고 싶은 간절한 마음으로 네 번째 문장을 친다. 무너진 마음을 일으켜 세우듯 자판을 깊이 눌러 다섯 번째 문장을 쓴다. 당신은 혼자가 아니라는 걸 알려주고 싶은 마음으로 당신의 여섯 번째 문장을 베낀다. 당신의 손을 잡고 싶은 마음을 담아 일곱 번째 문장의 첫 글자를 쓴다. 결코 서두르지 않고 천천히. 어디선가 당신들을 애타게 지켜보는 사람들이 있다는 소식을 전하고 싶어 여덟 번째 문장을 타이핑한다. 당신들은 결코 지지 않을 것이라는 응원을 담아 아홉 번째 문장을 베껴 쓴다. 그리고 마침내 열 번째 문장이 툭 던져진다. 왜냐고? 배가 고파서. 타이핑 하던 손이 멈춰서 움직이지 않는다. 배가 고파서. 배가 고파서. 배가 고파서. 손가락이 떨린다. 나는 다시 온몸의 힘을 끌어모아 자음과 모음의 자판을 번갈아 찍는다. 이것은 전쟁이 아니다.

■ㅂ

혼돈 혹은 비전

IV

문학은 살 만한 삶의 평안함보다는 살 만하지 않은 삶들을 살아가는 이들의 목소리와 불화의 정치성에 주목하며, 공적으로 기억되고 애도할 만한 사건으로 소환되지 않는 차별받은 소수자의 삶, 생명, 죽음을 형상화하는 일에 집중한다. '생명의 평등한 인정 가능성'을 초월적인 테마로 삼을 문학의 공간은 비폭력의 힘이 수행되는 새로운 정치적 담론의 탄생 공간으로, 열린 감응적 장으로 존재해야 한다. 그런 의미에서 취약함을 공유하고 있는 우리에겐 스콰하기가 필요하다. 본래 스콰은 누군가 소유한 건축물을 무단으로 점거하는 행위를 말한다. 이 스콰을 전유하여 중앙집권화된 세계를 분절하는 실천을 수행해나가야 한다.

생명의 평등한 인정 가능성을 향해서

-주디스 버틀러·프레데리크 보름스의『살 만한 삶과 살 만하지 않은 삶』(조현준 역, 문학과지성사, 2024), 주디스 버틀러, 한정라 역의『전쟁의 프레임들-삶의 평등한 애도가능성을 향하여』(한정라 역, 한울아카데미, 2023) 리뷰

차진명

차진명 : 충남대 강사.

　『살 만한 삶과 살 만하지 않은 삶』과 『전쟁의 프레임들』에서는 '삶'을 둘러싼 사회적·정치적 인식론적 문제를 비판적으로 환기하는 작업에 집중한다. 두 책은 오늘날 '살만한 삶 혹은 애도 받기에 합당한 삶'이라고 인정받으려면 어떠한 근본적 조건들을 갖춰야 되는지에 대해서 탐구한다. 아울러 이 책들은 인간적인 삶으로 인정받는 삶과 그 반대의 삶이 어떤 사회적·정치적 맥락 안에서 구성되었는지 혹은 인간적인 삶으로 인정받지 않는 삶들은 생존을 어떻게 위협받고 있는지에 대한 문제도 세심하게 고찰한다. 이처럼 이 두 책은 공통적으로 우리로 하여금 멀리서 '나'와 취약함을 공유 조건으로 하여 실존하는, 그렇기에 서로 상호 의존할 수밖에 없는 타자를 호명하게 한다. 또한 독자에게 연대와 비폭력을 지향하는 돌봄 문제의 중요성을 상기시켜주고, 나아가 독자가 진정 '인간적인 윤리적 태도'가 무엇인지를 되묻는 철학적 여행길에 나서도록 안내한다.

　본 글은 두 책에 대한 심도 깊은 이해로 나아가려는 동시에 두 책에서 중요 핵심 논제로 표면화되는, '살 만한 삶'과 '애도 가능한 삶'에 대한 인정 가능성의 문제가 어떻게 현대사회의 정치적·문화적 의미에서 '제노사이드' 문제와 연결되고 있는지에 대해 탐구하는 것을 목적으로 한다. 살 만한 삶과 애도 가능한 삶에 대한 지각 능력과 인정의 문제는 정동(affect)적 장에 신체를 배치하는 집단적 규율 권력의 통제와 매우 밀접하게 관계한다. 특히 신체적, 사회적 죽음의 사건에 대한 '분노'와 '슬픔' 정동은 몸들의 삶에 대한 인정 가능성을 확장해주는 실천적인 활동 능력이면서 동시에 (의도치 않았대도) 정치적 양극화에 기여함으로써 제노 사이드로 가는 관문을 열어주는 위협 요소로 작동하기도 한다. 결론적으로 이 지점이 버틀러가 『전쟁의 프레임들』의 마지막 꼭지에서 주장하는 비폭력의 힘의 중요성과 연결된다는 점을 앞서 밝혀두면서, 본론에서 저자들과의 능동적인 소통을 바탕으로 이와 같은 문제 의식을 더욱 선명히 드러내 보겠다.

몸들을 배타적인 형식으로 제작하는 '것'들

두 책에서 '삶'을 중심 테제로 삼는 이유는 몸의 긴급한 요청에 응답하기 위해서다. 『살 만한 삶과 살 만하지 않은 삶』에서 보름스와 버틀러는 몸의 '실존(있음)'에 대한 이해는 실상 '삶'과 '살아 있음'보다 더 거리감이 있고 긴급함은 적기 때문에, 그보다는 살아 있는 몸의 '삶'에 집중한다. 『전쟁의 프레임들』에서도 버틀러는 몸의 사회적 존재론을 전제하는 것으로 시작하여 애도 가능한 삶 그리고 살 만한 삶에 대한 논의를 전개해나간다.

버틀러와 보름스는 몸과 삶이란 주제를 중심으로 하여 합의점을 찾지만 둘의 입장에는 차이점도 존재한다. 예컨대 보름스는 비판적 생기론의 입장에서, 생명 그 자체의 내재적 규범성을 강조한다. 그는 음식, 물, 돌봄, 안전처럼 생명이 유지되기 위해서 객관적으로 필요한 기본적 조건을 충족한 삶을 '살 만한 삶'이라고 본다. 다만 보름스는 비판적 생기론의 관점에서 논의를 시작했지만 몸의 사회적 존재론 쪽으로 이동한다. 생명의 내재적 규범성은 애초에 생명에 유리한 환경을 선호하므로, 주체의 생명이 유지되고 발전하려면 필수적·객관적 생존 요건 외에도 사회적 조건 곧 돌봄, 관계 등이 충족되어야 하기 때문이다.

이와 달리 버틀러의 경우에는 존재론적으로 취약한 생명이 정치적 불평등으로 인해 고통받을 가능성에 대해 논의한다. 그는 만약 사회적, 정치적 차별을 받는 인구 집단이 있다면, 보통 사람보다 더 많이 살 만하지 않은 조건에 노출된 상태라고 판단한다. 이때, 정치적 불평등으로 인한 '살 만하지 않음'은 자아 자신의 주관적인 경험에 의해 가름될 수 있다. 버틀러는 모든 인간 몸의 존재가 취약함을 최소 조건으로 공유하는

　　　　　　　　　　　　　　　　　　　　제노사이드 너머

상호의존의 주체성을 바탕으로 하여 새로운 규범을 가진 정치 담론, 새로운 윤리-정치적 의무를 만들어내야 함을 그리고 비폭력의 힘을 추구할 것을 주장한다.

중요한 것은 두 사람이 다른 입장에서 사유를 시작했지만, '살 만한 삶'을 누릴만한 평등의 지평 확보를 위해서는 돌봄의 윤리 등 사회적·정치적 조건의 형성이 필요하다는 점에 동의하고 있다는 것이다. 왜 현재 우리에게 새로운 규범을 가진 정치 담론, 윤리-정치적 의무가 필요한 걸까? 나아가 우리가 함께 비폭력을 실천적 힘으로 수행해야 하는 까닭은 무엇일까? 이 질문에 집중하여 천착할 필요가 있다. 버틀러가 보기에 몸의 존재는 항상 타자와 규범들, 역사적으로 발전해 온 사회 및 정치적 조직의 배타적 경계 짓기 등 사회적 제작과 형식에 노출되어 있다. 그렇기에 몸의 존재론은 사회적 존재론일 수밖에 없다. 몸은 사회적·정치적으로 표현된 힘과 권력에 노출될 뿐만 아니라 언어, 노동, 욕망 등 몸의 지속과 번영을 가능하게 하는 사회성에 대한 주장들에 의해서 자신의 주체성을 형성한다. 몸의 존재는 권력의 작동 밖에서 언급될 수 없는, 권력의 작동에 의해 구성되는 표면체이다. 따라서 몸의 사회적 존재론을 말하는 것은 살아 있는 몸을 물질적, 인프라, 상호주체적, 사회적, 환경적 조건 등의 실제적 관계 속에서 설명하기 위해서다. 버틀러는 그러한 조건들의 충분한 충족이 필요하다고 간절히 외치면서, 살아 있는 몸의 생존과 번영을 기원한다.

연결되는 맥락에서『살 만한 삶과 살 만하지 않은 삶』그리고『전쟁의 프레임들』은 몸의 삶을 이해하는 인식론적 역량에 대해 비판적인 시각에서 다음과 같은 문제를 제기를 한다. 바로 살 만하며 애도 가능하다고 인정할 수 있는 주체-삶을 규정하는 특정 규범들과 프레임들이 있다는 것이다. '그것'들은 특정 경향을 향해 기울어진 방식으로 삶들을 '해석'하도록 담론을 주조하고 중개한다. 프레이밍에 의해 매개된 기울어진 해석은 끝없이 자신을 존속시키면서, 특정 정치적 집단이나 국가 권력 같은 거대 시스템을 유지하는 핵심 영양소로 작용한다. 그리고 그러한 해석에 노출된 몸들은 그 결과 배타적이고 경직된 형식으로 형상화된다. 이 지점에서 '비판'적인 시각의 개입이 필요한 이유는, 기존의 규범들이나 프레임들이 우리들의 인식론적 영향을 단일하게 결정할 수 없고 또 동일성의 논리로 완전히 포섭할 역량을 잃은 상태이기 때문이다. 우리의 현실 세계에서는 낡은 방식으로 반복 유통되는 규범들과 프레임을 넘어서는, 포화된 몸들이 살아 있다. 그렇기에 두 책은 전이적인 정동 네트워크에 기반하는 새로운 연합체와 정치-윤리적 담론의 생성, 사회적으로 요구되는 생존 조건 확보를 위한 돌봄 장치의 필요성을 강조한다.

더불어 버틀러가 비폭력을 강조하는 것은 다음의 이유에서다. 버틀러는 몸의 사회적 존재론을 논하면서 '취약함과 위태로움'이 모든 인간이 공유하는 존재론적 조건이라고 설명한다. 이 말은 개인적 차원과 사회적 차원 모두에서 중요한 의미를 내포한다. 이 말은 첫 번째로, 생기론적 관점에서 몸이 가지는 양극성을 가리킨다. 이는 살아 있지만 동시에 죽어가는 몸이 존재할 수 있음을 뜻한다. 둘째, 이 말은 모든 인간의 몸이 물리적으로든 사회적으로든 취약함과 위태로움을 최소한의 생존 조건으로 공유하고 있으므로, 타자의 생존과 자신의 생존이 복잡한 사회적 유대로 이어져 있다는 것을 의미하는 것이기도 하다. 후자의 의미에서 몸을 가진 모든 인간들은 불안정함의 정동을 공유하는 방식으로 관계 속에서 예속되어 있다. 모두가 내부적으로 취약하고 위태로우며, 폭력적이라는 점을 인정한다는 것은 특정 집단만이 절대선이 아니라는 깨우침을 내포한다. 그렇기 때문에 모두는 적대적인 상대를 전멸시키려는 우월주의를 반드시 주의해야 하며 모두의 동일한 약함을 인정하는 바탕에서 '비폭력'을 지향해야 한다.

지식 담론을 넘어선 실재, 살 만하지 않은 삶들이 넘쳐나는

『살 만한 삶과 살 만하지 않은 삶』에서 보름스와 버틀러는 '살 만하지 않은 삶'과 '살 만한 삶'이 어떻게 다른지에 대해 먼저 집중 탐구한다. 삶에 대해서 이야기하고자 함은 지식이 주도하는 담론을 통해 이론적인 관념을 주조하기 위해서가 아니다. 여기서 그들이 논하는 삶은 추상이 아닌, 물질화 과정을 거쳐 실재하는 삶이다. '살 만하지 않은 삶'은 우리가 생명의 조건이라고 부르는 것이 일종의 중단을 겪는 상황 속에 놓이는 것을 의미한다. 우리 몸의 삶은 살아 있는 채로 죽어가는 중일 수 있다. 그러니까 죽음과도 같거나 죽음보다 더한 고통을 겪는 동시에 자아의 파괴가 수반되는, 죽음보다 더 나쁜 죽음을 누군가는 살아내고 있다.

정말로 세계에서 많은 이들이 '누군가'는 여전히 살아 있지만 동시에 죽어간다. 그들은 삶을 살아낼 수 있는 조건을 박탈당했으며, 더 이상 살 수 없다는 의미에서 그들 안에 살아 있는 것은 죽었다. 죽은 것과 매한가지인 몸들이, 그런 삶들이 눈앞에 점점 늘어난다. '살아 있지만 죽어감'이 내포하는 양극성은 순전히 질적인 차이로 인해 가능한 것이다. 삶과 죽음이 함께 있을 수 있다는 이 양극성과 모순은 실제적인 현실이다. 살아 있는 주체는 '사회적 죽음'이라고 불리는 죽음과 비슷한 형태로 파괴될 수 있다. 파괴된 주체들은 그 '누군가'는 언제 끝날지 알 수 없는, 살 만하지 않은 삶과 함께 동행하며 살아간다. 그들의 삶은 살 만하지 않은 것이지만 그런 채로도 그들의 삶은 여전히 지속된다. 심지어 그런 몸들은 물리적으로 도처 곳곳에서 눈에 보이며, 현실 세계의 기존 사회적 형식이 감당하지 못할 만큼 넘쳐나고 있다.

중요한 점은 '살 만하지 않음'이 개인적인 상황에 국한되지 않는다는 것이다. 살 만하지 않음은 관계적 혹은 공통의 것일 수도 있다. 만약 우리 주변에 수많은 삶들이 살 만하지 않다면, 상호 의존하는 관계인 나도 살 만하지 않은 것이다. 우리는 서로에게 의존하고 공통의 삶을 위해서 사회구조에 더 의존한다. 예컨대 현대의 기후 위기, 코로나와 같은 감염병과 질병, 난민 문제, 우크라이나 전쟁, 자국민 보호 및 우선주의 등 끝없는 취약성의 문제로 발생한 누군가의 '살 만하지 않음'은 내 삶에 동일하게 적용되는, 우리들의 공동 문제이기도 하다. 그런 의미에서 우리는 모두 ─함께 취약하다. 타자가 취약한 만큼 나도 취약하기 때문에 서로 연대하는 비판적 돌봄 윤리가 반드시 필요한 것이다. 물론 사회적 제도로서의 돌봄은 늘 그 자체 형성 과정 중이다. 제도적인 돌봄 또한 완전할 수 없기에 우리는 돌봄 문제에 대해서도 비판적인 시각과 예민한 관찰력을 견지해야 한다.

프레임 전쟁과 정치적 알고리즘, 특정 경향으로 물든 몸들의 비중립적인 애도

『전쟁의 프레임들』은 버틀러가 미국이 참전했던 이라크 전쟁과 아프가니스탄 전쟁에 대응하여 쓴 다섯 편의 글들을 묶은 것이다. 버틀러는 실제 물리적인 군사 충돌을 의미하는 '전쟁' 상황 중에 일어난 고문, 국가 폭력, 자살폭탄 테러, 국경 봉쇄, 무차별적 살상 등을 분석하면서, 선택적이고 차별적인 방식으로 작동하는 프레임들과, 그 프레임들이 어떻게 우리의 정동과 윤리적 성향을 규제하고 있는지에 대해 논한다.

이 책을 읽으면서 독자들은 전쟁을 정당화하고 자국의 생존과 보호를 우선시하기 위해 상대편 사람들의 삶을 인간의 삶으로 인정하지 않는 특정 국가의 행태만을 비판하지 않는다. 우리는 '물리적 전쟁을 둘러싼 프레임들'뿐만 아니라, 국가 내부에서 치열하게 벌어지는 특정 세력 간의 정치적 프레이밍 대결 구도와 반복 재현되는 규범들끼리의 경쟁에도 주목하게 된다. 물리적 의미에서의 전쟁은 규범들이나 프레임들 내

 제노사이드 너머

부의 전쟁(경쟁 혹은 갈등)의 확산으로부터 발생하기도 한다.

한 국가와 다른 국가 사이의 경계 짓기로 파악되는 국경 전쟁은 외부 바깥에서만 일어나는 문제는 아니다. 국가 내부에서도 국경 장벽 세우기. 충돌하는 경계 짓기 문제가 심각한 갈등들을 조장한다. 이처럼 국가의 국경선은 외부에만 있지 않고 내부에 있기도 하다. 안과 바깥 모두에서 발생하는 극심한 정치적 양극화와 더불어 비판하고자 하는 상대만큼 비판 당할 자격을 갖춘, 동일한 내부적 폭력성과 취약함의 모순을 좀처럼 벗어나지 못하는 대한민국과 전세계를 보라. '자기'를 구성하기 위한 배제와 차별성이 주체 내부의 한 특징이듯 폭력성 또한 취약한 우리 개인 몸 내부에 이미 존재하는 특징이며, 몸들의 연합체나 국가도 마찬가지다. 당연히도 이 관점에서 현대의 전쟁은 정치 집단들의 정쟁과 특정 세력 간의 권력 다툼과 무관하지 않다.

프레임들은 어떤 삶이 살 만한 삶이고 인정 가능한 삶이며 애도 가능한 인간적인 삶인지를 결정하는 더 넓은 규범들과 연결되어 있다. 규범들은 어떤 삶을 주체의 삶으로 간주할 것인지를 규정한다. 그러한 규범들은 담론과 시각적 재현이 진행되는 프레임에 들어가, 살 만하지 않은 삶 곧 고통을 겪는 사람들에 대한 우리의 윤리적 반응성과 정동을 조율하고 규제한다. 이때 우리는 이 질문을 반드시 던져야 한다. 프레이밍을 통해 우리의 윤리적 반응과 정동을 조율하고 규제함으로써 이득을 보는 집단 권력의 정체는 무엇인가? 국가권력이든 정치 집단이든 그들에 의해, 특히 미디어를 통해 일정 틀로 프레이밍된 이미지들은 지각 가능한 현실의 영역을 통제하고 특정 인구 집단을 비-인간으로 간주하여 애도나 인정 가능성을 미리 사전에 차단하는 기능을 한다.

지배적인 미디어는 권력 집단과 영합하여 이미지와 의미를 프레이밍하고, 미디어를 통해 시혜적으로 허용된 관점은 지각 가능성과 해석의 역량을 한계 짓는 방식으로 우리의 감각 신경을 훼손한다. 마치 유튜브 알고리즘의 내적 논리와도 같이 정치는 프레임을 통해 그것을 신봉하는 몸들을 타고 자신들의 주장을 영원불변한 진리(의미)로 영속시킨다. 규범과 프레이밍에 반복 노출된 몸들은 특정 정치 경향에 물들어버린다. 그리고 그들은 삶(또는 죽음)에 대한 인정 가능성의 측면에서 중립성을 철저히 잃어버린다. 이 죽음의 사건은 애도할 만하니 국가에서 추모해야 하고 저 사건은 안타깝긴 하지만 과장된 애도의 제스처라 부담스럽다고 느끼는 그런 '선별적 태도'가 바로 정치적 알고리즘에 의한 감염에서 비롯된다. 이미 신체들은 권력 집단의 정동 조작과 감염, 규율과 통제 아래 프레이밍된 특정 경향의 해석을 살(피부)과 같이 자신 안에 내재화하고 있다.

결국에는 특정 이데올로기들이 부과된 프레임들의 경쟁 과열은 소리 없는 내전을 부추기고, 이 전쟁이 점차 물리력을 갖추게 되면서 실제 군사적 충돌로 가파르게 전환되고 있다. 이러한 국면은 현재 전세계에서 동시다발적으로 일어나고 있는 현상적 사실이다. 국가 간 전쟁과 국가 내부의 전쟁은 동시에, 폭발하듯 갑자기 그러나 예견된 수순처럼 우리 눈앞에 나타난다. 우리는 현대의 전쟁 광경을 바깥에서 관찰하는 듯 굴지만, 실상은 안쪽으로 더 깊숙이 빨려 들어가는 중이다. 대한민국의 상황은 아직은 제노사이드가 아닐까? 이미 우리나라는 끊임없이 프레임 전쟁을 치르는 중이다. 믿었거나 믿고 있는 사회적·정치적 조직과 권력의 힘은 몸들에게 분노, 공포, 두려움을 전이시키고, 애도 가능한 사건이나 영역 또한 대신 분별해준다. 여기서 주의할 점이 있다. 특히 집단적 죽음 사건에 의해 증폭된 슬픔과 분노는 신체들의 능력을 현저히 감소시키기도 하지만, 현실을 타개하고자 하는 강력한 동력이 되어 기존의 낡은 정체성 정치를 벗어나 새로운 방식으로 연대할 틈새를 열어주기도 한다는 점에서 양가적이라는 점을 잊으면 안 된다.

모든 생명이 소중하다고 우리의 양심은 늘상 말하지만, 특히 정치적 극단화가 심각한 우리 나라에서 개별 혹은 집단적인 생명의 스러짐과 죽음의 사건 모두를 애도할 수 있는 그런 순수한 몸은 나타나지 않고 있는 듯 보인다. 프레이밍은 무섭다. 그것은 어떤 생명이 더욱 애도할 만한 가치가 있다고 속삭이면서 다른 생명에 대한 논의를 막기도 하며, 심지어는 사건들을 왜곡, 축소, 과장, 조작하거나 차별적으로 배제하기도 한다. 특정 성향의 정치 집단이나 정부는 공적으로 애도할만한 죽음을 선별해서 알리고, 애도를 차별적으로 분배할 것을 자주 종용하곤 하는데 이는 현대 전쟁에 매우 중요한 정치적 문제 중 하나이다. 이러한 정치적 문제는 자주 진영 논리에 기반한 정치적 양극화를 심화하는 작업에 의도적으로 이용되고 있다. 간과해서는 안 될 부분은 거듭 강조하건대 정동의 규율과 조작을 통해 생성된 분노와 슬픔 정동이 가지는 힘의 방향이다. 모든 정동적 힘은 대내외적으로 폭력이 되거나 혁명이 될 수 있는 내부적인 양극성 때문에, 미래의 잠재적 사건인 제노 사이드 발생에 기반을 마련하는 송신체나 기폭 장치로 쓰일 여지를 갖고 있다.

규범이나 프레임에 의해 생명의 경중이 달라질 수 있다는 사실은, 내게는 두렵고 끔찍한 일이다. 우리는 이미 경험했고 경험하고 있다. 몸들은 공적 애도의 차별적 분배와 그것이 만들어내는 공포와 분노에 전염될 때, 더 나은 삶을 향해 연대하며 나아가기도 한다는 것을. 때로는 동시에 지각 가능한 것으로 식별되지 않는 탓에 애도 불가능하며 인간적으로 살 만한 삶으로 논할 가능성이 마련되지 않을, 또 다른 생명의 무게는 쉽게 느끼지 못할 수도 있다는 점을. 그러니 우리의 주체성도 우리가 비판하는 대상이나 요소들도 똑같이 양극성의 모순을 내부적 원리로 가지고 있다는 점을 고려하면서, 극단적인 방식의 프레임화를 더욱 경계해야 한다. 삶과 생명, 죽음과 애도에 대한 인정 가능성 문제를 톺으면 사회적, 자동화된 알고리즘적인 정치적 프레이밍에 대해서도 편향되지 않고 보다 더 비판적인 시각으로 검토할 수 있게 될 것이다.

과거-현재-미래의 제노사이드를 포착하는 문학

문학은 살 만한 삶의 평안함보다는 살 만하지 않은 삶들을 살아가는 이들의 목소리와 불화의 정치성에 주목하며, 공적으로 기억되고 애도할 만한 사건으로 소환되지 않는 차별받은 소수자의 삶, 생명, 죽음에 대해 형상화하는 일에 집중한다.

먼저 두 책의 저자들이 나눈 대담에서 문학을 하는 우리가 주목할 만한 한 가지 질문이 있다. '주체가 살 만하지 않은 삶을 재현할 수 있는가'부터 사유해 본다면 보름스와 버틀러의 주장에 주목할 필요가 있다. 보름스는 살 만하지 않은 삶을 사는 주체가 자신의 삶을 경험하거나 기술할 수조차 없는 위험한 상태에 있다고 주장한다. 즉 그에게 살 만한 삶은 주체에 의해 말해질 수 없는 것이고 주체가 능동적으로 기술할 수 없는 것이기에 언어를 포함하지 않는다. 그는 살 만한 삶을 사는 주체만 표현할 수 있다고 생각한다.

버틀러는 주관적 경험을 바탕으로 살 만하지 않은 삶에 대한 주체의 표현과 활동이 가능하다고 본다. 그리고 그들의 재현은 살 만하지 않은 삶에 대한 증언이 된다고 주장한다. 주체가 살 만하지 않은 삶을 겪는 중에라도 그러한 경험에 대한 글쓰기를 수행할 수 있다는 입장인 것이다. 버틀러가 보기에 살 만하지 않은 삶을 재현한 글쓰기는 언어의 소실, 침묵, 빈 페이지, 비서사적 구조의 특징을 내포할 수 있으며, 내용적으로는 트라우마적 소재를 전달하려는 증언의 형식을 취한다.

살 만하지 않은 삶을 사는 주체는 자신의 경험을 증언해낼 수도 있고, 트라우마로 인해 그 삶을 전혀 기술하지 못할 수도 있다. 우리는 살 만하지 않은 삶을 사는 주체 내부에서 재현 가능성과 불가능성의 사이 강렬한 '긴장'이 벌어진다는 것을 안다. 그 긴장들은 때로 한 작가의 미학적 형식을 대변하는 개성적 몸짓이 되기도 한다. 그러나 문학 연구자는 재현된 텍스트를 통해 살 만하지 않은 삶을 마주해야 한다. 문학 연구는 언어로 표현된 몸들의 흔적에 의존하는 수밖에 없다. 정동적 전이가 일어나는 네트워크의 접면으로서의 문학 텍스트를 만난다면, 충분히 살 만하지 않은 삶의 기록들을 읽어내고 번역해낼 수 있을 것이라고 본다.

당사자가 자신의 직접 경험을 문학으로 형상화하는 경우 말고도, 작가는 타인의 삶과 생명의 이야기를 서술해나갈 수 있다. 중요한 것은 직접 경험을 증언하며 서술하든 간접 경험 혹은 타인에게 일어났던 사건을 관찰자로써 형상화하든, 언어는 '재현'을 수행해낸다는 점이다. 부재나 침묵일 때도 언어는 우리의 시선을 프레이밍 너머, 포화된 몸들이 존재하는 세계로 옮길 것이다. 미리 예견한 그만큼 많은 죽어가는 몸들은 생각보다 가까운 곳에서 살아가는 중이다. 동시에 모든 인간은 취약함과 위태로움을 공유하는 방식으로 연결되어 있기 때문에 살 만하지 않은 그 몸은 다른 몸이 아닌 내 몸이기도 하다. 그러므로 전쟁과 폭력, 기후 위기, 난민, 집단 학살의 제노사이드 등 모든 사건은 내게 일어난 사건이다. 죽어가는 몸들과 생명의 조건이 중단된 삶들을 담은 텍스트를 번역하는 일 또한, 내 몸의 사물성을 읽어내는 작업이다.

그렇다면 무학은 죽었던, 죽어가는, 이대로면 죽을지도 모르는 모든 몸들의 생명에 대한 메시지를 전달하는 예술이다. 달리 말해 문학은 곧 과거-현재-미래에 일어났고, 일어나고 있는, 일어날 모든 제노사이드의 문제를 미적인 방식으로 담론화하는 표현 기계이다. 이 기계는 잠재적이면서도 현실적으로 세계에 참여하고 있는 '생명'의 문제를 전경화한다. 그리고 우리에게 넌지시 이렇게 말한다. "우리의 물리적인 현실 세상에는 규제하고 통제하는 규범과 프레임의 포획을 넘어서는 몸들이 넘쳐나기 시작했다. 그들의 삶은 살아 있기도 죽어있기도 한데, 그들의 생명에 대한 해석에는 '무언가' 다른 문을 열 잠재력과 역량이 감추어져 있다."고.

'생명의 평등한 인정 가능성'을 초월적인 테마로 삼을 문학의 공간은 비폭력의 힘이 수행되는 새로운 정치적 담론의 탄생 공간으로, 열린 감응적 장으로써 존재한다. 따라서 문학 연구자들에게 문학은 이렇게 요구한다. 기존의 인식틀과 비판적인 거리를 유지하면서, 텍스트가 기록하고 있는 몸과 삶의 흔적을 따라 새로운 지평을 함께 열어나가야 한다고. ■

초객체의 시대에서 살아남는 방법

-티머시 모턴·도미닉 보이어의 『저주체 : 인간되기에 관하여』 (안호성 옮김, 갈무리, 2024) 리뷰

류상범

류상범 : 강원대 강사. 평론 「회빙환의 형식과 탈주의 욕망」 등

초객체의 시대에서 살아남는 방법

1. 초주체, 자유롭다는 착각 - 끈적이는 초객체의 시대

2017년 닌텐도에서 출시한 <젤다의 전설 브레스 오브 더 와일드>(이하 <젤다>)는 오픈월드게임[1]의 새로운 장을 열었다고 평가받는다. 많은 유저들이 <젤다>를 극찬하는 데에는 여러 이유가 있겠으나 기존 게임과 차별화되는 자유로운 모험의 경험이 바로 그 이유일 것이다. 필자에게도 <젤다>는 매우 흥미로운 게임이었다. 기존에 경험했던 게임과 가장 차별화되는 지점은 자유도였다. 가장 처음으로 기묘함을 느꼈던 것은 공격의 방식이다. 필드를 지나다가 처음으로 몬스터를 발견했을 땐 여타 게임을 하듯 몽둥이를 휘둘렀다. 이내 바위를 굴려 몬스터를 공격하기도 하고 폭발물을 터트려 일망타진하기도 했다. 단지 무기를 휘둘러 공격하지 않더라도 몬스터를 잡을 수 있었다. 기존에 했었던 게임들에서는 쉽게 느끼지 못했던 감각이었다. 이 신기한 감각이 처음에는 낯설기도 했지만 점차 게임에 몰입하게 하는 경험이기도 했다.

이준호는 <오픈월드, 자유롭다는 착각>이란 영상에세이에서 <젤다>로 대표되는 오픈월드게임이 '제약의 체계라는 게임의 매체적 한계를 넘어 플레이어들에게 자유를 선사하고 있는가?'라는 질문을 던진다 CEDEC 2017에서 닌텐도의 개발자들이 설명한 <젤다>의 개발 철학이자 원칙은 '인력'과 '필드 삼각형 법칙'이다. 그들은 플레이어에게 자유로운 탐험의 경험을 선사하고자 했지만 동시에 그들이 내키는 대로 세계를 활보하게 둘 생각은 없었다. 플레이어들이 필드를 활보하면 게임은 진행될 수 없기 때문이다. 때문에 그들은 플레이어를 게임의 서사에 참여시키되 그것을 자연스럽게 유도하고자 했다. '인력'과 '필드 삼각형 법

---

1 오픈월드게임은 일종의 장르 명칭으로 넓은 필드로 구성된 세계에서 사물들과 다양한 상호작용이 가능한, 높은 자유도를 가지고 있는 게임을 말한다.

칙'은 이를 위한 개념이었다.

　개발 초기 <젤다>는 서사를 진행시킬 중요한 거점들을 점으로 배치하여 플레이어들로 하여금 한 점에서 다음 점으로 이동하게끔 하였다. 테스터들은 이러한 레벨 디자인을 비판하였다. 목적지향적 플레이를 한 유저들은 너무 강요받는다고 느꼈고, 필드를 구경하는 데 주목한 유저들에겐 이벤트 밀도가 너무 떨어졌기 때문이다. 개발자들은 이에 대한 보완책으로 점과 점 사이에 아이템을 얻거나 회복할 수 있는 장소들을 배치하였다. 이 장소들은 점에서 다음 점으로 이동하는 플레이어들에게 우발적으로 발견되는 장소들이다. 또한 이곳들은 플레이어의 필요성이나 의도에 따라 방문할 수도, 방문하지 않을 수도 있다. 그 결과 거점의 점들로 필드가 구성되었을 때엔 이동을 강요 받는다고 느끼거나 너무 직선적이란 인상을 주었던 것과 다르게 플레이어들은 우연히 마주친 장소들을 경유하고 또 다른 장소에 이끌려 모험을 떠나게 된다. 이것이 바로 '인력'의 개념이다. 나아가 플레이어의 행동을 유도하고 탐험의 호기심을 자극하기 위해 삼각형 모양 언덕을 필드 곳곳에 배치하였다. 삼각형 모양 언덕 뒤에서 점차 나타나는 사물을 보며 플레이어들은 자신이 그것을 '발견'했다고 느낀다. 그저 주어지는 거점이 아니라 내가 주체가 되어 중요한 장소를 발견했다는 느낌에서 플레이어는 세계를 모험하고 있다고 여기게 된다.

　이 강연의 내용에 따르면 <젤다>를 하며 느꼈던 자유로운 모험의 감각이란 사실 개발자들에 의해 치밀하게 설계되고 유도된 결과물이었다. 그럼에도 플레이어는 그러한 사실을 인지하지 못한 채 세계를 탐험했다. 심지어 자유로움을 느끼면서 말이다. 그렇다면 이때 플레이어가 느낀 자유로움의 정체는 무엇일까. 플레이어는 영웅 '링크(Link)' 그 자체가 되어 세계를 경유하고 경험한다. 여러 몬스터, 추위, 함정을 만나지만 영웅으로서의 플레이어는 그것들은 자신의 의도에 따라 조정하고 조율할

　　　　　　　　　　　　　　　　　　　　　　　　제노사이드 너머

수 있다. 그렇게 이 세계는 영웅을 중심으로 돌아가고 플레이어는 이 세계를 자신이 원하는 대로 지배할 수 있다고 믿는다. 이렇게 본다면 플레이어가 <젤다>의 세계에서 느낀 자유로움이란 실상 영웅으로서 세계를 감각하는 것에서 기인하는 것이 아닐까. 즉, 완벽한 주체로서 세계에 존재하며 세계를 나의 의도 대로 조종할 수 있다는 감각으로부터 자유로움을 느끼는 것이다. 그런데 여기에는 하나의 아이러니가 따라온다. 앞서 살펴본 것처럼 그 세계는 개발자들에 의해 창조된 세계이며 플레이어의 행동과 동기는 그들에 의해 강력하게 유도된 것이다. 플레이어가 느낀 자유로움이란 사실 자유롭지 않은 일일지 모른다.

우리는 주체로서 세계를 살아간다. 그렇게 세계의 중심에 위치하며 지구라는 필드를 자유롭게 모험하고 조정하는 존재라 믿는다. 합리성과 효율성을 기반으로 세계를 우리의 마음대로 가꾸고 기른다. 또한 어떠한 고난이 오더라도 인간의 이성과 과학기술은 그 고난을 극복할 것이란 믿음을 제공한다. 그렇게 인류는 코로나 19 팬데믹이라는 인류 멸종의 위기를 이겨내었다. 기후 위기라는 위기 앞에서는 어떠한가. '유로 7' 같은 합리적 규제를 제정하고 태양광 패널이나 전기 자동차 같은 기술의 진보를 이루며 효율적으로 탄소 배출량을 줄이고 기후 위기를 조정하고자 한다. 우리는 기후 위기라는 절체절명의 위기 역시 합리적이고 효율적인 방법으로 대처하고 극복할 것이라 믿는다. 그러나 정말로 그런가? <젤다>의 플레이어가 자유롭게 모험하고 세계를 조정하여 왕국의 평화를 가져왔으나, 그것은 강력하게 유도된 행동이었듯 우리가 극복하고 있다고 생각하는 것들이 사실은 어떠한 강력한 힘에 의해 유도되고 이끌리는 것이며 심지어는 극복하고 있지 못한 것은 아닐까. 이것은 이 세상이 거대한 힘에 의해 조종 당하고 있다는 음모론에 대한 이야기가 아니다. 인류세를 만들어낸 주체 개념은 이제 한계에 봉착했고 우리에게는 새로운 주체 개념이 필요하다.

이러한 맥락에서 티머시 모턴과 도미닉 보어의 저서『저주체 : 인간 되기에 관하여』는 세계의 중심에서 인류세를 만들어가는 오늘날의 주체들에게 시사점을 제공한다. 그간의 인류는 우리가 세계의 중심이라 믿으며 세상의 모든 일을 조절하고 통제할 수 있다고 생각했다. 그러나 지구 온난화, 항생제, 플라스틱 봉투, 자본주의 같은 것들은 우리의 통제를 벗어난다. 즉, 그것들은 주체의 통제를 벗어난 객체로서 우리를 초과하고 감싼다. 그렇게 우리는 세계의 주체로 살아간다고 생각하지만 사실 끈적이는 안개 같은 초객체[2]의 시대를 살게 된다. 인지하지 못하던 초객체적 세계를 느낄 때 인류는 초월적 존재인 '크툴루'와 마주친 것처럼 근원적 공포를 느끼게 된다. 갑작스런 국지성 폭우가 내릴 때 불현 듯 기후 위기로 인한 인류 멸망의 공포를 느끼는 것처럼 말이다. 여기서 주목할 것은 끈적인다는 묘사이다. 주체의 입장에서 초객체란 마치 독립적인 대상으로서 인간을 공격하고 두려움에 떨게 만드는 존재처럼 보인다. 초객체는 독립적으로 존재하는 것이란 생각이 초주체(hypersubjects)를 만들었고 초주체는 다시금 초객체적 환상을 공고하게 만든다. 일상을 살아가는 우리는 지구 온난화, 항생제, 플라스틱 봉투, 자본주의 등은 나와 무관하게 존재한다고 생각한다. 그렇기 때문에 그것들을 조절할 수 있다고 생각하고 심지어는 그것이 주는 공포와 두려움마저 통제할 수 있다고 생각한다. 이러한 의식을 갖는 존재자들이 바로 초주제이다. 하지만 저자들은 이러한 환상에 우려를 표하고 문제를 제기한다.

미국의 트럼프 대통령은 2025년 1월 국가 에너지 비상사태를 선포했

2　초객체(Hyperobject, 하이퍼객체) : 인간에 비해 시공간에 광범위하게 분포한 사물들을 뜻하기 위해 저자가 만든 조어이다. 여러 세대에 걸쳐 그 흔적을 남기는 핵 방사선, 분해되는 데 500년이 걸리는 플라스틱 컵, 반감기가 2만 4천 년인 플로토윰, 흡혈귀처럼 인간의 피를 빨아먹고 자연을 착취하는 자본주의 등이 있다.

다. AI 패권을 선점하기 위해 원유와 천연가스를 '마음껏 시추'하겠다는 행정 명령에 서명하였다. 기후위기는 아랑곳 않는 이 행동은 많은 비판을 받았다. 그런데 유럽 연합의 유로7 시행 예고는 어떠한가. 기후 위기에 대응하기 위해 유럽 연합은 유로1-7에 해당하는 자동자 배출가스 제한 정책을 시행했다. 환경을 보호하기 위한 그들의 노력에 박수를 쳐야 하는가. 상반된 행위로 보이지만 실상 두 사건은 환경을 조종할 수 있다고 생각하는 초주체의 내적 논리가 숨어있다. 지구를 부수고 자원을 채취하는 것과 기후 위기를 지연하기 위해 자동차 배출 가스를 줄이자는 일은 객체를 통제할 수 있다고 믿는 초주체적 발상이다. 그러나 주체는 객체를 완벽히 통제할 수 없다. 자본축적과 기술발전으로 오늘날 기후 위기가 만들어졌는데 그것을 자본과 과학의 힘으로 극복하겠다는 초주체적 발상과 행위로는 초객체를 통제 할 수 없다. 초객체란 단독으로 저 멀리에 있는 대상이 아니다. '초객체적 조건은 동반자로서 저주체적인 것을 불러들인다.' 이성과 합리성으로는 해명할 수 없는 존재 '크툴루'를 마주치며 근원적 공포를 느낀 인간은 자신이 초월적 지위를 갖는 존재가 아님을 깨닫는다. 초월적 존재를 마주한 순간 인간으로서의 우월적 지위는 환상이며, 그 영원한 지위가 붕괴되는 순간이다. 초객체에 유노되며 살아가지만 동시에 초객체와의 마주침은 초주체의 위상이 변화되는 순간이기도 하다. 그런 점에서 우리는 끈적이는 초객체의 시대에 살고 있음을 감각해야 한다. 이 세상에 재앙 가논이 완벽히 소멸한 평화로운 하이랄 왕국이란 없으며 영웅은 세계 전체를 구원할 수는 없다.

2. 주체를 집어 삼키는 초객체

2025년 2월 4일 트럼프 대통령은 미국이 가자지구를 장악하고 현지 주민을 다른 곳으로 이주 시킬 수 있다고 발언했다. 세계의 지도자들과 인권 단체들이 비판하자 '훨씬 더 안전하고 아름다운 지역사회에, 새롭고 현대적인 집이 있는 지역에 다시 정착하라는 희망적 표현이라 주장했다. 트럼프 대통령은 분명 물리적 단위에서 가자 지구의 민간인을 학살하지 않았다. 미국이 직접적으로 전쟁을 일으킨 것도 아니다. 그럼에도 초주체로서 미국은, 트럼프 대통령은 한 집단이 가지고 있는 삶의 토대를 무력화시키고 잠정적으로 해체시키고자 했다. 그럼에도 한국에 사는 우리에게 트럼프 대통령의 발언이나 가자 지구의 전쟁과 학살은 꽤나 먼 이야기처럼 느껴진다. 심지어는 나와는 상관 없는 일 같다. 우연히 유튜브 알고리즘에 가자 지구의 민간인 피해 보도가 나오면 잠시 불편한 감정들을 느낄 뿐이다. 그런데 정말 우리와는 관련 없는 일일까?

지그문트 바우만은 '홀로코스트'를 현대성이란 문명화 과정의 부산물이자 근대 사회의 구조적 문제를 드러내는 사건이라 분석한다. 그런 의미에서 한 집단을 말살하기 위한 가장 효율적 시스템 작동 사례가 바로 홀로코스트였다. 바우만은 다음과 같이 질문한다. 수백만의 사람을 죽여야 하는 일에 당신이 투입된다면 당신은 그것을 지속할 수 있겠는가? 보통의 사람이라면 그 잔혹함에 경악하며 얼마 가지 못해 그 일을 중단하거나 도망치지 않겠는가? 다시 말하자면 인간은 감정과 윤리를 가지고 있는데, 어떻게 끔찍하고 비상식적인 광경을 오랜 기간 목도하고 직접 실행할 수 있었을까? 그럼에도 불구하고 수많은 사람들이 오랜 기간 수백만의 인간을 말살한다는 목표를 달성하고자 매진했다. 바우만은 홀로코스트란 사건이 발생하는 그 중심에 관료제로 위시 되는 근대적 합리성이 있다고 본다. 합리성과 효율성을 추구하는 관료제는 하나의 시스템으로써 인간의 감정(도덕과 윤리를 포괄하는 의미에서)을 말소한다. 그렇기 때문에 평범한 인간이라면 경악하며 도망칠 학살의 순간에서 실행자들은 악의 평범성을 실천했고 피해자들에게는 공포를 창출하고 내면화하게 하였다. 이런 의미에서 홀로코스트는 예외적 사건이 아니라 근

    제노사이드 너머

대성이란 보편적 특성으로부터 발생한 사건이다.

홀로코스트를 통해 나치는 유대 민족을 학살하고자 했다. 나치라는 주체가 유대인이라는 객체를 멸종시킬 수 있다는 기만과 오만이 작동하고 있으며, 물리적 생명을 끊는 것뿐 아니라 공포의 창출과 내면화를 통한 삶의 토대 그 자체를 소멸시키겠다는 의도가 내재되어 있다. 홀로코스트는 유대인들에게 발생한 것이지만 동시대 제2차 세계대전의 민간인 희생자들 역시 홀로코스트가 작동한 내적 논리에서 자유로울 수 없다. 그렇다면 오늘날은 어떠한가. 홀로코스트라는 사건 자체를 종결되었다. 가해자들이 처벌되었으며 그 사건의 비극이 교과서에 기록되었다. 그럼에도 트럼프 대통령의 발언처럼 홀로코스트를 작동시켰던 초주체적 논리는 지워지지 않았다. 홀로코스트라는 사건은 종결되었지만 그것을 작동시킨 체계는 소멸하지 않고 기어를 바꾸어가며 작동하고 있다.

이는 비단 과거에 일어난, 혹은 우리와 관계없는 미국의 일이 아니다. 제주 4·3사건, 여순 사건이 일어나며 수많은 민간인이 학살당했고 그중 일부는 정치범으로서 대전형무소로 이송되어 수감되었다. 6·25 전쟁 발발 이후 대전으로 피신한 이승만 정권은 반체제 인사를 죽여 자신들의 안위를 지키고자 했다. 대전·충남 지역에서 좌익으로 몰린 민간인들과 대전형무소에 수감되었던 정치범들은 대전 산내 골령골에 끌려가 학살되었다. 제주 4·3 사건과 여순 사건, 골령골 학살은 개별 사건이지만 그 과정과 사건이 작동한 내적 논리는 매우 유사하다. 조금 더 확대한다면 홀로코스트나 트럼프 대통령의 발언에서 작동하는 초주체적 논리와 흡사하다. 주체의 절대성과 근대적 합리성·효율성 추구라는 지점에서 말이다.

흔히 제노사이드(집단 학살)라는 단어를 들으면 물리적 층위의 학살 그 자체를 떠올리기 마련이다. 물론 그 역시도 간과할 수는 없다. 다만, 물리적 죽음만을 기억한다면 그것이 산출해낸 효과들을 파악할 수 없게 된다. 라파엘 렘킨에 따르면 제노사이드는 "한 민족에 대한 즉각적 신체 학살뿐 아니라 집단 자체를 절멸하기 위해 민족 집단이 갖는 근본적인 토대(사회적·문화적 기반)를 파괴하고 점진적으로 해체하는 모든 행위"이다. 즉, 제노사이드가 학살하는 것은 물리적 단위의 집단만이 아니라 집단이 형성되며 만들어진 삶의 토대와 오랜 기간 영향을 미치며 집단을 해체시키는 과정까지를 포괄해야 한다. 이런 의미에서 홀로코스트나 골령골 학살 사건이라는 제노사이드는 여전히 진행 중이다.

3. 쪼다 찌질이가 살아 남는다 — 스콧과 저월을 통한 저주체-되기

『저주체 : 인간되기에 관하여』는 객체지향존재론의 차원에서 인간과 주체에 대한 새로운 개념화를 시도하고 그에 수반되는 실행을 강조한다. 이를 보여주는 특성 중 하나가 바로 문체이다. 그들은 작은 식당에서 새우 샌드위치를 먹으며 계속 이야기하고 먹고, 놀기를 반복했다고 한다. 모든 것을 먹어치우는 외계인이 되어 상대의 생각이나 의견을 조율하고 설득하려 애쓰기 보다는 생각과 생각이 겹치는 지점을 찾아 나아갔다고 말한다. 그 결과 저자는 두 명이지만 책을 읽다보면 두 명 혹은 그 이상의 존재가 대화를 나누는 것처럼 작성되었다. 그리고 그 사이에는 빈 틈을 만들어 초객체 시대를 살아가는 두 인물의 대화에 언제든 독자가 참여할 수 있는 여지를 마련한다. 이러한 특성이야 말로 『저주체』의 핵심 중 하나이다. 인간, 자유, 해방 담론을 생산하던 시대가 있었지만 그것들은 폭력과 불평등을 자연화했고, 심지어 오늘날 작동하는 지배 질서를 가동하는 엔진이 되었다. 그렇다면 우리는 무엇을 할 수 있고, 무엇을 해야 하는가?

우리에겐 스콧 하기가 필요하다. 본래 스콧은 누군가 소유한 건축물을 무단으로 점거하는 행위를 말한다. 저자들은 이 스콧을 전유하여 중앙집권화된 세계를 분절하는 실천적 의미로 사용한다. 화석 에너지 그리드(Grid, 전력망)는 과거에는 인류 문명 발전을 견인하였지만 오늘날엔 결국 중앙집권화된 권력이 되어 자본·환경의 불평등을 야기한다. 이러한 때에 집에 태양광 발전 장치를 달아 그리드를 스콧해야 한다고 말한다. 권력은 이를 싫어하겠지만 스콧하는 주체는 그리드 세계를 난도질하며 중앙집권화된 세계의 영역을 분절할 수 있다. 이는 단순히 환경을 보호한다는 아젠다를 넘어 존재자 간의 새로운 상호작용과 공생을 모색하는 작업이다. 이러한 실천적 행위를 저자들은 저월(subscendence)이라 표현한다. 기존 인간이 객체를 인간의 이해에 바탕을 두면서 그것을 넘어서고자 하는 초월적 태도를 보였다면, 객체와 평등한 관계를 사유하는 객체지향존재론적 개념이 바로 저월이다. 유로7, AI 패권 경쟁, 트럼프 대통령, 홀로코스트, 골령골 학살 사건, 베트남 전쟁에서 보았듯 초객체를 마주한 주체가 그 담을 넘어서는 것은 불가하다. 오히려 초객체와 조우하며 자신의 비체성을 인식하고 그것을 받아들여야 한다는 것이다. 이를 통해 인간-비인간 존재자들이 상호 연결되고 의존할 수 있는 실천적 행위가 가능해진다.

이런 지점에서 2025년 개봉한 <미키17>은 우리에게 많은 것들을 생각하게 한다. <미키17>은 기후 위기로 인해 멸망해 가는 지구의 모습을 비추며 시작한다. 지구가 위험에 처하자 인류가 선택한 것은 우주 식민지를 개척하는 고전적 방법이다. 케네스 마샬은 인류의 새로운 터전을 찾겠다는 명목으로 우주 식민지 개척 프로젝트를 실행한다. 인간으로서 에덴동산을 만들겠다는 오만함과 인류를 위해 인간을 익스펜더블(소모품)로 간주하는 아이러니를 내재한 채 함선은 우주로 나아간다. 누군가를 연상케 하는 케네스 마샬이 초주체의 전형을 보여준다면 미키17은 저주체라는 새로운 주체의 양상을 보여준다. 친구(티모)의 말만 듣고 마카롱 사업을 열었다가 사채업자에게 쫓기고, 익스펜더블이 되어 총보다 못한 취급을 받거나 실험실 개구리 신세가 되어도 불평조차 하지 않는다.

여자친구인 나샤는 경찰관, 군인, 소방관을 겸하는 출중한 능력을 지닌 인물이다. 자신에게 무례한 발언을 해도 그저 못들은 척 대응하는 미키를 대신하여 머리에 총구를 겨누며 그를 지키고 보호한다. 심지어 바이러스로 가득한 공간에 들어가 미키의 마지막을 함께하는 장면에선 성스러움까지 느껴진다. 때문에 미키17은 미키18로 부터 '쪼다 겁쟁이(you're such a little bitch)'라는 소리를 듣는다.

우리가 이 영화에서 주목할 두 가지가 있다면 첫째는 쪼다 겁쟁이형 인물이 주인공으로 설정되었다는 점이고, 둘째는 미키17과 크리퍼의 비체적 특성이다. 정복 군주형 인물(케네스 마샬), 기회주의형 인물(티모), 성스러운 인물(나샤)은 과거 각각의 시대를 대표하는 전형으로써 그려진 바 있다. 그러한 시대들을 거쳐 2025년 오늘 미키17이란 쪼다 겁쟁이형 인물이 등장한다. 여기에 더하여 이 영화는 크리퍼라는 존재를 의도적으로 혐오스럽게 그려낸다. 크리퍼를 처음 본 관객들은 징그러운 괴물, 무서운 괴물이라 생각하지만 서사의 종장에 가면 도리어 그렇게 느꼈던 자신에게 수치심을 느끼게 된다. 크리퍼는 인류 역사에서 늘 배제되었고 소외되었으며 정복당하고 학살되어도 무방한 타자이자 비인간 존재를 상징한다. 이 영화에서 크리퍼처럼 배제되고 소외되고 학살되어도 무방한 존재가 하나 있다. 바로 미키 17이다. 특히나 미키18에게 미키17은 어떤 의미에선 크리퍼보다도 더욱 혐오스럽고 불편한 존재이다. 이는 단지 멀티플 상황이라서가 아니다. 미키18에게 미키17은 비체적 존재이다. 그러므로 미키18은 자신이 온전한 주체가 되기 위해선 미키17을 죽여야 한다고 믿는다. 미키18은 미키17을 보자마자 살해를 시도한다. 하지만 미키18은 미키17을 죽이지 않는다(못한다). 오히려 스스로가 죽음으로써 미키17을 주체로서 살아가게 한다. 남성적이고 자신감 있으며 모욕을 참지 않는 완전한 주체로 보이는 미키18은 사실 완전하지 않다. 오히려 쪼다 겁쟁이라는 비체적 특성을 인정할 때 비로소 크리퍼와의 공존, 나아가 인류의 새로운 정착이 가능해진다. 그 정착이란 초주체적 차원의 식민지 건설이 아닌 크리퍼와 공존하며 땅의 일부를 스쾃 하는 것이다.

<미키17>의 마지막 장면에서 카메라는 미키를 중심에 놓지 않는다. 중심에는 오히려 나샤가 들어오고 미키는 주변부에 배치된다. 그렇다고 미키가 주인공의 지위를 박탈당하지는 않는다. 카메라의 중심에서 비껴 있음에도 미키는 역설적으로 인류와 크리퍼를 공존할 수 있게 한 주인공으로 느껴진다. 주변부에 위치한 찌질한 주인공 그것이 저주체이다. 세계의 중심에 있는 영웅은 기후위기, 항상제, 플라스틱 봉투, 자본주의, 제노사이드, AI의 시대에서 살아남을 수 없다. 스스로의 취약성을 인정하는 가운데 자신의 삶을 스쾃 하는 주인공으로서의 자유로움이 필요하다.

제노사이드 너머

맥락과비평 편집위원회

초판 1쇄 발행 2025년 12월 22일
펴낸이 이민·유정미
편집주간 김화선
편집 맥락과비평 편집위원회
디자인 사이에서

펴낸곳 이유출판
주소 34630 대전시 동구 대전천동로 514
전화 070-4200-1118
팩스 070-4170-4107
전자우편 iu14@iubooks.com
홈페이지 www.iubooks.com
페이스북 @iubooks11
인스타그램 @iubooks11

ⓒ맥락과비평 2025
ISBN 979-11-89534-71-4(03800)

정가 15,000원

* 이 책은 대전광역시, (재)대전문화재단에서 제작비 일부를 지원받았습니다.